블러드 스톰
Blood Storm

블러드 스톰
Blood Storm

블러드 스톰 2

김종휘 판타지 장편 소설

초판 1쇄 찍은 날 § 2003년 1월 11일
초판 1쇄 펴낸 날 § 2003년 1월 21일

지은이 § 김종휘
펴낸이 § 서경석

편집장 § 문혜영
편집 책임 § 이종민
편집 § 장상수 · 권민정
마케팅 § 정필 · 강양원 · 이선구 · 김규진

펴낸곳 § 도서출판 청어람
등록번호 § 제1081-1-89호
등록일자 § 1999. 5. 31
어람번호 § 제1-0340호

주소 § 경기도 부천시 원미구 심곡1동 350-1 남성B/D 3F (우) 420-011
전화 § 032-656-4452 팩스 § 032-656-4453
http://www.chungeoram.com
E-mail § eoram99@chollian.net

ⓒ 김종휘, 2003

값 7,500원

ISBN 89-5505-577-3 (SET)
ISBN 89-5505-579-X 04810

김종휘 판타지 장편 소설

블러드 스톰
Blood Storm

지방시 전투 **2**

도서출판
처어람

목

차

"프로이브란 백작의 암수일까요?"

지방시의 집무실. 스브라인 박사는 새로운 소식을 들으며 심각한 얼굴로 뇌검 유라이에게 자신이 짐작하는 바를 내비쳤지만 유라이는 고개를 저으며 부정했다.

"글쎄요. 프로이브란 백작이라고 하기에는 일의 연관성이 없군요. 이런 일로 전세를 역전시킬 수는 없을 테니까요."

"음."

근 한 달간 지방시는 정체를 알 수 없는 이의 범죄로 고심하고 있었다. 그 사건이란 바로 시 외곽 마을의 젊은 여자들이 실종되고 있는 것이다. 스브라인 박사가 조사한 바로는 적어도 50명 이상의 여인들이 실종되었기 때문에 그냥 두고 볼 문제가 아니었다.

"정신 이상자의 문제로 치부하기에는 숫자가 너무 많아. 조직에 연관된 사건 같은데 좀처럼 단서가 잡히지 않는군."

"휴, 이런 일까지 맡아야 하다니."

"실종된 여인들의 나이는 대략 15살에서 20살 사이의 젊은 여인들이네. 인신매매와 관련된 범죄라고 판단, 도둑 길드에도 알아봤지만 현재 나와 있는 매물들을 모두 살펴봐도 지방시 외곽에서 살고 있던 여인들은 발견되지 않았네."

매물, 인신매매, 그것은 사람을 돈으로 사고파는 행위였다. 로아냐드 제국이 어지러워지면서 인신매매는 급속하게 퍼지고 있었고, 그러한 행위는 치안이 잘되어 있는 상업 도시보다는 영주들이 다스리는 영지에서 많이 발생하고 있었다.

인간의 존엄성이 사라져 가고 있다. 무엇이 사람을 돈으로 거래하게 만드는가.

단서를 찾는 것은 힘든 일이었다. 실종된 여인들은 어디에서나 그 모습을 드러내고 있지 않았기 때문이다.

아무것도 발견되지 않은 시점에서 스브라인 박사는 과거의 살인 사건이 적힌 책을 우리에게 건네주었다. 그리고 우린 현재 일어나는 사건과 유사한 살인 사건을 발견할 수 있었다.

서부의 작은 왕국에서 일 년 만에 200여 명에 이르는 여인이 실종된 사건으로 로아냐드 제국에서 직접 사건을 조사하러 기사단까지 파견할 정도로 부각되었고, 마지막 사건이 일어난 지 한 달 후 범인은 더 이상 참지 못하고 한 여인을 노리려다 기사들에게 잡혔다.

살인마 휴레드 남작, 왕국 안에서 제2의 자리에 있는 그는 200명이 넘는 여인들을 죽이고 자신의 영지 정원에 시체를 묻었던 것이다.

영원한 생명을 얻기 위한 작업. 그는 영원한 생명을 얻는다는 목적으로 많은 여인들의 목숨을 앗아갔다.

단순히 살인마라고 볼 수 없는 강한 주술의 흔적. 놀랍게도 그는 칠십이 넘는 나이임에도 삼, 사십 대의 젊은 모습을 하고 있었다.

그의 젊음과 생명의 비결은 200여 여인들의 몸에서 얻은 생명의 물 덕분이었다.

우리는 스브라인 박사의 정보로 그가 살고 있었던 영지를 찾아왔다.

사건이 일어난 지 100년이 지난 현재에도 책에 적혀 있는 살인마 휴레드 남작은 살아 있었던 것이다. 문서에서 적힌 것과는 달리 건국 공신인 그의 가문이 힘을 써 휴레드 남작의 사형을 면하게 한 것이었다.

200여 명에 이르는 여인들의 한을 묻어둔 채 그는 남작가의 지하실에 100년 동안 유폐되어 있었던 것이다.

"어서 오십시오."

갈렌 폰 휴레드, 현 남작가의 가주로 현재 나이 37세의 중년 남자였다. 가세가 기울어진 남작가는 그 많던 영지를 잃고 이제는 지방시 근처에 작은 영지만을 소유하고 있었다. 많은 땅을 넘기긴 했지만 500년 이상을 유지해 온 남작가의 저택만은 아무에게도 넘기지 않고 제국의 한 켠에서 과거의 영광을 안고 살아가고 있었다.

과거의 찬란했던 영광과는 달리 현재 남작가의 저택은 초라하기 그지없었다. 시중을 들어주는 이도 없는 보통의 몰락 귀족의 모습을 띠고 있는 가문. 갈렌 폰 휴레드 남작은 육십이 넘는 집사와 단둘이서 생활하고 있었기에 여기저기 보이는 거미줄과 뿌옇게 쌓여 있는 먼지들은 폐가에 들어온 듯한 느낌이 들게 했다.

그리고 가장 나에게 두렵게 다가온 것은 갈렌 폰 휴레드 남작의 느낌이었다. 그에게서는 삶의 기척이 느껴지질 않았다.

남색의 조금은 화려한 듯한 옷을 입고 있는 그의 얼굴에서는 젊은이를 대하는 것이 기쁜지 미소가 사라지지 않았지만 그의 얼굴에 그려진 미소는 허구와 같았다.

꿈에서 잠시 들여다볼 수 있는 사람의 미소, 그의 미소는 한순간이라도 눈을 뗀다면 사라질 것만 같은 그런 미소였다.

값비싼 자기의 찻잔을 부드럽게 손에 쥐며 나에게서 눈을 떼지 않던 그는 나에게 한 권의 책을 건네주었다.

"스브라인 박사라는 분께 편지를 받았습니다. 이것은 그분에 관한 이야기가 적혀 있는 책입니다."

살인마 휴레드 남작에 대한 이야기가 적혀 있는 작은 책이었다. 풍겨오는 퀴퀴한 냄새는 그 책이 오랜 시간 동안 구석진 곳에서 사라지기만을 기다렸던 책이라는 것을 알 수 있었다.

하지만 남작가의 어느 누구도 그 책을 없애지는 못한 듯했다.

남작에게 받은 책의 첫 장을 펼쳐 보자 검붉은색의 잉크로 이렇게 적혀 있었다.

희생된 여인들에 대한 속죄.

남작가는 그 당시에 누렸던 강한 권력으로 살인마 휴레드의 목숨을 구제받을 수 있었다고 들었다. 어쩌면 이것은 남작가의 한 사람이 그 저주받을 죄악에 대한 기억을 잊지 않게 하기 위해 적어놓았을 것이다.

살인마 휴레드, 그 이름은 남작가의 성이다. 풀 네임은 에반더 폰 휴레드. 당시 황도에서 가장 인망이 높았던 에반더는 열다섯 개의 고아원을 운영하며 일반 평민들에게도 상당한 인기를 누리고 있었다.

　권위를 앞세우는 다른 귀족들과는 달리 인간 자체를 존엄했던 그의 영지에는 많은 수의 사람들이 몰려왔기에 한때 제국 모든 귀족들의 영지 중 가장 많은 수의 사람이 살고 있는 영지로 불리기도 하였다.

　건국 공신이란 이름과 함께 황제에게서 깊은 총애를 받고 있던 에반더 폰 휴레드, 그가 타락한 것은 하나의 사건 때문이었다.

　“에반더!!”

　“셀리스!!”

　셀리스 폰 헬리어스. 헬리어스 자작가의 외동딸. 긴 금발을 날리며 분홍색 드레스를 입은 아름다운 여인. 그녀는 나의 단 하나의 꿈이었다.

　가냘픈 손은 작은 양산을 들어 그녀를 괴롭히는 하늘의 햇살을 막아주고 있었기에 양산 밑에 존재하는 작은 그늘 아래 그녀의 모습은 행복하기 그지없었다.

　작은 바람이 그녀의 머리칼을 날릴 때면 살짝 드러나는 얇은 미소, 어느 한군데 나무랄 것 없이 부드러운 곡선을 자아내는 그녀의 모습을 보며 난 그녀를 품에 안고 내보내고 싶지 않았다.

　“에반더… 힘들어.”

　“아! 미안.”

　난 푸른색의 양탄자가 길게 놓여져 있는 작은 동산 위에서 셀리스를 가슴에 안으며 기쁨에 잠겨 있었기에 그녀의 작은 아픔조차 눈치 채지 못하고 있었다.

　하지만 그 작은 아픔도 행복인 양 그녀는 미소를 잃지 않고 있었다. 사랑스러운 미소가 투명한 햇살에 스쳐 지나가면 난 나의 앞에 있는 여신의 느낌에 쓰러지고만 싶었다.

　“뭐야, 에반더. 부끄럽잖아.”

잠깐의 시간인 것만 같았지만 그녀는 그런 나의 시선이 부끄러운 듯 불그스레 홍조를 띠며 고개를 돌렸다. 동산의 한 켠에 앉아 하늘을 쳐다보는 그녀의 모습을 보고 있으면 황제의 권력도 나에게는 스쳐 지나가듯 흐르는 한순간의 바람과 같았다.

나의 주머니에는 그녀를 위해 준비해 둔 적홍색의 루비 목걸이가 자리 잡고 있었다. 왼손에 닿는 그녀를 위한 선물. 한없이 하늘을 보고 있을 것만 같은 그녀의 얼굴을 지켜보며 난 그녀의 기뻐하는 모습이 눈에 그려지기 시작했기에 더 이상 참을 수가 없었다.

"셀리스."

"응?"

나의 떨리는 목소리를 들었는지 그녀는 왼손으로 바람에 날리는 금발 머리칼을 진정시키며 고개를 돌려 나의 얼굴을 쳐다보았다.

떨리는 손길과 붉어진 나의 얼굴에 의아함을 느낀 그녀의 얼굴엔 잠시 멍한 표정이 자리 잡았지만 왼손에 들린 그녀를 위한 목걸이를 발견하곤 한없는 호수와 같은 미소를 지으며 나에게 말했다.

"그거 나한테 주는 거야?"

"응."

이 순간 무엇을 바라는 것은 한없는 사치에 지나지 않는다. 이 미소가 나의 가슴에 들어갈 수 있다면 난 아무것도 바라지 않을 것이다.

앞가슴이 살며시 드러나는 드레스라 보기 좋게 어울리는 붉은색의 루비가 그녀의 가냘픈 목으로 자리를 잡았다.

루비의 붉은빛 때문일까? 얼굴에 피어나는 홍조를 보며 난 잠시 눈을 감을 수밖에 없었다.

"에반더."

부드럽게 느껴지는 그녀의 입술, 달콤한 머쉬 멜로우의 느낌과는 조금 다른 그것이 나의 혀를 감싸고 돌 때 이것이 삶에서 느낄 수 있는 최상의 행복 중 하나라는 것을 알 수 있었다.

"시간이 너를 스쳐 지나가 돌아오지 않는 곳으로 간 후라도 난 영원히 너의 곁에 남아 있는 한 사람이 되고 싶어. 셀리스, 나와 결혼해 주지 않겠니?"

"에반더……."

나의 청혼을 받아들이는 그녀의 눈에서 작은 물방울이 대지를 덮은 초록의 생명에 물기를 전해주고 있었다. 끝없는 행복의 순간이 계속되어지기를…….

순백의 하얀 드레스와 함께 그녀를 감싸 도는 붉은 와인의 향기는 기쁨에 넘쳐 있는 나의 얼굴을 환하게 비추어주었다.

왈츠의 흥겨운 리듬과 함께 맞잡은 손, 그녀의 여린 손길은 스쳐 지나가는 사람들의 미소보다 더 즐거웠기에 난 이 순간을 절대 놓치고 싶지 않았다.

"하하하. 에반더, 입이 찢어지겠군. 하하하."

나와 그녀의 결혼식, 작은 무도회 한편에서 친구는 나의 미소를 보며 큰 소리로 웃고 있었다.

친구의 악의없는 놀림이었지만 내가 당황스러운 모습을 감추지 못하고 있을 때 눈보다 하얀 드레스를 입은 요정이 나의 가슴에 달려들어 와 안겼다.

"게리드는 에반더가 부러운가 보지?"

"음, 부럽다기보다 화난다고나 할까? 셀리스 같은 어여쁜 여인을 저런 순딩이에게 뺏겼으니 말이야."

"어머?"

친구 게리드의 말을 들은 그녀는 나의 얼굴을 잠시 쳐다보고는 고개를 저으며 말했다.

"키스해 줘."

그녀의 말이 끝나기가 무섭게 난 그녀에게 입을 맞추었다.

청혼의 다음날부터 그녀는 나의 얼굴을 쳐다볼 때마다 키스를 요청해 왔고, 그것을 망설이면 언제나 그녀의 눈가에는 깊은 물방울이 얹혀지기에 난 그녀의 키스 요청에 망설일 수가 없었다.

키스의 시간이 지나 붉어진 볼을 지우지 못하며 미소를 지은 그녀는 멍하니 우리들의 얼굴을 쳐다보고 있는 게리드에게 혀를 내밀며 말했다.

"이래도 에반더가 순딩이야?"

"하하하! 여자 손도 제대로 못 잡는 저 녀석을 저렇게 만들어놓다니. 과연 셀리스야! 하하하하!"

"게리드!!"

게리드는 나의 어깨를 잡고는 강제로 끌고 가며 셀리스를 향해 손을 흔들고 있었다.

"미안하지만 셀리스의 보석은 이 몸이 훔쳐 갑니다. 보석을 찾고 싶으시면 로아냐드 제국의 대도 게리드를 잡아보시지요."

"어머!"

무도회에 난입하여 나의 손을 잡고 춤을 추는 게리드를 보며 나의 꿈 셀리스는 입을 내밀며 삐쳤고, 그런 우리의 모습에 사람들의 웃음은 사라지지 않았다.

난 게리드의 손을 벗어나 셀리스에게 다가가 정중히 무릎을 꿇으며 춤을 청했다.

"나의 요정이여, 그대와 춤을 출 수 있는 영광을 주시겠습니까?"

나의 요청에 그녀는 방긋 미소를 띠며 말했다.

"영원히 나하고만 춤을 추겠다 하시면 허락하지요."

"물론입니다."

"어라. 에반더, 난 어쩌고?"

게리드의 익살스러운 목소리를 벗어나 음악에 흐르는 한가운데로 걸어가는 나와 셀리스, 바람의 움직임과 같이 조용히 흐르는 왈츠의 리듬 속에서 그녀와 나는 서로의 얼굴에서 눈을 떼지 못했다.

많은 사람들의 축복 속에서 난 한 사람의 손을 잡고 춤을 춘다. 그것이 영원하기만을 바란다면 나의 과욕일까?

무너진 여신의 믿음은 더 이상 신에 대한 바람을 강요하지 못하게 만든다. 모든 것을 송두리째 뽑아버리는 태풍의 중심부에서 한순간의 침묵을 강요당하는 나에겐 다시금 찾아올 그 격동의 시간을 버틸 수 있는 힘이 없었다.

신이시여, 더 이상 나에게 꿈꿀 시간을 주지 않으려 하십니까.

모든 것이 흐릿해지는 공간에서 나의 유일한 기쁨이 지금 사라지려 하고 있었다. 가혹한 시련의 순간이라면 견딜 수 있겠지만 그녀가 사라진다는 것은 죽음과도 같았기에 견딜 수 없었다.

죽음을 견딘다 해도, 존재 없이 세상을 무슨 이유로 살아간단 말인가?

핏기가 사라져 가는 그녀의 손을 놓아주고 싶지 않았다. 뜨거운 가슴의 한 부분이 눈물이 되어 흘러내려 오고 있을 때 하얀 눈의 요정과 같은 그녀의 입술이 조금씩 열리기 시작했다.

"에, 에반더."

"셀리스."

언제나 밝고 건강한 그녀의 목소리는 이제 늦가을의 한순간 시들어져 버린 나무의 잎새와 같이 바람에 날려 떨어지듯 약하게 울리고 있었다.

“미안해…….”

그녀는 용서를 빌고 있었다. 단순히 혼자 남을 나에 대한 미안함일까? 작게 떨리던 손길은 이제 차가운 얼음의 시간에 갇혀 멈추어 있었다.

사랑하는 나의 셀리스, 그녀는 나를 버리고 사라져 버린 것이다.

“흑흑흑흑…….”

세상 그 누구와도 바꿀 수 없는 나의 희망이 인간에게 신이 내린 형벌에 갇혀 사라져 버린 지 한 달이 지났다.

많은 사람이 드나들었던 남작가의 저택은 이제 허무함만이 남아 있었고, 남은 것은 동결의 마법에 걸린 세상에 단 하나뿐인 사랑 셀리스의 시신만이 차디찬 와인과 함께 나의 곁에 남아 있을 뿐이었다.

죽은 자의 모습을 잊어 그녀를 안락의 장소로 보내야만 하는 것이 남은 자의 일이건만 난 그녀의 모습을 보지 못한 채 살 자신이 없었다.

그리고 한 사람이 나를 찾아왔다.

어둠에 가까운 자, 그의 주변은 찬란한 태양이 비춘다 해도 한없이 어두울 것만 같은 그림자가 둘러싸고 있었다.

눈앞을 침침하게 하는 죽음과도 같은 검은 안개와 함께 나타난 그는 나에게 금단의 방법을 전해주었다.

“남작은 마성의 포션을 아십니까?”

“마성의 포션?”

들은 적이 있었다. 지상 세계를 떠도는 원혼이 마계로 흘러가 한없는 어둠의 끝에 남아 있는 고통과 슬픔과 절망으로 모여 만들어지는 어둠의 액체. 마성의 포션을 얻은 자, 마를 추구하는 자에겐 영원한 생명과 함께 하나의 생명을 살릴 수 있는 권리가 주어지지만 그자는 영원히 어둠의 세계에서 벗어나지 못하는 족쇄에 갇히게 된다고 전해지는 전설의 포션이라 알고 있었다.

"예, 영원한 생명과 함께 얻을 수 있는 것은 또 하나의 생명의 권리."

또 하나의 생명의 권리… 그것은 어둠이었다. 절대 빛이 될 수 없는 어둠의 한 켠이었음에도 난 희망의 불꽃이 가슴속에 타오르는 듯했다.

"마성의 포션을 구할 수 있는가?"

하지만 나의 바람은 이루어지지 않았다. 나의 물음에 그는 부정의 몸짓을 보였기 때문이다. 마성의 포션, 마계의 한없는 어둠에서만 얻어질 수 있는 그것을 어찌 인간이 얻을 수 있겠는가? 부질없는 희망에 불타 있던 나를 책망하고 있을 때 그는 다른 방법을 제시해 왔다.

"하지만 방법이 없는 것은 아닙니다."

"방법이 없는 것은 아니라고?"

"예."

그 순간 끝없는 어둠의 안개가 나의 눈을 흐리며 모든 악마와 마신을 닮고자 하는 죄인의 모습을 만들어내고 있었다.

666명 여인들의 고통과 슬픔, 그리고 절망의 피를 얻어 그것을 어둠의 빛으로 정제한다면 그는 영원한 생명을 얻을 수 있으리라 말하고 있었다.

"당신은……."

날 끝없는 악의 한가운데로 몰고 가려 하는 자의 이름을 물었을 때 그는 이렇게 대답했다.

"그대의 영원한 고통과 슬픔, 그리고 절망을 바라는 자입니다."

빠지리라. 그리고 살리리라. 난 지옥의 구렁텅이에 빠져 하늘을 염원한다 해도 나의 하나의 불씨, 그녀만은 반드시 살려야 한다. 세상 그것이 모두 멸망한다 해도 살려야 한다.

사랑하는 자여, 당신은 알고 있는가. 그대가 정녕 염원하는 자의 생명보다 귀한 것이 무엇인지를……

그 당시 사건이 어디서부터 시작된 것인지 확인한 난 책을 덮고 말았다. 그리고 나의 앞에 서 있는 남작의 얼굴을 쳐다보았다.

고요한 호수와 같은 표정의 중년인. 그 순간 난 혹시나 하는 생각이 들었다.

남작은 나에게 또 다른 책을 권했고 나는 그것을 받아 들었다.

그리고 어둠의 늪과 같은 수렁에 빠져들어 가는 나를 발견할 수 있었다. 에반더가 말하는 잊을 수 없는 한 사람의 영혼, 그것이 나의 과거와 너무나 흡사했기 때문이다.

나 역시 그와 같았다면 금단의 열매를 거부하지 못했을 것이다.

남작은 탁자에 놓여 있는 찻잔을 들어 방 안 가득히 맴돌고 있는 차의 향기를 음미하며 조용히 눈을 감고 있었다.

너무나도 깊은 기억 속에 사로잡혀 있는 듯한 모습. 그것을 보며 난 나의 생각이 틀리지 않음을 알 수 있었다.

"에반더 폰 휴레드 남작……."

나의 앞에 앉아 있는 중년 귀족, 그는 휴레드의 지손이라 알려져 있는 갈렌 폰 휴레드 남작이 아니었다. 사랑하는 여인을 살리고자 백 년간을 어둠 속에서 살아야 했던 에반더 폰 휴레드 남작. 그가 백 년의 시간을 건너 아직까지 그 모습을 유지하고 있었던 것이다.

여인의 향기. 하지만 그 어떤 향기조차도 나의 셀리스와 비교할 수조차 없었다. 나의 앞에 서 있는 여인, 귀족가의 한 사람으로 태어나 슬픔과 절망을 모르며 살아온 그녀의 입술에는 도도함이 서려 있었다.

분홍의 화려한 레이드가 어우러진 파티 드레스를 입고 서서히 풍요로 지친 몸을 접근시키는 그녀의 모습에 난 구역질이 날 지경이었지만, 떨리는 손을 들어 그녀의 욕망으로 뭉쳐진 몸을 안아 들 수밖에 없었다.

"가시지오."

"예, 에반더 남작님."

흥겨운 왈츠의 음악과 함께 사람들의 시선이 무디어질 쯤 욕망의 몸부림에서 벗어나지 못하는 한 여인이여, 그대는 나에 의해 슬픔과 절망과 고통을 알게 될 것이지만 지금의 당신에게는 욕망만이 남아 있으리라.

젊음의 한 시간을 오욕과 함께 자리 잡아야 하는 공간. 그대는 나와 함께 어둠의 그것을 알게 되리라.

나의 작은 손짓에 이끌려 들어온 여인. 난 남작가의 어두운 방에서 그녀의 몸을 고통 속으로 몰아넣었다. 그대, 아직은 남자의 향기에 취해 있으리지만 내 심장에 박혀 있는 비정함을 지닌 강철의 못을 발견한 후에 그 향기는 지옥의 향기와 같아지리라.

"하… 히약… 남작!!"

첫 번째 여인에게서 들리는 고통의 울부짖음이여. 그것은 나의 눈물의 쾌락으로 남아 있으리라. 소리쳐라! 그리고 절망해라. 그대는 제물이 되어 나의 여인을 살리게 될 흔적으로 남아 있을 수 있으리라.

오른손에 들린 나이프는 그녀의 살을 짓이기며 부숴 나가고, 소리치며 울부짖는 그녀의 눈을 짓이겨 밟아 없애는 타락한 자의 몸짓은 이제 나락으로 빠져나가는 여인의 뇌리 속에 남아 영원한 그림자가 되어 따르리라.

떨구어진 손끝으로 흐르는 죽은 자의 피가 가득히 고여갈 쯤 난 내가 하고 있는 일을 회상하곤 이제 쾌락으로 흐르고 있었다.

한 명, 두 명, 세 명. 여인의 차가워진 가슴에 안겨 인간으로서 남아 있어야 할 생기 잃은 순간은 이제 수십을 넘어선 지 오래. 꿈은 끝나지 않고 가슴을 짓누르며 어둠의 빛에 정제된 액체는 이제 나의 몸으로 사라져 가고 있었다.

한 방울, 한 방울이 나의 몸으로 사라져 갈 때 피부는 시간의 흐름을 거부하고 역행하기 시작했다. 탁해진 머리칼은 예전과 같은 순수함으로 변해 가고 핏기를 잃은 손은 어린아이의 불그스름한 볼의 색깔로 변해가고 있었다. 여인에게서 취한 이 생기는 나의 몸에서 하나로 융합되어 이제 돌아올 수 없는 곳으로 간 사람을 되돌릴 수 있는 부활의 포션이 될 것이다.

어둠의 한 켠에서 얻은 죄악이었지만, 그것으로 한없이 선과 같아지는 나의 모습을 보며 창조주의 이면을 경험해야 하는 난 태양을 바라볼 수 없는 인간이 되어 무너져 가는 인류의 심장을 가다듬고 악마의 영역이 되어버린 나의 저택 안으로 조금씩 조금씩 몸을 숨겨가고 있었다.

어두움으로 도배한 지하의 한구석에는 죽어간 여인의 뼈가 쌓여 있었다. 그곳에 누워 어둠의 빛에 의해 정제되는 여인들의 피를 보며 한순간 미소를 지었던 난 자신에 대한 경멸감이 느껴지기 시작했다.

무엇인가, 이 경멸스러움은? 한 여인의 생을 위해 죽어간 이 수많은 여인들의 흔적, 마지막 생의 선택도 하지 못한 채 사라져 간 자들의 눈이 이제 나를 추악한 괴물의 모습으로 만들어가고 있었다.

이것은 아니었다. 하지만 멈출 수가 없다. 여인이여, 그대는 나의 눈을 보아라…….

수많은 여인들의 피가 굳어 검붉은색으로 변해 버린 쇠사슬의 끝에 눈물을 흘리는 한 여인이 피투성이의 알몸이 되어 나의 눈앞에 모습을 드러내고 있다.

"그대는 나를 경멸하는가?"

"흑흑흑……."

"그대는 나를 경멸하는가!!"

울고 있는 그녀의 모습을 보곤 짜증내며 고통의 도구로 그녀의 몸에 상처를 내기 시작했다. 비명을 지르며 경멸하지 않는다 호소하는 그녀를 보며 난 어느새 채찍을 들어 그녀의 목을 조르고 있었다.

눈물 속에 사라져 가는 또 다른 여인의 시간이여…….

참을 수 없는 모멸감에 사로잡힌 난 그녀의 피를 묻혀 한 통의 편지를 적었다.

짙은 어둠의 색으로 가려진 후드 사이로 눈을 들면 보이는 친구의 얼굴에는 깊은 주름이 서려 있었고, 찻잔을 드는 그의 손은 세월의 고통에 시들어 떨리고 있었다.

"도대체 무엇을 하고 있는가?"

노년의 흔적으로 가득한 얼굴을 들어 유일한 친구이자 마지막 친구인 게리드는 슬픔이 가득한 표정으로 나를 보며 묻고 있었다.

"역행……."

"역행?"

그렇다. 현재 난 신에 대한 역행을 하고 있었다.

"자네… 헉!!"

로브의 사이로 드러난 나의 손을 보며 게리드는 놀라움을 감추지 못하고 있었다. 시간, 그는 시간의 흐름 속에 변해가는 인간이었기에 나의 모습은 악마와 같이 느껴졌으리라.

게리드는 떨리는 손을 들어 나의 얼굴을 가리고 있는 후드를 조금씩 벗겨가기 시작했고, 감춰진 나의 모습이 드러났을 때 그는 심장의 고동을 참지 못하곤 숨을 몰아쉬고 있었다.

셀리스가 죽은 지 60년이 지나 이제 아무도 그녀의 죽음을 생각하지 않고 있던 시간에 난 혼자 그녀의 죽음에 슬퍼하고 있었고, 그녀와 만났던 그 순간의 모습으로 남아 있었다.

게리드는 이런 나에게 두려움을 느끼고 있었다. 아기와 같은 피부와 청춘의 시간에 서 있는 여인의 부드러운 머리칼을 유지하고 있는 난 신의 섭리를 무시한 인간으로 보여졌으리라.

한참의 시간, 마음을 안정시킨 그는 나를 보며 물었다.

"역시 자네의 짓이었군. 편지를 받은 후 믿을 수가 없어 찾아왔는데… 그것이 사실일 줄이야."

그는 나에게 한 통의 편지를 건네주었다. 발신인의 이름이 적혀 있지 않은 칠흑의 편지 봉투 안엔 나의 손에 사라진 여인의 절규와 같은 피가 모여 타락의 모든 것을 말해 주고 있었다.

나의 손에 죽은 모든 여인들의 이름과 함께 내가 얻은 타락의 젊음, 그 모든 것이 쓰여 있었다. 게리드는 허리에 차고 있던 검을 들어 나의 목에 겨누며 말했다.

"행방불명된 여인의 조사를 내가 맡고 있었네. 친구여, 이제 모든 것이 끝났다는 것을 알아주게……."

왜 죽지 못하는가…….

난 나의 손에 죽은 이들과 함께 죽고 싶었지만 그것은 불가능했다. 타락의 샘물을 마시고 죽을래야 죽을 수도 없는 이가 되어버린 후, 친구의 검이 심장을 꿰뚫는 고통 속에서도 살아남아야 했다.

모든 것을 썩어 문드러뜨리는 습기가 가득한 지하 감옥 안에서 난 쇠사슬에 썩어가는 팔뚝에서 기어 다니는 구더기를 먹으며 살아가야 했다.

친구의 얼굴이 보인다.

"에반더……."

생이 끝나가고 있는 것일까? 한때 밝기만 했던 그의 눈동자는 이제 회색의 빛으로 물들어가고 있는 듯했다.

시간은 모든 것을 소멸로 이끌어가고 있었고, 그것은 순리임에도 난 느낄 수가 없었다.

나에게 모든 것을 일러준 자. 그가 말했던 것은 이것이었을까?

"콜록, 콜록."

고통스러운 기침을 하는 그의 입에서 한 줄기의 피가 흘러나왔다. 그의 눈에서 흐르는 눈물과 함께 흐르는 피는 축축한 지하 감옥을 붉게 물들이고 있었다. 고통 속에 죽어가는 한 인간의 모습. 하지만 그의 모습에선 자신의 죽음에 대한 고통보다 남은 자에 대한 측은함이 더 강하게 흐르고 있었다.

"셀리스는 동결 마법이 걸린 관과 함께 남작가의 묘지에 묻혀 있네……. 언젠가 자네는 자유를 되찾고, 또다시 많은 여인의 피를 손에 묻히겠지?"

"게리드……."

"크흐흑… 에반더, 자네를 두고 가는 나를 용서해 주게……."

나를 두고 간다. 그는 어디로 나를 두고 간다는 말인가? 슬픔으로 가득 찬 세상? 아니면 추악한 현실을 겪을 수밖에 없는 시간? 알 수 없었다. 모든 것이 나를 뒤흔들고 있었다.

나의 친구여, 그대는 나를 왜 그런 눈으로 쳐다보는가. 제발 그 눈을 치워주게. 나에게 그것은 날카로운 송곳보다 깊숙이 가슴속에 박혀 들어간단 말일세.

게리드의 죽음 이후, 아무도 이곳에 들어오는 이는 없었다. 그는 이곳에 들어옴과 동시에 지하 감옥 전체를 남작가에서 봉인시켜 버린 것이다.

수십 년의 시간, 처음 한때는 쇠창살 밖에서 죽어간 친구의 시신을 뜯어 먹으며 살아갔지만 그것은 잠시, 아무것도 존재하지 않는 이곳에서 난 죽지 못하는 생을 살아가야만 했다.

자신의 몸을 뜯어 고통 속에서 허기를 채워야 하는 순간, 어느 누구의 한마디라도 나의 귀에 들렸으면 하는 순간. 철저한 어둠의 공간에 갇혀 혼자만의 생을 보내야만 하기에 정신은 조금씩, 조금씩 붕괴되어 가기 시작했다.

벽면 가득히 적혀 있는 피의 절규, 고통 속의 몸부림은 그렇게 피의 흔적을 만들어 나갔고, 난 시간의 흐름도 망각한 채 끝없는 시간을 겪어야만 했다.

'죽고 싶다……'

근육을 찢고 뼈를 갈아버린 후에도 소생하는 육체가 증오스러워지며 난 나의 몸을 학대해 나갔다.

그리고 한 가지 사실을 알게 되었다. 온몸이 갈기갈기 찢어짐에도 소생하는 그 육체의 한 부분에 나의 핵이 있다는 것이다. 심장. 살아 있는 것에 피를 전해주는 심장에서 모든 것의 소생이 시작되고 있는 것이라는 것을 알 수 있었기에, 난 나의 심장을 뜯어 쇠창살 밖으로 집어 던짐으로써 온몸을 휘어감은 쇠사슬과 사자를 꿰뚫며 잡고 있던 족쇄에서 벗어날 수 있었다.

죽을 수 없는, 하지만 죽어야 되는 고통을 겪은 후에야 난 친구가 만들어놓은 족쇄에서 벗어날 수 있었던 것이다.

자유? 아니다. 난 쇠사슬과 족쇄를 벗어 던짐으로써 물리적인 종속이 아닌 정신적인 종속을 스스로 결정지은 것이다.

"크, 크크크크."

지하 감옥의 문은 이제 열리지 않는다. 세상과 격리가 된 이곳에서 뼈가 으스러지는 고통 속에서도 한없이 문을 두들겼다.

누군가, 누군가의 목소리가 들리기를 간절히 기도하면서.

"거기 누가 있소이까?"

사람의 목소리… 난 세상과 이어진 줄을 느끼며 소리 질렀다. 그리고 몸부림쳤다. 봉인된 공간에서 헤매이고 있었던 다음에야 세상의 소중함을 알수 있었기 때문이다.

둔탁한 파쇄의 음향과 함께 열리는 세상의 빛이여…….

다시금 보이는 세상의 빛, 핏빛 노을이 나의 눈을 자극할 때 난 또 다른 고통의 시간이 시작되었음을 그제야 알 수 있었다.

"어쩌다가 그런 곳에……. 쯧쯧."

나를 지하의 늪에서 구해준 자는 고령의 노인이었다. 온몸에 그 긴 시간의 흔적의 추악함을 담고 있는 나를 보며 그는 혀를 차고 있었다.

나의 절망의 시간이 시작된 것임을, 차라리 세상은 나를 공허함의 시간 속에서 꺼내주지 말아야 했음을 그는 알고 있을까?

남작가의 새로운 가주를 만났을 때 난 눈물을 흘릴 수밖에 없었다. 동질감이었을까? 얼굴에 가득 병색을 띤 그는 죽음을 두려워하는 자의 얼굴이었다.

얼마 남지 않은 생을 그는 끈질기게 이어가고 있었다. 왜일까? 죽어가는 자와 죽을 수 없는 자가 동질감을 느끼는 것은…….

"에반더님이시군요."

그는 나를 알고 있었다. 몇십 년 동안 나의 이름은 남작가의 치욕으로 남아 있었던 것이다.

하지만 그 치욕의 이름을 알고 있는 그의 얼굴에선 단 한 순간도 추악한 자를 보는 듯한 느낌이 없었다. 오히려 한없는 부러움으로 가득 찬 얼굴을 하는 그였다.

"살고 싶은가?"

"……."

"그것은 고통이네. 죽음을 거부하는 그 순간, 인간은 인간일 수 없다네."

과연 죽어가는 자가 이 말을 이해할 수 있을까? 나의 말에 작은 미소를 지은 그는 품에서 한 자루의 단검을 꺼낸 후 심장 깊숙이 찔러 넣었다.

보라색의 고급 양탄자를 적시는 피, 달콤한 피의 향기가 방 안을 가득 메우고 있을 때 천천히 나의 가슴에 입을 댄 그는 피를 마시기 시작했다.

목구멍으로 몸에 가득한 피가 넘어갈 때, 그는 세상의 어떠한 진미도 낼 수 없는 맛을 느끼는지 얼굴 가득히 만족의 미소를 보이고 있었다.

하지만 나의 피를 마신다 해서 그의 목숨이 이어지지는 않는다.

짧지 않은 시간이었다. 하루에 한 번 그는 나의 심장에 구멍을 내어 그 피를 마셨고, 난 자유를 건네준 그에게 심장에 흐르는 피를 마시게 했다.

불사의 영약인 양 나의 피를 마시는 자손, 그는 셀리스와 나와의 사이에서 태어난 자의 후손이리라. 아들이여, 나의 피를 마셔라. 그리고 영겁의 시간으로 사라질지어라······.

바람조차 없던 시간, 나의 핏줄은 영원한 잠에 빠져들었다. 그의 몸속 가득한 나의 피는 시간을 단축시키는 듯 그의 온몸은 빠르게 썩어 들어가기 시작했기에, 소멸의 시간 전에 그를 나의 몸으로 받아들였다.이제 나의 핏줄은 나의 몸이 되어 죽지 않는 삶을 살 수 있을 것이다.

그의 죽음은 아무 곳에도 알려지지 않았다. 아니, 알려줄 만한 곳도 없었다. 몰락해 가는 남작가에 남아 있는 것은 나를 구해준 노집사와 그였을 뿐이고, 그가 죽은 후 이제 남은 자는 서서히 생명의 불꽃이 다해가고 있는 노집사, 그리고 생명의 불꽃을 꺼뜨릴 수 없는 나뿐이었다.

그가 죽은 후 난 에반더란 이름을 잊고 그의 이름을 이어갔다. 갈렌 폰 휴레드. 마지막 남은 남작가 후손의 이름을 이제 내가 이어받은 것이다.

갈렌 폰 휴레드, 아니, 에반더는 나의 다그침에도 아무 말 하지 않고 차의 향기만을 음미할 뿐이었다. 마치 세상을 끝낼 것이기라도 하는 듯한 자의 모습처럼 그에게 남은 것은 찻잔의 달콤한 향기 외에는 아무엇도 없는 듯했다.

그의 심장에 검을 꽂아야 할 나였지만 할 수 없었다. 그는 스스로를 죽여가고 있는 자였기 때문이다.

잠시 후 찻잔을 내려놓은 휴레드 남작은 옆에 앉아 있는 집사를 보며 손짓을 했고, 노집사는 힘겨운 몸짓으로 어디론가 사라졌다.

"그대의 검… 아니, 그 어떠한 검으로도 나를 죽일 수 없네."

사실이었다. 수십 년을 아무것도 없는 지하 감옥에서도 죽지 못하고 살아난 자가 나의 검에 죽을 리는 없었다.

스스로를 죽이고 싶은 자.

피의 유혹, 그것을 막을 수 없었다. 칠흑의 어둠이 가득한 시간마다 유혹에 빠진 승려처럼 이끌려 나간 난 스스로의 파멸을 알면서도 여인의 몸을 탐해 나갔다.

생을 부르짖는 여인의 절규를 외면하며 난 스스로의 고통을 만들어 나갔다.

집사, 그는 아무 말도 하지 않았다. 한없는 측은함으로 바라볼 뿐 여인의 피 맺힌 절규에도, 심장을 파먹는 나의 모습에도 그는 말없이 내가 하고자 하는 일을 거들 뿐 혐오함도, 거부감도 없는 무언의 인간으로 살아가고 있었다.

남작가의 거의 모든 영지는 지방시에 그 거점을 두고 있는 한 백작의 손으로 들어갔기에 난 그의 영지에 있는 여인들을 한 명씩, 한 명씩 수집해 나갔다.

지하 가득히 불행에 빠진 여인들을 모아놓으며 생명의 숨을 빼앗아가, 처음 나에게 생의 다른 기회를 만들게 한 자가 말한 숫자대로 여인들의 생명을 채워 나갔다.

남작가에 의해 알려진 여인의 수는 200여 명, 하지만 실제로 게리드에 의해 지하 감옥에 갇히기 전까지 난 400명이 넘는 여인의 생을 빼앗았다.

몇십 년이 지난 지금 난 다시 세상 여인들의 생명을 뺏고 있었고, 그것은 이제 얼마 지나지 않아 끝을 맺게 된다.

마지막 남은 666명째의 여인. 하지만 그녀에게서 난 슬픔, 고통, 절망 어느 것 하나도 얻어낼 수 없었다.

백치? 아니었다. 그녀는 지방시의 아이네스 여신을 믿는 신전의 여사제였다. 강한 믿음을 가지며 신전에서도 상당한 이름을 소유한 여인. 난 그녀의 고귀함을 증오하며 생명의 물을 위한 마지막 666명째의 여인으로 선택했지만 그녀에게선 아무것도 얻어낼 수 없었다.

"고통!! 절망!! 슬픔!! 그것을 느끼란 말이다!!"

조용히 눈을 감고 있는 그녀의 얼굴은 이미 피로 범벅이 되어 있었다. 손톱을 뽑고, 살을 짓이기며, 온몸에 채찍질을 해도 그녀에겐 아무런 변화가 없었다. 아니, 그녀의 눈에는 측은함이 가득해 있었다.

추악한 나의 모습이 들여다보인다. 집사, 그가 보고 있던 시선은 이것이었을까?

온몸을 훑는 듯한 그녀의 시선을 이기지 못하고 난 손을 들어 그녀의 두 눈을 뽑아버렸다. 흔적만이 남은 그녀의 눈에선 끝없이 피가 쏟아져 나오는 듯했다. 고통에 잠겨 절규해야 하는 여인.

"흐흐흐… 질러라. 고통과 절망과 슬픔의 비명을 나에게 지르란 말이다!"

"…가엾은 사람."

죽어가는 여인에게서 나온 마지막 한마디였다.

무엇일까? 가슴속 깊이 스며드는 이 회한의 마음은…….

자신에게 끔찍한 고통을 전해준 자에게 보내는 그 동정은 도대체 무엇을 바라고 하는 일이란 말인가…….

처음 겪는 일이었다. 지금까지 어느 누구 한 사람도 죽음 앞에 이런 모습을 보인 자는 없었다.

'믿음…….'

신을 믿는 자여서일까? 아니다. 지금까지 수많은 여인의 비명을 들어왔다. 그들 중에선 신에 대한 믿음이 충실한 자도, 악마를 믿는 자도 있었지만 아무도 이 여자와 같지 않았다.

죽음 앞에 설 수 있는 자. 죽음 앞에서도 남을 동정할 수 있는 자는 절대 있을 수 없기 때문이다.

"집사……."

난 아무런 힘도 없이 늘어진 어깨를 뒤로하고 집사에게 뒤를 맡겼다. 어느 누구보다 고귀한 자의 죽음이어서일까? 집사의 손길은 엄숙하기 그지없었다.

집착을 잃고 쓰러진 나의 눈에 보이는 집사의 눈에선 한줄기의 눈물이 흐르고 있었다.

참을 수 없다. 그 고귀함이 참을 수 없었다.

난 시체를 비단에 올려놓는 집사의 몸을 밀치고 나를 동정하며 죽어간 여인의 몸을 손에 든 단도로 난도질하기 시작했다.

"끝까지 고귀함을 바라는가!! 하하하하!! 세상에서 가장 추악한 이의 살점이 되어 다시 태어나리라!!"

그녀의 살을 씹어 삼킨다. 신에 대한 믿음, 그 믿음에 대가로 그녀의 몸은 나의 몸에서 부식되어 추악한 자의 살로 화하리라.

그대가 동정한 이의 몸이 되어 신을 반하는 일에 동참하게 되리라. 성녀여, 그대를 영원한 죽지 않는 나의 몸에서 끝없는 죄악의 쾌락에 빠지게 만들 것이다.

성스러운 여인의 몸이 갈구하는 식욕의 순간에 사라진 후 난 알 수 없는 무기력증에 시달리고 있었다. 영원한 생명으로 끝없는 힘이 솟아나야 할 나의 몸이 변해가고 있는 것이다.

"죽음인가……."

탁자에 놓인 단검을 들어 나의 심장에 박아 넣었다. 심장에서 흘러나온 더러운 피는 바닥을 물들이고 있었지만, 나의 정신은 점점 더 또렷해져 간다.

"죽음은 아니다… 그렇다면 뭔가, 나의 몸을 지배하는 이 무기력의 정체는……?"

피의 마지막, 한 여인의 고통과 슬픔과 절망을 끝으로 첫 여인의 죽음과 함께 시작한 모든 일은 이제 끝이 났다.

작은 유리병 안에 모인 핏빛의 액체를 바라보며 모든 것이 끝날 것임을 생각했다.

하지만…….

"하… 하하하하하……."

허무함이다. 어느 무엇으로도 채울 수 없는 허무함. 그것은 나의 정신 체계를 파괴하며 끝도 없는 나락으로 떨어뜨리고 있었다.

모든 것의 끝이라 생각한 순간, 그것은 끝이 아니었다.

게리드여, 너는 나에게 무엇을 바랐단 말인가…….

666명의 한을 담은 생명의 물. 그것이 모든 것의 끝이라 생각했다. 수많은 자의 불꽃을 꺼뜨리며 살아온 나에게 남은 단 하나의 희망이라 생각한 생명의 물. 하지만 그것은 나의 희망이 아니었다.

처음 내가 원한 것은 사랑하는 자의 회생이었지만, 수많은 자의 죽음을 가짐으로써 인간의 도리를 거부하며 원한 생명의 물, 그것이 나의 모든 것으로 변해 버린 것이다.

하지만 그 끝에 이르렀을 때 현실의 내가 범한 것이 무엇이었는지 알 수 있었다.

미친 듯이 파헤쳤던 셀리스의 무덤에선 아름다웠던 사람의 모습은 세월과 함께 썩어 들어가며 이젠 회색의 뼈만이 남아 덩그러니 놓여 있다.

동결의 마법으로 모습을 유지했건만, 게리드는 자신의 죽음과 동시에 그녀에게 완전한 죽음을 전해준 것이다.

살지도 죽지도 못한 자. 나의 모습을 보며 게리드는 이것을 선택했단 말인가. 구더기조차 남아 있지 않은 세월의 흔적이 아름다웠던 셀리스라고는 믿어지지 않았다.

"크흐흐흑……."

핏빛의 서러움이 땅을 적신다. 그대들은 왜 나를 버려두고 사라져 가는가? 한순간의 잘못된 판단 따위로 그대들은 나를 버릴 수 있단 말인가?

사랑했던 사람들이여… 증오스럽다. 그대들이 한없이 증오스럽다.

과거의 모습도 사라진 채 겉껍질을 잃어버린 셀리스의 두개골을 품에 안으며 난 절규해야 했다.

집사의 손에 들려 온 것은 붉은 액체가 들어 있는 작은 병이었다. 에반더는 집사가 건네주는 병을 한참 응시하고는 나에게 건네주며 말했다.

"받게나."

아무도 그 병에 대해 설명해 주지 않았지만 난 병에 든 것이 무엇인지 알았다. 666명의 죄없는 여인들의 생명이 담긴 물, 바로 생명의 물이었다.

"모든 것은 끝났네. 끝없는 생의 추구, 백 년이 넘는 허무의 생을 살아온 다음에야 그 결과를 알 수 있었지. 나에게는 가치없는 물건이네."

"…당신은……."

나의 말에 그는 작은 미소를 지으며 말했다.

"아내와 같이 묻히려 하네."

"죽을 수 없는데도?"

"그것을 깨닫는 데 많은 세월이 걸렸지. 난 죽어 있네."

"죽어 있다?"

"아내를 살리기 위해 처음 생명의 물을 구하려 여인의 심장을 꺼냈을 때부터 난 죽어 있었네."

이해할 수 없었다. 살아 있는 생명의 약동을 눈앞에 보고 있으며 그 자신도 느낄 수 있음에도 그는 자신을 죽어 있다 말하는 것이다.

"살아 있다는 것을 느끼지 못하는 자가 어찌 살아 있다 말할 수 있겠는가."

살아 있다 느끼지 못하는 자……. 나의 딸이 죽은 이후 난 살아 있다는 느낌을 받은 적이 없었다. 아무 생각 없이 전장을 헤매며 살아갈 뿐 그 이상도 그 이하도 아니었다.

그런 나에게 처음으로 살아 있다는 마음을 가지게 한 사람들, 어쩌면 다시 그들의 죽음을 눈앞에서 본다면 난 나의 앞에 서 있는 에반더와 같은 사람이 될 것이다.

영원한 고통과 슬픔, 절망에서 그는 벗어나고자 하는 것이다.

집사와 나 둘만의 입회 아래 그는 동결의 마법이 걸린 관에 아내의 유골과 함께 잠들었다. 얼어버린 몸이 녹지 않는 한, 그리고 관이 열리지 않는 한 그는 깨어나지 않을 꿈속에서 아내의 모습을 그리며 살아갈 것이다.

“생명의 물은 어떻게 하지?”

이스트는 손에 들려 있던 생명의 물을 들고 한참을 고민하다가 무슨 생각이 들었는지 남작가의 정원으로 뛰어갔다.

그가 뛰어간 곳은 오백 년은 넘을 듯한 세월을 견디며 이제 환원의 길로 들어서는 한 그루의 고목 앞이었다.

에반더 남작에게서 받은 생명의 물이 든 병의 뚜껑을 연 이스트는 아무런 망설임도 없이 나라를 하나 살 수 있을 정도의 가치 이상인 생명의 물을 고목에 부었다.

생명의 물이 뿌리에 닿자 썩어가고 있던 고목에서는 새로운 생명의 가지가 돋아났고, 얼마 지나지 않아 생명은 태양을 향해 손을 뻗으며 푸른 잎사귀를 사방으로 확장해 나갔다.

“하! 좋다.”

뜨거운 태양 아래 생긴 작은 그늘, 이스트는 그곳에서 세상 어느 것과도 바꿀 수 없는 행복을 가진 것처럼 미소 지었다.

“얼빠진 인간들에게 주는 것보다야 이게 낫지 않을까?”

이스트, 그는 영원한 생명이라는 달콤한 과실을 거부하고 삶의 한순간을 만족시킬 작은 그늘을 선택했다.

어쩌면 이스트, 그의 선택, 그것이 생을 살아가는 순간의 정답일지 모른다.

제7장 꿈꾸는 소녀

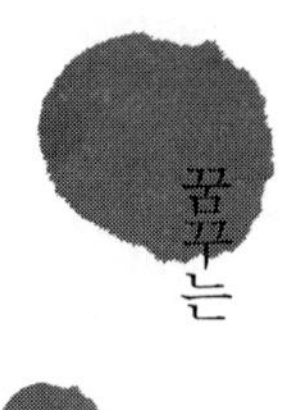

다크 솔루션의 일이 끝난 후 우린 잠시의 휴가를 받을 수 있었다. 프로이브란 백작과의 전선에서 뇌검 유라이가 휴전을 이끌어냈기 때문에 가능한 일이었다. 물론 얼마나 갈지 모르는 휴전이었지만, 권력을 잡고 있는 자를 제외하고는 이 잠시의 휴식 시간을 반기지 않는 이는 없었다.

"끼아~ 오랜만에 제대로 쉬어보겠군!"

몇 달 동안 전선이 소강 상태였다고 하지만 소속되어 있는 용병이 함부로 전선을 이탈할 수는 없었던지라 이스트와 우린 최전선에서 시간을 때워야 했던 것이 다반사였다. 정식 휴가를 받은 지금은 지방시 근처의 다른 영지까지 가는 것도 가능한 터였기에 이스트로선 반갑기 그지없었던 것 같다.

지방시를 벗어난 후 우린 가까운 온천 도시인 그리폰 시로 향했다.

휴화산인 로니도 화산의 영향으로 곳곳에 많은 온천과 함께 휴향지가 발달한 도시였기에 해마다 많은 수의 귀족들이 휴식을 취하는 곳이었다.

프로이브란 백작의 영지에 있던 헤레나 역시 우리를 따라 그리픈 시로 향하고 있었는데, 용병으로 등록이 안 된 상태였기에 일자리를 찾지 못하고 책임지라는 식으로 우리의 곁에 붙어 같이 따라오고 있었기 때문이다.

그리픈 시로 향하는 마차 안에서 이스트는 헤레나를 보곤 한숨을 지으며 말했다.

"도대체 목적이 뭐야?"

"목적? 음… 남편감으로 찍었다고나 할까?"

"남편감?"

"저 사람 꽤 멋지지 않아?"

헤레나는 손가락을 들어 나를 가리켰고, 그 모습에 이스트는 황당하다는 얼굴을 하며 크게 소리 내어 웃기 시작했다.

"하하하하. 어이, 헤레나. 블러드 스톰의 나이가 얼마나 되는지는 알고나 있는 거야?"

"응? 생각보다 늙었나 보네? 겉모습으로 보면 많이 먹어야 서른도 안 된 것 같은데?"

"거참, 미안하지만 적어도 60은 넘었다는 것이 일반적이야. 그가 용병으로 활약한 햇수를 짐작해 보면 그 정도는 되니까 말이야."

"에? 할아버지잖아?"

이스트의 말을 듣고 놀란 그녀는 갑자기 다가와서는 나의 얼굴을 여기저기 살펴보며 고개를 갸우뚱거리고 있었다.

"뭐 하는 거야?"

"응? 아! 60도 넘은 나이에 너무 탱탱하길래, 나도 좀 배워보려고."

"하하하하하."

헤레나의 엉뚱한 발언에 이스트는 마차가 흔들릴 정도로 자지러지며 웃기 시작했다. 엉뚱한 여자, 하지만 알 수 없는 비밀을 감추고 있는 여자였다.

휴양 도시의 이미지가 강한 그리폰 시는 다른 곳과는 달리 전쟁을 겪지 않은 곳이다. 일 년 내내 이곳을 드나드는 고위 귀족들이 있는 한 아무리 금싸라기 땅이라 해도 이곳에서 전쟁을 일으키는 것은 자신의 명을 줄이는 것과 마찬가지이기 때문이다.

그 덕에 이곳에 사는 이들은 모두 풍요로운 생활을 영위할 수 있었지만, 그에 따라 이방인에 대해 상당히 배타적인 도시로 자리를 잡았다. 손님들에게는 한없이 친절한 그들이지만 약자, 즉 전쟁을 피해 온 유랑민들에겐 한없이 가혹한 자들이 바로 그리폰 시의 사람들이었다.

철저한 이득만을 위해 살아가고 있는 것이다.

이것은 시 외곽에서 여실하게 드러나고 있었다. 높이 10미터 정도의 높은 성곽이 휴화산 로니도를 크게 감싸고 있었기 때문에 확실한 신분이 보장되지 않는다면 이곳으로 출입하는 것은 힘들었다. 전쟁을 피해 살고자 이곳으로 피신해 온 자들은 높은 성곽을 보며 좌절해야 했다.

그리폰 시의 남쪽 성문 근처에 다다르자 마차가 다닐 작은 도로를 제외하고는 모두 빈민들로 가득 차 있었기에 이스트의 안색은 조금 굳어지는 듯했다. 허름한 천막을 치고 살아가는 그들의 얼굴이 피폐하게 말라 있었기 때문이다.

"도대체 이놈의 도시는 뭐지?"

보통의 도시에선 전쟁 중이라도 신전에서 이러한 빈민들을 구제하기 위해 적은 수의 신관이라도 모습을 보이는 것이 보통이었지만, 이곳의 빈민들은 신전의 도움조차 받지 못하고 있으며 도시 안으로 들어가기만을 기다리고 있는 듯했다.

"휴, 이게 바로 그리픈 시예요."

"응?"

"그리픈 시는 상업 휴양 도시예요. 많은 귀족들이 머무르는 곳이라고요. 그런 만큼 이런 빈민들을 성내로 들여보낸다면 귀족들의 반발을 받게 되는 거죠. 이런 일이 계속되다 보니 차츰 성 밖의 빈민들을 도와주는 사람도 줄어들게 되었죠."

"저들은 뭐지? 도와주지 않을 것을 알고 있지 않은가?"

"일자리를 구하기 위해서죠. 운 좋게 일자리를 구해 그리픈 시로 들어갈 수만 있다면 식구들을 모두 먹여 살릴 수 있을 정도의 벌이가 되니 사람들이 끊이지 않는 거죠."

"음."

이스트는 아무런 도움이 없음에도 수많은 빈민들이 성문 앞에 모여 있는 이유를 알 수 있었다.

헐벗은 사람들을 지난 마차는 얼마 지나지 않아 그리픈 시의 성문에 다다랐다. 그리픈 시의 성벽 주위는 넓이 6미터 정도의 해자가 파여져 있었기 때문에 다리를 내려놓지 않는 이상 성안으로 들어갈 수 있는 방법은 없는 듯했다.

해자의 바깥쪽에서 경비를 서고 있던 병사가 마차 쪽으로 걸어오자 이스트는 고개를 내밀며 말했다.

"어이! 다리 좀 내리라고. 오랜만에 몸 좀 담그려고 왔으니까."

전형적인 용병의 말투를 쓰는 이스트를 보며 인상을 찌푸린 병사는 손을 내저으며 말했다.

"네 녀석 같은 저급한 용병이 드나들 곳이 아니다. 좋은 말 할 때 썩 꺼지라고."

"어라? 돈만 있으면 들어갈 수 있는 곳 아니었던가?"

"일주일 전엔 그랬지. 지금은 시에 고귀한 분이 와 계시기 때문에 시장님의 지시로 손님을 가려 받고 있다고."

"젠장!! 귀족새끼들만 인간이냐!!"

병사들의 말에 성질을 난 이스트가 소리치자 병사는 얼굴을 일그러뜨리며 창을 들고는 소리쳤다.

"성한 몸으로 떠나고 싶으면 당장 꺼지라고!!"

이스트와 이야기하던 병사가 소리치자 대기하고 있던 십여 명의 병사들 역시 창을 들며 다가오기 시작했다. 이스트는 그런 그들의 모습을 보며 콧방귀를 끼더니 마차 안으로 들어와 말했다.

"용병패 좀 빌려줘."

이스트는 대답할 사이도 주지 않고 나의 주머니에서 용병패를 꺼내고는 병사들에게 들어 보이며 말했다.

"이런 무식한 것들아! 이게 뭔지나 알고 있냐?"

"어쭈, 주제에 은으로 된 용병패를 가지고 있는 것을 보니 이급은 되나 본데, 우리 같은 녀석은 우습게 보이나 보지?"

이스트는 자신이 들고 있는 용병패를 이급용병들의 표식인 은제 용병패로 보는 병사들을 보며 한숨을 쉬었다. 미쓰릴은 같은 무게 금의 몇 배나 비싸긴 했지만 진은이라고 부를 정도로 은과 비슷했기 때문에 하급의 말단 병사들은 미쓰릴을 제대로 분간할 줄 모르고 있었던 것이다.

이스트는 자신의 품에서 용병패를 꺼내고는 병사에게 보여주며 말했다.

"어이, 이 두 개의 용병패 비교해 봐. 뭔가 다르지 않아?"

갑자기 목소리를 낮추며 두 개의 용병패를 내미는 이스트를 보며 병사는 얼굴을 가까이 대어 용병패를 관찰하기 시작했고, 얼마 지나지 않아 처음에 내민 용병패의 재질이 나중 것과 크게 다르다는 것을 알 수 있었다.

"설마……?"

"대충 넘어가 줘. 첫 번째 용병패의 주인은 지금 마차 안에 있다고. 설마 그리폰 시가 용병 길드와 결별한 것은 아니겠지?"

이스트의 말에 놀라 잠시 마차를 쳐다보던 병사는 정신을 차리려는 듯 고개를 휘젓고는 성벽 위를 향해 소리쳤다.

"어이!! 한스! 다리 내리라고!!"

병사는 성벽 위를 향해 소리쳤고, 얼마 지나지 않아 성문의 다리가 내려왔다. 그 순간 성문 밖에 있던 빈민들이 그 안으로 몰려가기 시작했다.

"뭐야, 이거?"

이스트는 이 상황에 어리둥절해하며 몰려들어 가는 빈민들을 보고 있었는데, 성문을 지키던 병사들은 빈민들을 막으며 소리치기 시작했다.

"당장 물러나지 못하겠어! 이것들이!!"

성안으로 들어가려는 빈민들을 막는 병사들의 행위는 잔인하기 그지없었다. 창으로 패는 것은 예사였고, 난폭한 녀석들에게는 창까지 찔러대고 있는지라 여기저기 피를 흘리며 사람들이 쓰러져 갔다. 쓰러진 자들은 밀려오는 빈민들의 발에 밟히며 비명을 질러 아수라장이 되어버리고 말았다.

"뭐 하는 짓이야, 이 자식들이!!"

빈민들이 갑작스럽게 몰려왔다고는 하지만 창으로 찌르기까지 하는 병사들을 보고 이스트가 화를 내며 마차 밖으로 뛰쳐나가려 할 때, 헤레나가 급히 그의 팔을 잡아당겼다.

"이거 안 놔!!"

자신을 붙잡는 헤레나를 보고 이스트는 얼굴을 일그러뜨리며 소리쳤지만 헤레나는 손을 놓을 생각이 없는지 고개를 저으며 말했다.

"네가 나가봤자 아무 소용 없어. 아마 성벽 위에서 활까지 쏘아댈걸?"

"뭐야!!"

빈민들이 성문을 향해 밀집돼 있는 곳에 만약 활을 쏘아댄다면 엄청난 희생이 따를 것이 분명했지만, 단지 성안으로 들어서려는 사람들에게 활까지 쏠까라는 생각에 이스트는 믿지 못하는 듯했다.

헤레나는 이스트에게 이해시키려는 듯 조용히 말했다.

"실제로 도시 안에 고위 귀족이란 자가 있다면 병사들은 활을 쏘고도 남는다고. 이들을 들여보낸다면 시장의 입지가 흔들리는 것은 물론이요, 병사들의 목도 달아날 테니까."

"젠장!!"

사실이었다. 도시 안에 빈민들의 모습이 보인다면 그들을 인간 취급하지 않는 귀족들이 지저분한 그들의 모습에 불쾌감을 가질 것이 분명했고, 시장의 자리가 흔들리는 것은 당연했다. 가진 자들에겐 못 가진 자는 길거리에 굴러다니는 돌멩이보다 못한 자들, 헤레나의 말은 충분히 가능한 일이었다.

빈민들의 틈 사이를 병사들이 벌리자 마차는 천천히 다리를 통해 안으로 들어갔다.

우리가 들어간 후 다리가 올려지자 다리 위에서 버티던 자들이나 근처에 있던 자들은 뒤에서 밀려오는 사람들에게 밀려 해자로 빠지기 시작했고, 날카로운 창살이 박혀 있는 해자의 물은 순식간에 붉은색으로 물들여지기 시작했다.

하지만 일은 여기서 끝나지 않았다. 빈민들의 몸을 막아서던 병사 한 명이 해자에 빠져 죽자 병사들의 분노가 커졌기 때문이다.

동료가 죽었다는 것을 확인한 병사들은 창과 검을 꺼내어 빈민들을 난자해 가기 시작했고, 성벽 위에선 몰려 있는 사람들을 향해 활을 쏘아대기 시작했다.

"이 새끼들이!!"

이스트는 더 이상 참지 못하고 성벽 위로 뛰어올라 가서는 활을 쏘아대고 있는 병사들을 쓰러뜨리기 시작했다.

"힘없는 사람에게 활을 쏘아대다니, 너희 것들이 인간이냐!!"

이스트는 노성을 터뜨리며 성벽 위의 궁병들을 쓰러뜨려 갔기에 얼마 지나지 않아 십여 명의 병사들에게 포위되어 버렸다.

"저 자식을 잡아라!!"

"성내로 잠입한 첩자다!!"

힘없는 자들을 죽이는 것을 막기 위해 뛰어올라 간 이스트는 어느새 그리픈 시의 첩자가 되어 몰리기 시작했다. 10여 명쯤의 병사들이야 어떻게든 처리할 수 있는 이스트였지만 이렇게 첩자로 몰리다가는 계속 밀려올 병사들을 당해낼 재간은 없었다.

"멈춰라!!"

이스트는 마음을 굳게 먹고 병사들을 베기 위해 검을 잡을 수밖에 없었는데 그때 한 남자의 외침이 들렸다.

목소리에 약간의 마나가 서려 있는 것으로 보아 꽤 실력있는 자가 소리쳤다는 것을 알 수 있었다.

잠시 후 병사들 사이에서 기사의 복장을 하고 있는 젊은 청년이 걸어나왔다.

"네 녀석은 누군데 경비병들을 공격하는가?!"

기사가 검을 들이대며 소리치자 이스트도 지지 않고 대들었다.

"미친 자식들아!! 아무리 저 사람들을 들여보내지 않는다고 해도 무기조차 들지 않은 사람에게 활을 쏘아대는 것을 보고 있으란 말이냐!!"

이스트의 말을 들은 기사는 잠시 놀라는 표정을 짓더니 성벽으로 다가가 밖의 모습을 지켜보았다. 성벽 밖에는 활에 맞거나 병사들의 창이나 검에 상처를 입은 많은 사람들이 큰 부상을 입고 신음하거나 죽어 있었다. 기사는 이맛살을 찌푸리더니 경비병들을 보며 말했다.

"책임자는 누구인가?!"

기사의 말에 중년의 병사 한 사람이 걸어나왔다.

"남성문을 담당하는 기사님은 잠시 일이 있어 외출하셨기에 제가 임시 책임자입니다."

"임시 책임자?"

기사는 임시 책임자라는 말에 미간을 찌푸리고는 병사에게 다가가 주먹을 들어 그의 얼굴을 쳤고, 병사는 외마디 소리와 함께 쓰러졌다.

자신의 주먹을 쓰다듬으며 기사는 병사에게 말했다.

"성에서 소란을 일으키지 말라는 지시도 받지 못했는가?"

"그게……."

"이곳 담당 기사가 누군인가?"

"…시겐 기사님입니다."

"시겐? 시겐 유라토?"

"예."

"당장 시겐 그 자식에게 뛰어가 기사관으로 출두하라고 전해라!!"

"예. 하온데 누구시라……."

"기사단의 부단장 레이몬이다!"

"헉!! 옛!!"

레이몬이라는 기사가 자신의 이름을 밝히자 병사는 놀란 얼굴을 하며 고개를 끄덕이고는 성안으로 급히 뛰어갔고, 병사가 사라지는 모습을 본 레이몬은 이스트에게 다가와 말했다.

"저희 시에 찾아오신 분에게 큰 결례를 범한 것 같군요."

"괜찮습니다."

이스트는 간단하게 대꾸하고 마차가 있는 곳으로 뛰어내려 왔다. 무슨 이유에서인지 이스트는 그 기사가 상당히 마음에 들지 않는 듯했다.

일단의 소란을 지나 마차를 타고 가면서도 이스트는 화가 나는지 어쩔 줄을 몰라 하고 있었고, 딱딱해진 마차 안의 분위기에 헤레나는 한숨을 쉬며 말했다.

"도대체 뭐가 그렇게 불만이란 거야?"

"불만? 흥!!"

"이곳의 녀석들이 빈민들에게 너무 가혹하게 군 것에 그렇게 열받은 거야?"

"도대체… 이곳의 인간들은 알 수가 없어!! 수많은 인간들을 죽여놓고 한다는 말이 소란을 피우지 말라 했다고? 인간의 목숨보다 귀족 대가리들의 유희 시간이 더 중요하다는 게 말이나 돼!!"

이스트의 분노가 섞인 외침을 들은 헤레나는 어쩔 수 없다는 듯이 고개를 내젓고는 말했다.

"어이, 이스트. 동쪽 대륙의 끝에 사는 유온 족에 대해서 알고 있어?"

"야만족?"

"그래. 그런데 넌 왜 그들을 야만족이라 말하지?"

"야만족이니까. 일 년에 두 번 목욕할까 말까 하는 더러운 녀석들투성이인데다가 짐승의 똥을 사용하여 불을 피우는 녀석들 아니야?"

"그래? 그럼 넌 왜 이곳의 병사들에 대해서 화를 내는 거지?"

"그건 뭔 소리야!"

이해할 수 없다는 이스트의 얼굴을 보며 헤레나는 그 이유에 대해서 말해 주었다.

"유온 족이 사는 동쪽 대륙은 건조한 지대로 이루어져 있지. 극히 물이 부족한 곳에서 생활하고 있는 그들은 물을 찾아, 초원을 찾아 이동하며 살아가는 방법밖에 없다. 마실 물조차 변변치 않은 사정에서 목욕이란 것은 극히 사치스러운 일. 뭐랄까, 제국으로 치면 황제나 고위 귀족만이 겨우 가능한 일이라고나 할까? 또 나무가 자라나지 못하는 환경에, 밤과 낮의 일교차가 큰 건조한 지역이라 연료로 태울 것이라고는 키우고 있는 짐승의 똥 외에는 없는 것이 그들의 실정이야. 자, 다시 한 번 묻겠어. 넌 그들을 야만인이라고 말할 수 있어?"

헤레나의 말에 이스트는 뭐라 대답할 말이 없었다. 자신이 살고 있는 이곳에서의 입장에선 그들이 지저분하게 보일지 모르지만 그들은 세상을 살아가기 위한 나름대로의 지혜였기 때문이다.

"도대체 유온 족이 야만인이 아니라는 것과 이곳의 비열한 자식들과 무슨 관련이 있다는 거야?!"

"애석하지만 관련은 없어. 다만 변변한 군사력을 가지고 있지 않은 휴양 도시가 살아날 수 있는 방법은 이곳으로 오는 고위 귀족들을 구워삶는 것 외에는 없다는 거야. 즉, 이들은 고위 귀족의 사치스러운 기분 하나에 생사가 달려 있다는 거지. 그렇게 본다면 기회를 틈타 도시 안으로 들어오려는 빈민들은 이들의 눈에는 도시를 파괴하려는 적병으로 보이는 것은 당연한 이치다. 물론 정당한 행동이라고는 말할 수 없지만 말이야. 어이, 이스트. 잘 들으라고. 사람은 어느 곳에, 또 어떻게 사느냐에 따라 그 방법이 달라질 수 있다. 외지에서 온 우리의 눈에는 비열하고 잔인한 행동으로 보일 수도 있지만 이들에겐 수십 년, 아니, 수백 년의 시간 동안 이어져 온 살기 위한 처세 철학일 수도 있다는 거야. 대충 내 말을 알아들었으면 생각해 보라고."

헤레나의 말을 들은 이스트는 잠시 생각에 잠겨 있는 듯했다.

"젠장!! 모르겠네!!"

이스트는 헤레나의 말을 이해는 했지만 수긍은 하지 못한 얼굴이 되어 마차 좌석의 몸을 기대고는 창밖으로 보이는 휴화산을 일그러진 얼굴로 보며 화를 삭이고 있었다.

"당신은 어떻게 생각하죠?"

헤레나는 입가에 웃음을 띠곤 나를 보며 물어보았다.

물론 난 그녀의 장난 어린 물음에 대답해 주지 않았지만 그녀의 말에 대해 생각해 보지 않은 것은 아니다. 그리고 내린 결론은 그녀의 생각이 틀렸다는 것이다.

각 나라, 각 지역마다 자연의 조건이 다르기 때문에 그들의 생활 방식은 다를 수 있지만 인간이 최소한으로 지켜야 할 규범은 다르지 않다. 살인, 강도와 같은 흉악한 범죄를 단순히 살기 위한 방편이라며 도외시한다면 그 사회가 존속되는 것은 불가능하기 때문이다.

세상 어느 사회나 반드시 지켜야 할 사항이 있는 것과 같이 사람의 목숨을 존중하는 것과 같은 사항은 지역의 범주가 아닌 세상에 살아가는 인간으로서 반드시 지켜야 할 사항인 것이다.

이스트에게 조금 혼란스러웠던 사건은 지나가고, 우린 목적했던 곳에 도착할 수 있었다. 지방시의 용병 길드에서 추천한 호텔인 이곳은 주로 길드의 지부장들이 이용하는 곳이었다.

우리가 도착하자 지방시에서 연락이 있었던지 십여 명의 종업원들이 문에서 이열로 대기하고 있었다.

"저희 호텔을 방문해 주셔서 감사합니다."

마차에서 내리자 50대 남자가 미소를 지으며 우리를 맞이했다.

"저를 따라오시지요. 총길드장께서 기다리고 계십니다."

"총길드장?"

그의 말에 난 되물을 수밖에 없었다. 대륙 용병 길드의 최고 우두머리라고 할 수 있는 총길드장 페르난도 에르반테스는 대륙 전체에 영향을 줄 수 있는 다섯 사람 가운데 한 명이다. 용병 길드는 대륙 거의 모든 국가에 지부를 두고 있었기에, 그의 지시 하나면 제국조차 휘청일 수 있는 것이다.

그런 광대한 권력의 중심부에 선 자가 약속도 되어 있지 않은 나를 기다리고 있다는 말을 듣고 놀라지 않는 것이 더 이상할 것이다.

이 휴가 여행은 모두 이스트가 계획한 것이기에 난 고개를 돌려 이스트를 쳐다보았다.

"헤헤헤, 어쩔 수 없었다. 이급용병 따위가 길드장님의 지시를 어떻게 거부할 수 있겠나."

이스트의 처지를 잘 아는 나였기에 성질을 낼 수도 없었고, 또 총길드장을 만나는 것이 문제될 것은 없었기 때문에 난 지배인으로 보이는 남자를 따라 호텔 안으로 들어갔다.

그의 안내로 들어선 호텔엔 순백의 대리석이 깔려져 있는 로비에 이십여 명의 용병들이 자리 잡고 있었다.

한 명, 한 명 날카로운 마나의 기운을 내뱉고 있었기에 거의 모두가 일급용병이란 것을 알 수 있었다. 짐작컨대 아마 총길드장을 호위하고자 파견된 용병이리라.

이스트와 내가 계단을 오르려고 하자 그들의 대장인 듯한 자가 나의 앞으로 걸어나왔다. 다른 이들보다 느껴지는 마나의 기운이 약한 것으로 봐서 이지는 마나를 숨기는 것을 알고 있는 자였다.

"여기서부턴 내가 안내하겠소."

그렇게 말한 남자는 중년인을 무언으로 물리고는 조용히 이스트와 헤레나의 얼굴을 쳐다보았다. 이쯤에서 길을 달리하라는 협박에 가까운 눈짓에 어색한 표정을 하며 이스트는 헤레나의 손을 잡고는 로비의 한쪽으로 걸어갔다.

"뭐야, 난 블러드 스톰을 따라가고 싶단 말이야."

"조용히 해, 이 계집애야. 분위기 좀 보라고, 분위기."

이스트의 말에 헤레나는 주위를 살펴보는 듯했다. 험악한 인상의 용병들이 모두 헤레나를 죽일 듯이 째려보고 있는 것을 보며 그녀도 포기할 수밖에 없다는 것을 알았는지 어깨를 늘어뜨리며 걸어가 근처에 있는 의자에서 자신을 노려보는 용병을 발로 밀어버리고는 자리에 앉아버렸다.

"휴."

의자에서 한순간에 밀려 버린 용병은 화가 난 얼굴로 뭐라 소리치려 했지만 이곳에서 소란을 일으켜서는 안 된다는 생각이 들었는지 얼굴을 일그러뜨리며 한쪽으로 걸어갔고, 그 모습에 이스트는 한숨을 내쉬었다.

"당찬 여자를 동료로 두었군. 올라갑시다."

그자의 뒤를 따라 도착한 곳은 호텔 3층에 위치한 방이었다. 귀빈용으로 만들어져 있는 이 방은 보통 사람은 꿈도 꾸지 못할 장식품들은 물론이요, 바닥에 깔려 있는 양탄자 또한 귀족의 집에서나 구경할 수 있는 그런 것들이었다.

마치 귀족들의 방을 그대로 옮겨놓은 듯한 모습이랄까? 이곳이 이 호텔의 가장 특급실이라는 것을 대충 알 수 있었다.

잘 꾸며진 응접실의 테이블 한쪽에는 중년 신사가 조용히 눈을 감고는 와인의 향을 음미하고 있었다.

"블러드 스톰을 데려왔습니다."

나를 안내한 용병은 정중하게 내가 왔다는 말을 하고는 신사의 뒤로

가 섰다. 허리에 있는 검을 금방이라도 잡을 수 있게 준비하고 있는 그의 몸에서는 강한 기도가 흘러나오고 있어 금방이라도 나의 목을 벨 수 있을 듯했다.

난 와인의 향을 음미하고 있는 중년 신사의 앞에 있는 의자에 앉았고, 내가 자리에 앉자 신사는 조용히 눈을 뜨고는 말했다.

"와인 한잔하겠는가?"

난 고개를 저었다. 그가 음미하는 고급 와인은 나에게는 어울리지 않는 물건 중의 하나였기 때문이다. 아쉽다는 얼굴을 하며 손에 들고 있던 와인 잔을 내려놓은 그는 두 손을 들어 깍지를 껴 턱을 괴고 잠시 동안 나의 얼굴을 지그시 쳐다보고는 말했다.

"소드 오버러의 경지에 들어선 자는 젊음을 되찾을 수 있다는 말을 듣기는 했지만 언제나 놀라워. 특히 자네의 모습은 그자들 중에서 가장 아름답구만."

"용건은……."

용병 길드의 총길드장 페르난도 에르반테스. 왠지 가까이 하고 싶지 않은 자였다. 얼굴 가득히 온화한 미소를 가득 담고 있는 자였지만 날카로운 송곳의 기분이 드는 것이, 겉으로는 괴팍한 듯하지만 속은 선하기 그지없는 이스트와는 정반대되는 모습인 것 같은 느낌이 들었다. 위험한 자. 나의 머리 속은 그를 위험한 자로 규정하고 있었다.

"성급하기도 하군. 뭐, 자네가 이 자리를 별로 좋아하지 않는 것 같으니 그만 용건을 말하도록 하지. 자네도 최근 느꼈다시피 불순한 무리들이 움직이고 있네. 정확하게 그들이 노리는 것이 무엇인지는 알 수 없지만 여러 사건을 통합적으로 살펴보면 한 가지 사항이 동일하다는 것을 알 수 있네."

"…불노불사……."

"역시 생각하고 있었군. 자네가 겪은 불사의 광전사와 휴레드 남작의 사건. 이 사건들은 적어도 각기 시간 차이가 나지만, 자네가 맡은 사건 외에 다른 것을 통합해 보면 비밀 집단이 200년 이상을 존속하며 활동하고 있다는 것이네. 200년 동안 불노불사의 방법을 연구하고 있는 비밀 집단. 최근에 나온 여러 사건을 보면 그자들의 시험은 거의 성공을 거두고 있다네. 많은 자들의 시체 위에서 말일세. 그렇기 때문에 그자들을 처치하지 않으면 대륙은 혼란스럽게 변할 것이 분명하네."

"나를 부른 용건은?"

"용병 길드의 조사로 이곳에도 그들의 비밀 집단이 하나 있다는 것을 알아냈네. 그것을 맡아주지 않겠는가?"

의뢰였다. 그것도 용병 총길드장이 직접 하는 의뢰. 아무리 특급용병이라고 하지만 그의 의뢰를 거부하지는 못하기에 난 고개를 끄덕일 수밖에 없었다.

"아! 그리고 말일세, 이 일은 자네 혼자가 아닌 자네의 용병단에 맡기는 것일세."

"내 용병단?"

"나머지 두 사람 말일세. 이급용병 이스트와 가명의 여자 헤레나 루아노프."

당했다. 페르난도 총길드장은 이미 헤레나의 정체를 파악하고 있었던 것이다. 지금 이 이야기를 꺼낸 것은 확실한 협박일 수 있다. 거부하거나 도망간다면 평생 용병 길드의 추격을 받게 될 것이다. 그렇게 된다면 난 모르겠지만 이스트와 헤레나의 경우에는 목숨을 부지할 수 있는 가능성은 거의 없다. 이 일을 빌미로 한 면죄부, 페르난도는 그것을 제시한 것이다.

"그자들도 꽤 쓸 만한 것 같아서 말이야. 이스트 군은 내가 직접 지시하여 일급용병으로 등록시켰으니 기다리면 일급용병패가 갈 걸세. 헤레나의 경우에는 정식 이급용병으로 인정해 주겠네."

"고맙군."

"천만에."

협박에 가까운 통고에 기분이 나빠진 난 고맙다는 한마디만을 남기고 방을 빠져나왔고, 나의 뒤를 이어 안내해 왔던 용병도 나왔다.

그는 나의 건방진 행동에 상당히 불만이 있는 듯 계단이 있는 곳으로 걸어가려는 나의 어깨를 잡고는 말했다.

"네 녀석이 어줍잖은 피 냄새를 풍겨 특급용병 자리를 따냈다곤 하지만 총길드장님께 한 번만 더 그런 식으로 행동하면 살아남지 못할 줄 알아라."

강자에 빌붙어 사는 하이에나 같은 녀석!!

"큭!!"

어깨를 강한 힘으로 억누르는 그의 행동에 화가 난 나는 어깨에 마나를 집중시켜 녀석의 내장에 충격을 주었다.

그는 신음과 함께 입술 사이로 진한 피를 흘리며 무릎을 꿇었고, 그때를 맞추어 나의 주먹은 녀석의 얼굴을 강타했다.

강한 타격에 날려간 그는 방문을 부수며 페르난도가 있는 응접실의 한가운데에 처박혔다. 방 안에서 의자에 앉아 있던 페르난도는 나의 시위를 보며 재밌다는 얼굴로 미소를 지었고, 그의 미소에 기분이 더 나빠진 난 뒤돌아 복도를 지나 계단을 내려갔다.

로비의 풍경도 그리 좋지만은 않았다. 길드장을 보호하기 위해 있었던 용병들은 언제 헤레나와 시비가 붙었는지 인상을 쓰며 그녀를 둘러싸고 있었고, 이스트 역시 더 이상 참지 못하겠다는 듯이 검에 손을 가져가 여차하면 뽑을 준비를 하고 있었다.

난 말없이 그들의 뒤쪽으로 걸어가 녀석들에게 약간의 힘을 표출시켰다. 나의 몸에서 흐르는 피 내음의 마나를 알아챈 그들은 서둘러 내 주위에서 물러나기 시작했고, 헤레나와 이스트는 그들의 포위에서 벗어날 수 있었다.

"흥!! 중앙에서 호위호식하는 쓰레기 같은 녀석들!!"

"뭐야!! 이 창녀 같은 계집이 말이면 단 줄 아는가!!"

"창녀? 허, 말 잘했다. 그래, 난 창녀다! 그래도 뒷구멍 내미는 네 녀석들보다야 백배는 나으니 걱정 말라고!!"

"이 계집이!!"

헤레나는 내가 나타나자 조금은 기가 살아 그들을 도발했고, 헤레나의 말에 화가 난 그들은 허리에 있던 검을 뽑아 들기 시작했다.

당장이라도 충돌할 것 같은 분위기였지만 나의 동료, 아니, 내 앞에서 검을 뽑아 드는 녀석을 가만히 내버려 둘 필요는 없었다.

난 아무 말도 하지 않고 허리에 차 있는 블러드 소드를 뽑아 들었다. 녀석들은 내가 검을 뽑아 드는 것을 확인하고는 당황하기 시작했다.

총길드장이 있는 이곳에서 내가 검을 뽑아 들 줄은 몰랐기 때문이다. 내 애검 블러드 소드가 뽑히면 피를 보지 않고는 들어가지 않는다는 것을 알고 있는 그들은 식은땀을 흘리기 시작했다.

내가 특급용병이라고 해도 그들은 일급용병에다 꽤 많은 수가 있었기에 조금은 자신감을 가진 듯했지만, 그것이 착각이라는 것을 가르쳐주리라 생각했다.

"이게 무슨 짓인가!! 당장 멈추지 못하는가!!"

어느새 정신을 차린 나를 안내했던 용병은 계단 위에서 검을 뽑아든 자들을 향해 소리쳤지만 블러드 소드에 피를 묻히지 않고 들어가게 할 생각은 없었다.

몸 안에 있는 피의 마나를 검에 집중시키자 검에는 붉은 마나가 불처럼 타오르기 시작했고, 진한 피 내음이 로비를 뒤덮기 시작했다.

"젠장!! 블러드 에이리어다!!"

계단 위에 있던 그는 로비 전체를 뒤덮고 있는 피의 내음을 확인하고는 다급하게 소리치며 검을 뽑고 내려왔다.

블러드 에이리어, 그것은 다른 이들이 나의 마나로 형성되는 피 내음의 공간을 두고 하는 말이었다.

처음 블러드 에이리어가 모습을 드러낸 것은 작은 왕국의 내전에서였다. 간신히 마나의 느낌을 감지할 수 있게 된 난 용병단의 백인장으로 그 싸움에 참여했다 왕국 측의 함정에 빠졌다. 살아남아 있는 사람은 나뿐이었고 반면 왕국 병사들의 수는 백여 명 정도였기에 난 죽음을 떠올릴 수밖에 없었다.

십여 명의 병사를 베었을 때 나의 온몸은 병사들의 병장기에 피로 물들여졌다.

많은 피를 흘림으로써 기력은 모두 떨어졌지만 죽음에 가까운 그 순간에 난 나만의 마나에 대해 깨달을 수 있었고 강한 피 내음이 전장을 뒤덮어갔다.

마나의 정체를 깨달은 난 소드 마스터 초급의 경지였기에 병사들의 포위를 간신히 뚫어 아군의 영지까지 탈출할 수 있었다.

그 삶과 죽음의 경계선을 넘어선 후에 내가 마나를 몸 밖으로 내뱉을 때마다 진한 피 내음이 사방을 뒤덮었고, 나의 동료들은 이 피 내음의 공간을 블러드 에이리어라고 부르기 시작했다. 그 어떤 자라도 지옥을 꿈꾸는 공포의 공간.

나와 그들의 싸움을 막으려고 했던 그도 이 피 냄새의 공간을 알아채자 검을 뽑으며 내려올 수밖에 없었던 것이다.

강자에게 빌붙어 살며 자신이 잘난 줄로 아는 어리석은 무리들, 진실로 약한 자들보다 못한 그자들을 보며 난 입가에 미소를 띠었다. 오랜만에 쾌락에 가까운 피 내음을 느낄 수 있으리라는 즐거움이 온몸을 자극하고 있었다.

"젠장!! 멈춰, 이 자식아!!"

이스트였다. 이스트는 블러드 에이리어를 형성시킨 내가 사람들을 죽일 것을 알고 있었는지 온몸을 날려 나의 검을 붙잡았지만, 그것이 오히려 녀석들의 움직임을 시발시키고 말았다는 것은 예측하지 못했을 것이다.

피는 사람을 흥분시킨다. 나의 에이리어 안에 있는 자들은 공간에서 정확한 이지를 잃게 되며 공포와 흥분에 사로잡히게 된다. 약간의 도발, 그것에도 그들은 광란에 사로잡힐 수 있었는데 이스트가 나의 검을 막기 위해 팔을 잡았을 때 그것은 녀석들에게 광란의 기회로 보인 것이다.

"우와앗!!"

"죽여라!!"

광기로 충혈된 눈을 부라리며 십여 명의 용병들이 나에게 덤벼들기 시작했다.

"젠장!! 이 자식들아, 죽으려고 작정한 거냐!!"

이스트는 그들이 달려오는 것을 확인하고는 허리에 있던 검을 빼어 광기에 사로잡힌 그들의 팔과 다리를 베어넘기기 시작했다. 평소의 그들이라면 이스트의 검은 무리였겠지만, 지금의 상태라면 이스트의 실력으로도 충분히 십여 명의 용병들은 상대할 수 있었다.

하지만 광기에 사로잡힌 그들은 큰 상처를 입었음에도 자리에서 일어나 피투성이가 된 채 이스트에게 덤비고 있었기 때문에 목숨을 끊지 않는 한 그들을 막을 도리는 없었다.

"젠장, 멈추라고!! 이 자식들아!! 블러디안 페스티벌이 시작되면 아무도 못 막는단 말이야!!"

이스트의 입에서 터진 블러디안 페스티벌이란 말에 헤레나는 물론 나를 안내한 용병의 안색도 블러드 에이리어가 시작된 것을 확인했을 때보다 더욱 시퍼렇게 변하고 말았다. 이 사건을 도발한 헤레나도 블러디안 페스티벌만은 보고 싶지 않아 함이 얼굴에 확연하게 드러나 있었다.

블러디안 페스티벌, 난 그의 외침을 들은 후 피에 대한 혐오가 밀려오기 시작했다. 딸이 죽어간 그 시점보다 날 더욱 고독의 순간으로 몰고 간 하나의 사건, 그것은 소드 오버러들이 겪어야 되는 마나의 병이었다.

소드 마스터는 마나를 다루는 능력에 따라 그 급수가 나뉘어진다. 하지만 마나의 숙련도가 최고로 상승하게 되면 그 몸은 넘쳐 나는 마나를 진정시키기 위해 재조합을 이루게 된다. 하지만 완벽하게 변하지는 않는다. 소드 오버러의 경지에 들어선 자들이란 바로 이 경계에 해당하는 이들을 말한다. 마나를 진정시키기 위해 몸은 그 젊음을 되찾아가며, 체내에 마나가 저장될 수 있는 공간은 늘어나지만 그 많은 마나를 완벽하게 정리하여 자연계로 환원시키는 그랜드 소드 마스터의 경지에는 이르지 못한 자들, 그들은 적정 수준의 마나를 넘어선 순간에는 그 속성에 따른 광기에 빠져 버리고 만다.

피의 속성을 가진 나의 광기가 이루어낸 피의 축제, 나와 같은 경지이거나 넘어서는 자를 제외하고는 평소 블러드 에이리어의 두 배에 이르는 공간에 있는 사람들은 그 형체를 남기지 못할 정도로 난자당하게 된다.

처음 이 마나의 광기를 감당하지 못했을 때 300명이 넘는 시체의 산에서 웃고 있는 나를 발견할 수 있었다. 아군과 적군의 구분도 없이 가해진 나의 학살에 사람들은 공포에 떨었고, 후에 그것을 블러디안 페스티벌이라 부르기 시작했다. 이 사건은 소드 오버러들이 겪는 마나의 광기라는 것이 밝혀지면서 면책은 면할 수 있었지만 나에게 어떠한 이도 접근하지 않는 결과를 낳게 되었고, 나 역시 언제 터질지 모르는 블러디안 페스티벌을 두려워하며 사람들을 멀리하게 만들었다.

레아와 레비나를 떠날 수밖에 없었던 이유 중의 하나도 블러디안 페스티벌의 두려움 때문이었다.

나의 죽음의 순간, 나의 명이 끝나는 그 순간 체내는 마나의 강대한 표출과 함께 부서져 나가며 최후의 블러디안 페스티벌을 벌이게 될 것이다.

그때가 되면 평소 블러드 에이리어의 열 배가 넘는 공간 안에 있는 자들은 학살 속에 죽임을 당할 것이다.

그때를 두려워하며 그 당시의 순간을 혐오스러워했던 난 이스트의 블러디안 페스티벌이란 말에 정신을 차릴 수 있었다.

페르난도, 그자를 보고 온 후 난 평소의 침착함을 잃고 있었던 것이다.

조금씩 조금씩 블러드 에이리어가 흐려지자 광기가 사라진 그들은 평소의 눈을 찾고는 자리에 쓰러지기 시작했다. 이스트에게 베인 상처 때문이었다.

이스트는 그들이 제정신을 차리자 작게 한숨을 내뱉고는 나의 얼굴을 쳐다보았다. 하지만 난 그에게 아무 말도 할 수가 없었다. 할 수 있다면 고맙다는 말을 해주고 싶을 뿐이었다. 나의 광기를 막아준 친구에게 말이다.

헤레나 역시 블러디안 페스티벌의 공포가 사라지자 힘없이 의자에 쓰러져 앉고는 가슴을 쓸어 내리고 있었다. 그녀는 블러드 에이리어 안에 있었기 때문에 거의 죽음의 순간에서 빠져나왔다는 것을 알았기 때문이다.

나를 진정시킨 사람이 이스트란 사실을 안 용병들의 대장은 검을 집어넣고는 이스트에게 다가가 말했다.

"고맙소. 당신 덕분에 녀석들의 목숨을 구할 수 있었소이다."

"천만에. 말해 두겠지만, 녀석을 도발하지 말라고. 오늘이야 이렇게 끝났지만 자칫 잘못했다면 이 도시 전체의 사람이 죽을 수도 있었을 거라고."

"음."

사실이었다. 블러드 에이리어가 고정된 것이 아니기 때문에 사방이 성벽으로 막혀 있는 이곳의 경우에는 빠져나갈 입구는 우리가 들어왔던 문을 비롯해 두세 개가 전부였다.

인간의 마나를 느낄 수 있는 나의 광기에 거의 대부분의 사람이 죽임을 당할 수도 있었을 것이다.

"오늘은 그만 쉬고 싶으니 나중에 봅시다."

"그러도록. 나중에 계획서를 사람을 통해 보내도록 하겠소이다."

"그럼."

우린 한쪽에서 방금 전의 사태에 떨고 있는 직원 한 명을 진정시키고는 예약된 우리들의 방으로 향했다.

방에 도착한 우린 가벼운 여장으로 갈아입고는 식당으로 향했는데, 가는 도중 헤레나는 아직도 그 상황을 믿지 못하겠다는 듯이 연신 이스트와 수다를 떨고 있었다.

"근데 말이야, 이스트는 블러디안 페스티벌을 본 적이 있어?"

"응? 없는데? 바보 기집애야! 그걸 봤다면 내가 여기 서 있을 수나 있냐? 저기 다혈질 친구의 검에 피곤죽이 되어 있지."

"그런가? 근데 어떻게 저 사람이 블러디안 페스티벌을 할 거라는 걸 알고 소리친 거야?"

"기냥 뻥이다, 뻥! 블러드 소드 하면 사람들이 겁먹는 두 가지 사건. 금지 마법 메스에크레 사건하고 블러디안 페스티벌이라고. 메스에크레야 단순히 금지 마법에 화가 난 녀석이 행한 짓이라고 해도, 블러디안 페스티벌의 경우에는 진짜 저 녀석 경지에 어쩔 수 없는 광기의 사건, 검을 다루는 녀석이라면 모르는 사람이 없는 공포의 대명사라고."

헤레나는 이스트의 말을 잠시 생각하고는 말했다.

"그럼 대충 이런 거네? 입에선 크크크 소리를 내며 피로 목욕한 것

처럼 물들여져 죽은 사람들 뼈마저 남기지 않을 정도로 검기를 펑펑
써대며 막 설치는 모습 말이야."

"음… 거의 비슷한가? 광전사의 모습에 엄청난 마나를 써대는 실력
의 광기니까 말이야."

이제는 공포가 조금 사라진 듯 재밌는 이야기처럼 말하는 그녀의 모
습을 보며 한숨을 내쉴 수밖에 없었다. 어쨌든 평정심을 잃었던 순간
이었기에, 그런 일이 벌어질 수도 있었기 때문에 반성할 수밖에 없었
다.

평소에 평정심을 잃지 않는 나의 모습만을 보아왔었기에 나의 실수
를 물고 늘어지는 것이 상당히 재미있는 듯한 두 사람이었다.

"어쭈, 이젠 한숨도 쉬네?"

이스트는 내가 한숨을 쉬는 것을 보고는 같잖다는 미소를 지으며 말
했고, 그의 말이 신기한 듯 헤레나는 나의 얼굴을 요리저리 살피며 말
했다.

"많이 변했네? 처음 봤을 땐 한숨도 안 쉬는 냉철한 녀석으로 봤는
데 말이야."

"그래… 하지만 그게 문제야."

"응? 무슨 소리야?"

"몇십 년을 그런 모습으로 살아온 이가 짧은 순간에 변해가고 있다
고. 이번에 일도 어쩌면 변해가는 저 녀석의 감정이 터져 나온 것일 수
도 있다고."

이스트의 말은 나의 가슴속을 찔러왔다.

"블러드 스톰, 변해가는 너의 모습이 마음에 들지 않는 것은 아니지
만 조심해라. 인간은 감정의 변화에 민감하다. 지금까지 너의 성격은

그 감정 변화에 강하게 대치할 수 있었는지 모르지만 변해가는 너의 성격은 우리와 같이 변화에 민감하다는 것을 말이야.”

이스트의 충고 어린 말, 충분히 느낄 수 있었기에 난 고개를 끄덕였다. 친구, 전장에서 죽어간 눈물 속의 마지막 친구를 끝으로 나에게 친구는 없으리라 생각했지만 이스트는 나의 친구로서 다가오고 있었다.

저녁 식사가 끝난 후 냉막한 인상의 용병에게서 우리가 해야 할 일의 계획서가 한 장 전해졌다.

“뭐야, 이건!!”

계획서의 내용을 확인한 이스트는 황당하다는 얼굴을 하고 있었고, 그에 반해 헤레나는 당연하다는 얼굴을 하며 말했다.

“호호호, 나의 미모를 인정해 주는군.”

“말도 안 돼.”

용병 길드 측에서 내려온 계획은 이렇다. 거의 모습이 알려지지 않은 블러드 스톰은 그들 휘하의 용병으로 들어가며 헤레나는 그들의 수중으로 계획적으로 납치되는 것이다.

비밀 집단은 성 밖의 빈민들 중 여자를 납치하여 비밀 실험을 진행하고 있었기 때문이다.

헤레나는 그곳에서 미모를 이용하여 적의 비밀을 알아내는 역할을 하는 것으로, 이스트 역시 그곳에서 일하는 잡역부로 들어간다. 이런 계획은 대륙 대부분에 지부를 가지고 있는 용병 길드의 정보 조작이 없으면 불가능한 일이었다.

“휴, 어쩔 수 없군. 하지만 잡역부라니…….”

“길드장이 일급용병으로 올려준 걸로 만족하라고.”

"무슨 소리야!! 이래 봬도 일급 정도의 실력은 된다고!!"

"호, 정말 그럴까?"

"너나 조심해라. 그 정도의 미모로 어떻게 그곳의 사람을 꼬셔서 비밀을 알아낼 수 있겠냐?"

"역시 근처에 있는 자는 그 사람의 진짜 모습을 알 수 없다더니 정말이었구나."

가장 자신있어하는 헤레나였지만, 여기서 가장 위험한 임무를 맡은 사람도 헤레나였다. 어떤 실험을 하고 있는지 모르는 상황에서 헤레나가 무슨 꼴을 당할지 모르기 때문이다.

이스트 역시 그것이 걱정되는 눈치였지만 대놓고는 말하지 못하는 모양이었다.

그것을 알고 있는지 헤레나는 이스트에게 다가가 볼에 살짝 키스를 하고는 미소를 지으며 말했다.

"잡역부 아저씨, 열심히 하세요."

"젠장."

모든 계획의 시작은 삼 일 후에 시작되었다. 이미 용병 길드에 문제의 집단이 용병 신청을 한 후이기 때문에 일은 간단하게 진행되었다.

일급용병 세이트란 이름으로 그로인 왕국 출신이란 가짜 용병패를 받은 난 다른 사람들과 같이 미팅 룸에 앉아 있었다.

'페르난도……'

용병 길드는 하나의 세력으로 대륙에 자리 잡고 있었지만, 나라의 정치에 영향을 미치지 않는 것을 법규로 삼고 있었다. 그런 용병 길드에서 무엇 때문에 이들의 비밀을 파헤치려 하는지는 알 수 없었다. 불노불시를 연구하는 비밀 단체라고는 하지만, 그들을 분쇄한다 해도 길드에서는 이득을 얻을 수 없기 때문이다. 아니, 오히려 그들을 유지시켜야만 길드는 더 발전할 수 있을 것이다. 용병 길드는 분란 속에서만 살아갈 수 있는 조직이기 때문이다. 이런 사정을 잘 아는 연구 단체였기에 아무런 문제 없이 용병 길드에 용병 신청을 하는 것이 아닌가?

최근 용병 길드에서 세력 다툼이 있었다고는 하지만 완전히 정리된 상태. 길드는 이제 완전히 페르난도의 손에 들어갔다고 할 수 있었다. 그렇다면 이 일을 개인적인 것으로 볼 수 있을 것이다.

페르난도, 어쩌면 그는 불노불사를 손에 쥐려 하는지도 몰랐다.

미팅 룸에 앉아 있은 지 얼마 되지 않아 룸 안으로 일단의 사람들이 들어왔다. 백색의 로브를 입은 마법사 한 명과 그를 호위하기 위한 용병 3명. 마법사는 꽤 실력이 있어 보였지만 호위 용병의 실력은 이급 정도였다.

미팅 룸에 있는 십여 명의 용병을 한번 둘러본 마법사는 나의 앞으로 와서는 물었다.

"이름과 등급은?"

"세이트, 일급."

"출신은?"

"그로인 왕국."

"흠."

그는 나를 보며 잠시 생각에 잠겨 있다 근처에 있는 다른 용병들에게 가서는 이름과 출신을 물어보았다. 모두에게 똑같은 질문을 한 그는 이곳 길드의 부지부장에게 다가가더니 말했다.

"세이트, 윈드, 릭. 이렇게 3명을 고용하도록 하지."

마법사는 나를 포함한 3명의 이름을 말하고는 부지부장과 용병 계약을 했다. 그가 선택한 이들에게는 공통점이 몇 가지 있었다. 첫째, 모두가 일급 이상. 둘째, 이방인을 선택한다는 것이다. 그것은 다른 일급 용병이 몇 명이 더 있었는데 그들은 그냥 지나쳤기 때문이다. 두 명 다 이곳 그리픈 시와 가까운 곳에 출신지를 둔 자였다. 셋째, 몸이 날쌘 젊은 자를 고르고 있었다. 중검을 사용하는 듯한 꽤 실력있는 용병을 그냥 지나친 것으로 추측할 수 있다.

그렇게 본다면 확실히 비밀 단체라는 것이 드러나며, 실력과 날쌘 자를 선택하는 것을 보면 비밀 작업을 수행한다고 볼 수 있었다. 이를테면 납치 같은 것을 말이다. 용병들이야 고용주가 시키는 대로 움직이는 것이 보통이니 타 지역 출신의 사람들이라면 별문제는 없었다.

마법사의 손짓으로 우리는 밖으로 나가 대기하고 있던 마차에 올라 탔다. 10여 명은 충분히 탈 수 있을 정도의 큰 마차 안에는 얇은 망사라 몸이 그대로 들어나는 옷을 입은 이십 대 초반의 이쁘장한 여인이 공손히 무릎을 꿇고 앉아 있었는데, 마법사가 그녀의 앞에 앉자 아무 말도 없이 그의 다리를 주무르기 시작했다.

"호오!!"

릭이라 불리는 용병은 그 모습을 보며 가볍게 탄성을 지르고는 조금 부러운 듯한 눈빛을 보였는데, 그것을 보며 마법사를 호위한 용병이 가벼운 웃음을 짓고는 말했다.

"부러워할 것 없다고. 네 녀석에겐 더 파릇파릇한 여자들이 기다리고 있을 테니까."

"응? 정말인가?"

"물론. 자넨 제대로 된 곳에 고용된 거야. 다른 곳과는 달리 이곳은 여자 걱정은 없을 테니까 말이야."

난 여자의 몸 이모저모를 훑어보았는데, 그를 본 마법사가 미소를 짓더니 여인의 머리채를 잡고는 나에게 집어 던졌다.

"으우!!"

그 순간 난 무엇인가를 깨달을 수 있었다. 나에게 내던져진 여자, 그녀는 말을 하지 못하는 벙어리였던 것이다. 난 그녀의 턱을 잡고는 입을 벌렸는데 역시 혀가 잘려져 있었다.

철저히 비밀을 지키기 위한 조치이리라. 일단은 그들에게 고용된 용병이었기에 이상한 짓을 보이면 안 된다는 생각이 들어 그녀를 무릎 위에 올려놓고는 옷 사이로 손을 집어넣어 몸을 쓰다듬었다.

여인의 깊숙한 곳에 손이 닿자 그녀는 신음을 내뱉었다.

"고맙군."

나의 감사의 말에 마법사는 다 아는 듯한 표정을 지으며 말했다.

"자네, 마음에 드는군. 그 냉막함, 정확히 사물을 관찰하는 눈 말이야. 그래, 그 여자에 대한 관찰은 다 끝났나?"

"물론. 혀를 잘려 키스하고 싶은 마음은 조금 떨어지지만 말이야."

"하하하하하, 재밌어. 자네, 내 밑으로 들어오게. 파르센에게 말하면 그 정도는 들어주겠지."

"파르센?"

"너를 고용한 사람이다. 우리 조직을 책임지고 있지."

책임자는 파르센. 가장 높은 자의 이름을 그냥 부를 수 있는 것으로 보아 나의 앞에 있는 자는 같은 조직에서 이곳으로 파견된 사람일 가능성이 높았다.

난 더 이상 그에게 질문하지 않았다. 그리고 그때 내 무릎에 앉아 있는 그녀의 눈에서 눈물이 떨어지는 것을 볼 수 있었다. 납치되어 왔는가? 혀까지 잘리며, 노예처럼 살아가는 그녀에게 조금 동정이 가는 것은 사실이지만 지금은 그런 동정에 넘어갈 때가 아니었다.

울고 있는 그녀의 뺨을 때리고는 화가 난 표정으로 밀어버렸다.

"입맛 떨어지는군."

"하하하하하."

마법사의 웃음소리, 역겨웠다. 추락한 인간을 보고 비웃는 자, 그는 그런 자였다.

20분 정도가 지나자 마차는 목적지에 도착했다.

마차가 지나온 방향과 시간을 미루어 짐작해 본다면 이곳은 로니도 화산의 중턱쯤이 분명했다. 잘 닦여져 있는 길을 보아 꽤 오랜 시간 동안 이곳에 자리를 잡고 있었다는 것을 알 수 있었다.

마차 밖으로 나오자 거대한 저택이 눈에 들어왔다. 저택 문을 시작으로 눈에 보이는 경비들의 숫자는 삼십 명 정도로 꽤 많은 숫자였다.

길드의 정보에 따르면 백여 명의 잡역부가 이곳에 고용되어 있다고 들었지만 잡역부의 모습은 눈에 띄지 않았다.

마법사를 따라 들어선 저택 안은 간소하기 그지없었다. 풀 플레이트 아머 장식품이 복도에 늘어서 있는 것 외에 눈에 띄는 장식 같은 것은 없었다.

저택의 계단을 따라 3층으로 올라간 후, 흰색으로 칠해져 있는 하나의 문을 열고 방 안으로 들어섰다. 방 안은 그리 넓지 않았지만 나를 포함한 7명이 들어가기에는 충분했다.

방의 창 쪽에는 안락의자에 한 명의 노인이 창밖을 보며 앉아 있었는데, 마법사는 그에게 다가가서는 조용히 무엇인가를 말했다. 그 말을 들은 노인은 고개를 끄덕이며 우리에게 고개를 돌렸는데 그 순간 난 그의 나이를 잘못 파악했다는 것을 알 수 있었다.

노년의 상징인 흰 백발의 밑으로 드러나 보이는 그의 얼굴은 이십 대 초반의 젊은 모습이었기 때문이다.

그는 우리들을 흐릿한 눈으로 잠시 응시하고는 말했다.

"이곳에 온 것을 환영하네. 나머지는 자네들을 인솔한 마법사들이 지시할 것이네."

간단하게 몇 마디를 뱉은 그는 다시 고개를 돌리고는 창문 밖을 멍하니 바라보았고, 마법사는 방을 나가면서 따라오라는 듯 손짓을 했다.

창을 바라보고 있던 그가 책임자라는 파르센이 분명했지만, 마법사의 앞에서 마나를 보일 수 없었기에 녀석의 실력을 파악해 볼 수는 없었다.

우리의 부서가 정해진 것은 파르센이란 자를 만난 후 한 시간 정도 지나서였다. 마차에 있던 말과 같이 난 마법사의 밑으로 들어갔다.

마법사의 이름은 벤자민 로긴으로 현재 6서클의 마법을 마스터한 마도사였다.

부서가 정해지고 내가 간 곳은 벤자민의 실험실이었다.

하지만 그곳은 실험실이라고는 하지만 흡사 감옥과도 같은 곳이었다. 지하에 위치한 그곳에는 벽면에 십여 개의 감옥이 만들어져 있었는데, 그곳에는 초췌한 몰골의 여인들이 한 방에 두세 명씩 갇혀 있었다.

이상한 것이 있다면 젊은 여인, 모두 십대 후반에서 이십 대 초반까지의 여성으로 임신을 한 상태라는 것이었다.

벤자민은 뒤에 서 있는 나를 돌아보고는 감격에 젖은 얼굴로 말했다.

"어떤가? 생명의 힘이 느껴지지 않는가? 저들의 몸에는 새로운 생명이 자라나고 있지. 창조주가 내려준 고행이란 말도 있지만, 난 이것을 창조주의 선물이라 생각하네."

"내가 할 일은?"

"성급하기도 하군. 뭐, 이런 것들을 보면 궁금하기도 하겠지. 안 그런가, 블러드 스톰?"

그 순간 난 격동되는 것을 느꼈다. 벤자민. 그는 나의 정체를 정확히 알고 있었던 것이다.

"어떻게 알았지?"

"애석하게도 비밀스러운 특급용병이기도 한 자네의 정보는 우리에게 너무 잘 알려져 있었네. 자네의 친구들까지 말이야."

"……."

"걱정 말게. 자네의 정체를 알고 있는 사람은 이곳에서 나 외에는 아무도 없으니 말이야."

벤자민, 그는 도대체 무슨 생각을 하고 있는지 알 수가 없었다. 왜 그는 나의 정체를 알고 있음에도 날 고용했단 말인가?

"하하하하, 궁금한 눈치군. 하지만 참게. 지내다 보면 알게 될 테니 말이야."

그 후에도 벤자민은 다른 어떤 말도 하지 않고 자신의 연구실에서 연구를 계속해 나갔다. 여인들의 몸을 마나메탈로 감지하며 무엇인가를 조사하던 그는 세 시간 정도를 그런 연구에 몰두한 후 나를 보며 말했다.

"자네에게 보여주고 싶은 게 있네."

벤자민, 그는 나에게 무엇을 보여주려 하는 것일까?

그를 따라간 곳은 실험실보다 더 지하에 위치한 곳이었다. 햇빛조차 들어오지 않는 성 밑의 깊숙한 지하. 도대체 그곳에 무엇이 있는 것일까?

"자네, 계약의 마법을 알고 있나?"

계약의 마법… 그것은 마법사들이 일생에 단 한 번 절대계약이란 조건으로 할 수 있는 방법으로 이것을 어길 시에는 모든 마나가 흩어지고 만다. 그렇기 때문에 이 계약의 마법을 말한 마법사는 죽을 때까지 한번 맺은 계약을 어기지 못하기 때문에 웬만해선 이 마법을 사용하는 이는 드물었다.

내가 고개를 끄덕이자 벤자민은 침울한 얼굴을 하며 말했다.

"내가 일생 동안 가장 후회한 일이 바로 계약의 마법을 사용한 것이네."

그리고 도착한 지하의 한곳, 난 그곳에서 가슴이 무너져 내릴 것 같은 충격적인 장면을 보고 말았다.

그곳은 약 1.5미터 폭의 복도를 중심으로 좌우에 쇠창살의 감옥이 만들어져 있었다. 단순한 지하 감옥이라 치부할 수 있지만, 문제는 그 수감자에 있었다. 감옥 안의 수감자들, 그들은 모두 열다섯 살 이하의 어린 소녀라는 것이다.

일 년은 씻지 않은 듯 지저분한 몰골에 마른 몸, 변변한 옷가지조차 없어 거의 벗고 있는 듯한 아이들. 그 아이들은 우리들의 모습을 보고는 쇠창살 근처로 다가와서 소리치기 시작했다.

"우왕!!"

"으엉!!"

무슨 이유일까? 그 아이들은 이곳에 다른 여인들이 혀를 짤려 말을 못하는 데 반해 혀는 잘리지 않았지만 말을 하지 못하고 있었다.

내가 궁금해하고 있을 때 나의 앞에 있던 벤자민은 그 이유를 설명해 주었다.

"저 아이들은 우리의 실험으로 임신한 여자들이 낳은 아이들이네. 남아가 태어나면 그 자리에서 죽이고, 여아가 태어나면 이렇게 지하 감옥에 가두어놓고 기르게 되지."

실험체, 이들은 실험체였다. 언제 자신들이 어떻게 되는지 모르고 사육되어 가는 짐승 같은 아이들. 분노가 치솟아오르기 시작했다.

"이것을 나에게 보여주는 이유는?"

"…자네가 이곳을 맡아주게."

벤자민의 말, 그의 목소리는 침울한 느낌이 가득했다.

"이유는?"

"계약의 마법을 거스르지 않는 내 최선의 방법일세."

"설마……."

"그렇다네……."

벤자민, 그가 이곳으로 들어오며 어떠한 조건에 계약의 마법을 걸었는지는 알 수 없었지만, 그는 상당한 고 레벨의 마도사였기에 만약 계약의 마법을 어긴다면 단순히 마력을 잃는 것이 아니라 그 자리에서 목숨을 잃을 수도 있는 효력을 지니고 있을 것이다. 계약의 마법, 그것은 마력이 높으면 높을수록 더 강한 힘을 지니고 있기 때문이다.

"내가 이곳으로 온 것은 16년 전이었네. 그때의 나는 조직에서 인정받는 마법사로 이곳에 파견되었지. 처음 그들의 실험을 접했을 때는 아무런 느낌도 없었네. 단지 몰모트와 같은 하나의 실험체라고 생각했지. 하지만 시간이 지나면서 그것은 후회로 바뀌어갔네. 계약의 마법, 마력이 약할 때는 한평생 익혔던 마법을 잃을까 두려워 생각하고 있던 일을 실현하지 못했고, 지금은 그들을 구하기 전에 죽을 수밖에 없는 운명이라 그러지를 못하고 있었네. 이 장소, 보통의 용병들은 알지 못하는 이 장소를 어떻게 페르난도가 알 수 있겠는가?"

"그렇다면?"

"내가 가르쳐 준 것일세. 다행히 내 계약의 마법은 그것과는 연관이 없었으니까."

난 벤자민의 의도를 알 수가 없었다. 또 왜 그가 지금에 와서야 용병 길드에 그 사실을 알리고 이곳을 파괴하려 하는지도.

"부탁하네."

그렇게 말한 벤자민은 조용히 지하 감옥에서 벗어났지만, 난 나를 보고 아우성치는 아이들을 보며 움직일 수가 없었다.

불노불사, 도대체 그것이 얼마나 중요하길래 이 아이들을 이렇게 만들 수 있단 말인가? 태어나서 진정한 사회를 단 한 번도 겪어보지 못한 이들은 말조차 할 수 없어, 배고픔을 표현하기 위해 괴성을 지를 뿐이다.

말과 사회를 알기 전엔 인간이 단순히 동물의 한 종류에 지나지 않는 것처럼, 이들은 인간에게 사육되어 지금까지 길러진 동물인 것이다.

아이들에게 정신이 팔려 있을 때쯤 누군가가 지하 감옥으로 내려오고 있었다. 느껴지는 기운으로 봐선 보통 사람이라는 것을 알 수 있었다.

지하 감옥으로 나타난 이, 그는 마흔살 정도의 중년 여인이었다. 이곳의 모든 여인이 다 그렇듯 혀가 짤려 말을 할 수 없는 여인은 나의 모습을 보고는 조금 놀라는 표정을 지었지만, 세월의 연륜인지 다시 무표정한 모습을 되찾고는 양손에 들고 온 큰 양동이를 힘겹게 내려놓았다.

동물의 사료와 같은 죽, 아이들은 그것을 보자 아까보다 더욱 크게 소리를 지르고 있었다.

"그것을 먹이는가?"

나의 물음에 그녀는 고개를 끄덕였다. 난 통 안에 들어 있는 죽을 떠 입에 가져갔다. 떨떠름한 맛, 여러 가지 음식을 한곳에 모아놓고 으깬 듯한 이 죽은 아마 이곳에 있는 사람들이 먹고 남은 것으로 만들어졌으리라 생각되었다. 한입만 삼켜도 넘어올 것 같은 그런 죽을 이 아이들은 태어나면서부터 먹고 자란 것이다.

그녀는 내가 통 안의 죽을 직접 먹어보는 것을 보고는 상당히 놀란 표정을 지었다. 지금까지 이곳을 담당했던 어떤 이도 나와 같은 짓을 한 적이 없을 테니까 말이다.

"아이들에게 주는 양은?"

그녀는 나의 물음에 대답할 방법이 없었는지, 통을 들고는 아이들이 있는 감옥 안의 여물통에 죽을 퍼 넣었다. 한 감옥 안에 들어 있는 아이들의 수는 보통 다섯 명 정도였기에, 그녀가 퍼주고 있는 죽의 양은 간신히 굶지 않을 정도의 양이었다. 아이들의 몸이 마른 것도 어느 정도 이해할 수 있었다.

"응?"

묘한 일이었다. 짐승들의 삶을 살았다면 그들은 강한 아이가 음식을 모두 독차지할 것이 분명한데도 열다섯 정도의 아이는 뒷쪽에 앉아 자신보다 어린 아이들이 음식을 먹고 있는 것을 지켜볼 뿐이었다.

배고픈 아이들은 여물통의 음식을 모두 먹어치울 것같이 난리를 쳤지만 잠시 후 한두 아이씩 뒤로 물러나더니 나이 많은 아이가 먹을 양을 남겨주는 것이었다.

그 모습을 본 여인의 안색은 조금 변한 듯했기에, 난 벽에 손가락으로 글을 써 나갔다.

글을 쓸 줄 아는가?

나의 글을 확인한 그녀는 조용히 손가락을 들고는 벽면에 글을 썼다.

예.

저 아이들에게 글을 가르쳤는가?

나의 글을 본 여인은 조금 망설이는 듯한 모습을 취했지만, 무슨 생각이 들었는지 단호한 결심을 한 표정을 짓고는 벽면에 글을 썼다.

예, 제가 아이들에게 글을 가르쳐 주었습니다.

이유는?

제가 할 수 있는 것이라곤 이런 것이 전부이니까요.

더 이상의 글을 쓰지는 않았다. 착한 여인, 자신은 지옥과 같은 공간에 떨어져 있으면서도 불쌍한 아이들을 생각하고 있었던 것이다.

"내가 오늘부터 이곳을 담당하게 된 용병이다."

그렇게 말한 난 감옥의 한쪽 편에 놓여져 있는 의자에 앉아 조용히 명상에 잠겼고, 그런 나를 보며 그녀는 자신의 할 일을 해 나갔다.

아이들의 감옥을 돌아다니며 죽을 퍼 주었고, 그것이 끝난 후에는 감옥 여기저기를 돌아다니며 글을 써 나이가 있는 아이들을 가르쳤다.

어떻게 글을 가르칠 수 있었는지 놀라울 뿐이었다. 그녀가 말을 할 수 있었다면 더 많은 지식을 가르쳐 줄 수 있었으리라 생각하는 마음에 난 그녀의 곁으로 다가갔다.

그녀는 자신을 보고 있는 아이들 앞에서 바닥에 글자를 썼고, 한 아이는 어렵지 않게 그것을 똑같이 써 나갔다. 일일이 손짓을 하며 가르쳐 주는 그녀의 모습을 보아 상당히 오랜 시간 동안 아이들을 가르쳤다는 것을 알 수 있었다.

"먹는다."

나의 말에 아이에게 글을 써주던 여인은 깜짝 놀라 나의 얼굴을 쳐다보았다.

"계속해라."

그녀는 나의 말에 아이들에게 다시 글을 써주었고, 난 말을 할 줄 모르는 이들을 보며 글자가 써진 대로 아이들에게 말을 해주었다.

"먹는다."

이때 나의 말을 듣고 있던 한 아이가 무슨 생각이 들었는지 입을 벌리고는 나의 목소리를 흉내 내기 시작했다.

"머… 머는, 머는다."

나는 나의 말을 따라하려고 한 그 아이의 얼굴을 보며 미소 짓고는 자리에 앉아 바닥에 다시 글을 써주고는 손가락으로 가리키며 말했다.

"먹는다."

"머느다."

굳어진 입은 쉽게 제대로 된 발음을 내지 못하고 있었기에, 난 감옥 안에 있는 아이를 향해 입을 벌리고는 혓바닥의 위치를 설명해 주며 다시 한 번 말했다.

"먹는다."

"먹는다."

어색하기는 했지만 알아들을 수 있는 발음이 나오자 나의 가슴에는 희열이 솟아올랐다. 아무것도 없이, 여인의 이러한 노력 없이 말을 가르치려 했다면 상당한 시일이 소요되었겠지만 여인의 노력으로 아이들은 인간다움을 유지할 수 있었고, 조금만 가르치면 말도 할 수 있게 된 것이다.

나에게 아이들을 감시하는 일 외에 별다른 일은 주어지지 않았다. 하루하루 아이들을 가르치는 일뿐. 이 아이들의 대부분은 오랜 시간 동안 짐승 같은 삶에 익숙해져 있었기 때문에 제대로 된 글이나 말을 할 수가 없었다. 하지만 단 한 명 내가 직접 미리아라 이름 지어준 그 아이는 달랐다.

평범한 집에서 태어났다면 부모에게서 많은 사랑을 받았음 직한 귀여운 아이인 미리아는 열다섯 살의 남색 머리카락을 지닌 소녀였다.

그녀는 내가 있은 일주일 동안 나에게 글과 말을 익혀 나갔고, 다른 아이들보다 빠른 진전이 있었다. 어렵사리 어느 정도의 말도 구사할 수 있었던 것은 그동안 밥을 나눠 주는 여인이 가르쳐 왔던 글 때문이었다.

어느 정도 의사 소통이 가능한 정도의 글만 알고 있던 미리아에게 말을 배운다는 것은 상당히 신기한 일인 듯했다.

한두 명씩 제대로 되지 않는 발음에 실망하여 떨어져 나감에도 그녀는 끊이지 않고 나에게 말을 배웠다.

"너… 너의 이르믄 무어야?"

처음 미리아가 나의 이름을 물어보았을 때 이곳에서 사용하는 가명을 가르쳐 주어야 하는가 고민했지만, 이 어린아이에게 거짓을 말해 주고 싶지 않았기 때문에 나의 실명을 말해 주었다.

"노먼."

노먼 아디스. 용병의 적에 올린 후 단 한 번도 사용하지 않은 이름이었다. 나의 딸과 함께 묻어버리리라 생각했던 이름, 그 이름을 수십 년이 지나 한 아이에게 말했다.

미리아는 창살 사이로 손을 내밀고는 나의 얼굴에 흐르는 눈물을 닦아주었다. 착한 아이. 그녀를 안아주었고, 창살이라는 인위적인 장애물이 놓여져 있음에도 미리아는 나의 품에 안긴 것에 좋아하며 꺄르르 웃음을 터뜨렸다.

정에 굶주린 아이.

잡역부로 일하고 있을 이스트에게서 온 쪽지를 건네준 이는 벤자민이었다. 다음 실험체를 고르기 위해 내려온 그는 쪽지를 건네주면서 말했다.

"아이에게 너무 정을 주지 말게."

벤자민은 감옥을 돌아보고 있었다. 벤자민의 그런 모습을 확인한 아이들은 창살에서 멀어지기라도 해야 하는 듯이 구석에 몸을 웅크리며 숨기 바빴고, 난 벤자민이 무엇을 하려는지 알 수 없었다.

그리고 어느 방 앞에 도착했을 때, 그는 한참 안을 들여다보고는 감옥 안에서 한 아이를 끌고 나왔다.

그 아이의 모습을 보는 순간 난 가슴이 무너지는 느낌을 받았다. 벤자민이 끌어낸 아이, 그 아이는 바로 미리아였기 때문이다.

가지 않으려는 듯 반항하는 미리아의 몸에 마법을 걸어 잠을 재운 벤자민은 그녀를 안고 이곳을 빠져나가려고 했기에 난 그의 어깨를 잡고는 물었다.

"그 아이는 어떻게 되는 거지?"

내가 갑자기 어깨를 잡자 좀 당혹한 표정을 지은 그는 무표정한 얼굴을 하며 말했다.

"내가 소속되어 있는 곳은 불노불사를 연구하는 조직이네. 대륙의 수십 군데에서 그들은 각기 다른 방식으로 불노불사에 대해 연구를 하지. 이곳 그리픈 시의 지부에서 연구되는 방향은 바로 생명의 탄생에서 나오는 힘이네. 그렇기 때문에 정기적으로 여자를 납치해 오거나 이렇게 양육되어 있는 아이를 수태시키며 연구하는 것이지. 이 아이는 아마 어느 용병에게서 씨를 받아 아이를 배겠지. 이제 됐나?"

그 아이를 데리고 가 무엇을 할 것인지는 확실히 알 수 있었다. 하지만 그 이유 때문에 난 더 더욱 그의 어깨를 놓을 수가 없었다.

아직 어린 열다섯의 아이를 수태시켜 실험용으로 사용한다는 것을 용서할 수가 없었기 때문이다. 내가 어깨를 놓지 않으려고 하자 벤자민은 할 수 없다는 듯이 고개를 내젓고는 미리아를 내려놓으며 말했다.

"어쩔 수 없군. 하지만 한 아이는 반드시 이곳에서 데리고 가야 하네. 반드시 수태를 시켜 연구를 진행시켜야 한다는 거지. 하지만 인간의 수태를 확실히 확인하는 시간은 3개월, 아니, 여성의 월경으로 보자면 적게 잡아 한 달 정도 소비되네. 자네가 하고자 하는 일, 그것이 많이 잡아야 3개월 내에 마무리되지 않으면 안 된다는 것일세."

난 그의 말에 고개를 끄덕였다. 하지만 그의 말은 거기서 끝난 것이 아니었다.

"예정대로라면 삼 개월간 이곳에 있는 용병 중 한 명의 방에 머물러야 될 아이일세. 그러니 오늘부터는 자네의 방에서 그 아이를 데리고 있게. 반드시 명심해야 할 것은 이 아이를 데리고 감과 동시에 자네의 방에는 내가 아닌 다른 자의 감시가 있을 걸세."

"다른 이의 감시?"

"나 외의 마법사나, 아니면 이곳의 책임자 파르센이 될 걸세. 다른 마법사라면 별로 걱정할 것은 없을 테지만 자네의 감시를 파르센이 직접 한다면 관계를 맺지 않는 것은 반드시 들키니 그 아이와의 관계는 반드시 맺어야 하네."

말도 안 되는 소리였다. 열다섯의 소녀와 관계를 맺으라는 요구, 그것은 들어줄 수 없었다. 내가 거부의 표정을 짓자 벤자민은 이곳의 책임자 파르센에 대해서 자세히 설명하기 시작했다.

"자네, 현재 파르센이란 자의 나이가 어느 정도 되는지 알고 있는가?"

"나이?"

"겉보기에는 이십 대 초에서 중반. 하지만 실제 그의 나이는 130세일세.”

　“130세?!”

　놀라운 일이었다. 인간이 그렇게 오랜 시간을 살면서도 젊음을 유지한다는 것은 소드 마스터를 넘어선 자들이 아니면 불가능한 일이었다.

　“이곳의 불노불사의 연구, 파르센은 그 연구의 결과로 나온 탄생의 물을 자신의 몸에 시험하고 있네. 그 결과 130세의 나이에도 젊음을 유지할 수 있게 된 거지. 뭐, 약간의 부작용으로 성격이 좀 변하긴 했지만, 젊음과 함께 그가 얻은 것은 초인적인 감각이란 거네. 본디 처음 태어날 아이는 순수한 몸을 지녀야 하지만 모체의 몸에서 얻은 탁기와 세상에 나왔을 때 얻은 탁기 등으로 감각이 무뎌지게 되네. 하지만 탄생의 물은 탁기를 얻기 전의 태아와 같은 능력을 얻게 해주지. 아직은 연구가 미완성이긴 하지만 지금 연구로 만들어진 탄생의 물로도 충분히 젊음을 유지시켜 주며, 몸 안의 탁기를 제거, 초인적인 감각을 얻게 해주지. 그런 그의 눈과 귀를 속인다는 것은 아무리 특급용병인 자네라도 불가능하네.”

　“능력 정도?”

　“뭐랄까? 보통 인간의 수십 배 되는 오감이라면 비교가 될까? 결과를 확실히 알지는 못하지만 아마 그에 못하지는 않을 것일세.”

　벤자민의 말이 사실이라면 파르센의 눈을 피하는 것은 불가능할 것이다. 오감이 극도로 발달했다면 어설픈 눈속임은 전혀 소용이 없을 것이기 때문이다.

　하지만 미리아를 험악한 용병의 손에 넘겨주는 것은 어떻게라도 막고 싶었기에 난 그가 말한 조건을 승낙하고 미리아를 나의 방에 머물게 할 수밖에 없었다.

　이스트, 그가 나에게 보낸 쪽지에는 실험의 잔재물에 대한 이야기였다. 아직 세상의 무엇도 알지 못한 채 죽어간 수백, 아니, 수천의 어린 아이의 뼈가 묻어 있는 장소. 벤자민에게 이야기 들었을 때는 몰랐지만 이스트에게서 확실히 그 사실을 전해 들은 후에는 인간의 잔인함을 느낄 수 있었다.

　어떤 것, 그 어떤 것이 어린 생명을 이렇게 앗아갈 수 있는 자격이 있단 말인가?

　끔찍한 일이었다. 인간은 스스로 파멸의 길을 걸어가는 자들일까? 새로운 시간을 이끌어가야 할 생명들과 사라져야 할 생명들이 그 자리를 바꿨을 때 인간성은 무너지며, 미래는 사라지는 것일까?

　알 수 없는 일이었다. 돈에 눈이 어두운 자들, 권력의 맛에 현혹된 자들, 그리고 생명에 집착하는 자들, 그 모두가 존재해선 안 될 자들일까?

　분노가 치솟아오른다. 죽이고 싶은 마음이 나를 지배하려 하고 있다.

　"노… 노만……."

　미리아… 침통해하는 나의 모습을 본 미리아는 안쓰러운 얼굴을 하며 나를 빤히 쳐다보고 있었다. 자신의 처지조차 알지 못하면서 나를 생각해 주는 그녀를 보며 가슴이 울리고 있음을 알 수 있었다.

　난 그런 미리아를 가슴 깊이 안았다. 애정? 그런 것은 버린 지 오래다. 이 차가운 가슴에 한줄기 사랑을 전해준 레아와 레비나 이후 미리아는 다시 나의 가슴에 사랑을 굳혀주고 있었다.

　하지만 미리아에게 뺏길 시간은 없었다. 인간으로서는 하지 말아야 할 시험을 자행하고 있는 이곳, 이곳을 파괴하지 않는다면 또 다른 아이들이 희생되고 말 것이다.

시간이 없다고 하여 서두르는 것이 모든 것을 실패로 돌아서게 하는 일이다. 이곳으로 잠입한 지 한 달, 벤자민이 지정해 준 아이들이 갇혀 있는 감옥에 있으면서 천천히 이곳의 중요 거점의 위치와 실험의 정체를 파헤치기 시작했다.

이스트, 그리고 헤레나가 보내주는 비밀 쪽지는 벤자민에 의해서 나에게 전해져 왔고, 대충 이곳에 있는 병사와 잡혀 있는 자들의 숫자 등을 파악할 수 있었다.

"삼급 127명, 이급 48명, 일급 36명 정도의 용병이 이곳에 고용되어 있고, 조직에서 파견된 자들이 78명, 어둠 속에 숨어 있는 자들까지 합친다면 100명 정도라고 할 수 있군."

"용케도 잘 파악했군."

벤자민은 우리가 조사한 것을 듣곤 고개를 끄덕이며 말했다. 정작 우리를 끌어들인 것은 그였지만 계약의 마법에 의해 비밀을 발설할 수 없었기 때문에 조사에 협조는 해도 비밀을 말해 줄 수는 없었다.

"거기다가 페르난도라면 자신의 측근 몇 명 정도는 이곳에 심어둘 것 같지 않은가?"

"그렇군."

가능한 일이다. 페르난도 같은 책략가가 이런 일을 나에게만 일임시키지 않은 것은 뻔한 일이기 때문이다.

"빨리 시작하는 게 좋을 거야."

"…무슨 일이 있군."

"뭐, 말해 줄 수는 없는 일이라서 말이야. 시간이 촉박한 것 같군.

일주일이나 남았을려나?"

그 말과 함께 벤자민은 방을 나갔다. 일주일, 그 일주일 후에 무슨 일이 있는 것일까? 난 잠시 명상에 잠겨 생각을 정리해야겠다는 생각으로 방 안의 의자에 앉았다.

조용한 밤, 새소리조차 들리지 않는 정적으로 감싸여져 있는 이 시간의 거의 대부분을 난 명상으로 보내곤 했다.

눈앞에 보이는 침대에는 한 달간을 나와 함께 생활한 미리아가 잠들어 있었다. 슬픈 얼굴을 하며 답답한 듯 가슴을 부여잡고 고통스러워하는 미리아의 모습을 본 난 깜짝 놀라 미리아에게 다가갈 수밖에 없었다.

"우… 우……."

답답한 듯, 무엇인가를 찾으려 하지만 찾지 못하는 그런 꿈을 꾸는 것처럼 누워 있는 상태에서 손을 하늘로 올리며 그것을 간절히 원하고 있었다.

미리아, 도대체 너를 이렇게 답답하게 하는 것이 무엇이란 말이냐?

인간에게 말은 하나의 정보 수단이다. 말은 자신이 보고 느낀 것을 상대방에게 전달해 줄 수 있는 것이다. 하지만 미리아의 입장에서 그것은 불가능했다. 태어나서 지금까지 단 한 번도 지하 감옥을 벗어난 적이 없었던 미리아는 말조차 제대로 배우지 못한 상태였기에, 그녀가 알고 있는 개체란 세상의 개체에 비하면 극소수에 지나지 않는다. 인간의 감정 언어 또한 알지 못하는 미리아는 자신이 본 것을, 자신의 마음 속에 있는 것이 무엇인지 모르는 상태였다. 그러한 단어, 즉 가장 필요한 기초적인 단어, 그 적은 수의 언어로는 마음에 세세한 것의 설명이 불가능한 것이다.

이지를 가진 인간이 자신의 말하고자 하는 것을 말하지 못한다는 것은 답답함을 떠나 고통일 것이다.

미리아의 꿈, 이 고통스러운 꿈은 어쩌면 그것에 대한 고통일 것이다.

난 조용히 침대에 누워 그녀를 가슴에 안아주었다. 아직 어머니의 몸 안에 있는 태아의 시기, 그때 느끼는 일정한 심장의 고동 소리는 뱃속의 아이에게 편안함을 가져다 준다. 체온에서 느껴지는 따뜻함과 일정하게 울리는 심장의 고동 소리는 태어난 후에도 사람에게 안정과 편안함을 가져다 주기에 나의 심장 고동을 듣고 있는 미리아에게서 고통스러운 표정은 사라지고 아이는 편안한 잠에 빠져들기 시작했다.

먼저 하늘로 사라진 아내에 이어 두 번째로 맞이한 새로운 여인, 어쩔 수 없는 선택이라고는 하지만 난 미리아를 사랑해 주어야 한다는 생각이 들었다.

모든 것에 버림받은 아이, 그 아이를 나마저 버린다면 미리아는 인간의 감정을 잃게 될 것이다.

오 일 후, 우린 이틀 후에 있을 일이 무엇인지 알 수 있었다. 연구의 결정체, 수많은 여인들과 아이들의 희생으로 만들어진 생명의 물을 조직에서 가져가기 위해 일단의 병사들이 내려온다는 것이다.

아직까지 생명의 물이 보관되어 있는 장소를 확인하지 못한 우리였기에 이 기회는 모든 것을 마무리 지을 절호의 기회였다.

물론 생명의 물 위치를 모르는 상태에서 이곳의 시설을 파괴할 수도 있었지만, 벤자민의 연구에서 얻은 자료를 살펴본 후 난 생명의 물을 차지하기로 결심했다.

생명의 물, 초인적인 힘과 젊음을 얻기 위해선 일정한 양을 장기간 복용해야 하지만 적은 양을 복용할 경우에는 어떠한 상처라도 치유할 수 있는 강력한 힐링 포션의 효능을 보인다. 강한 소생력을 자랑하는 생명의 물은 이곳에서 혀를 잘려 말을 하지 못하는 여인들에게 다시 말을 가져다 줄 수 있을 것이다. 그러기 위해선 지금까지 만들어진 생명의 물, 그것을 모두 빼앗지 않으면 안 되었다.

이런저런 생각에 잠겨 있을 때 한 명의 용병이 지하 감옥에 있는 나를 찾아왔다.

"무슨 일인가?"

"별거 아니고, 파르센 책임자가 당신을 만나고 싶다고 하는군."

"날? 알았다."

파르센, 그가 왜 나를 만나자고 하는 것일까? 무슨 실수라도 했단 말인가?

이유는 알 수 없었지만 확실히 정체가 발각되었다는 증거가 없기 때문에 일단은 파르센이 부르는 대로 갈 수밖에 없었다.

처음 이곳에 왔을 때 벤자민이 안내했던 것을 생각하며, 난 어렵지 않게 이곳의 총책임자 파르센의 방 앞에 도달할 수 있었다.

그의 방 앞에 도착하자 여자의 웃음소리가 크게 들렸다. 단순히 넘어가기에는 많이 들었던 소리인지라 궁금함을 느끼며 방문을 두들겼다.

"누구인가?"

"지하 감옥을 담당하는 세이트입니다."

"들어오게."

들어오란 말에 방문을 열고 안으로 들어갔을 때 난 백발의 남자 파르센의 옆에 붙어 있는 여자를 발견할 수 있었다.

아름다운 미모의 여인, 두 발에는 족쇄가 채워져 있었지만 전혀 답답하지 않은 듯한 그녀는 다름 아닌 헤레나였다.

헤레나는 파르센의 무릎에 앉아서는 그의 목을 휘어감고 연신 볼에 키스를 퍼붓고 있었는데, 그런 헤레나의 공세에도 파르센은 무표정한 표정을 유지하고 있었기에 조금은 이상한 장면이라고 할 수 있었다.

백발의 젊은 청년의 모습, 그는 초점없는 눈으로 문 쪽의 벽에 붙어 있는 유화를 바라보고 있었다. 열세 살 정도의 소녀가 잠들어 있는 모습으로 그 주위에는 작은 아기 천사 둘이 소녀를 감싸며 날고 있었다. 마치 소녀가 천사의 꿈을 꾸고 있는 것처럼 말이다.

"엘라도르의 꿈꾸는 소녀일세."

그는 잠시 유화를 보고 있는 나에게 그림의 제목에 대해 말해 주었다. 엘라도르는 200여 년 전의 유명한 화가로 소녀의 그림만을 그리던 화가다. 병으로 죽은 딸을 생각하며 평생 동안 소녀의 그림만을 그린 엘라도르는 소녀의 그림 중에서도 오직 잠들어 있는 소녀만을 그리는 화가로 유명했다.

"엘라도르의 그림에 나오는 소녀의 얼굴은 언제나 같다네. 딸의 모습이지. 엘라도르 그가 살아 있던 순간까지 느낀 딸의 모습은 한없는 꿈에 빠져 잠이 든 그런 모습밖에 없었네. 바로 나처럼 말이야."

"…꿈……."

"난 지금 꿈을 꾸고 있네."

그렇게 말한 파르센은 나의 얼굴을 빤히 쳐다보고는 미소를 지었다.

"이곳에서의 실험으로 난 젊음과 함께 상상을 뛰어넘는 오감을 얻었

네. 그리고 그 오감의 뒤로 다시 한 가지의 감각을 얻게 되었지. 육감
말일세."

"육감?"

"지금의 인간은 가질 수 없는 감각이지. 알 수 없는 미지의 힘. 세이
트 군, 애석하게도 그 육감이 자네를 거부하고 있네. 언젠가 검을 마주
쳐야 하는 적으로 말일세."

"……."

생명의 물, 그것으로 파르센이 상상도 못할 힘을 얻었다고는 하지만
이런 식으로 나를 알게 되리라고는 생각하지 못했다. 나는 그의 공허
한 눈을 보며 등줄기에서 땀이 흘러내리고 있었다.

"육감을 얻은 뒤, 난 단 한 번도 나의 몸에 상처를 입은 적이 없었네.
첩자가 누구인지도, 검이 어디로 날아오는지도 육감이 말해 주고 있으
니 말일세."

그렇게 말한 파르센은 자신의 무릎에 앉아 있는 헤레나의 머리를 잡
고는 밑으로 던졌다.

"꺄악!!"

파르센의 갑작스러운 행동에 헤레나는 외마디 비명을 지르며 바닥
에 자빠졌고, 그 순간 헤레나의 얼굴에선 공포의 기색이 떠올랐다.

"이 여인이 왜 나에게 접근했는지 알고 있네. 그렇기 때문에 내 곁
에 두고 있었지. 나를 자극해 줄 수 있다는 생각에 말이야. 하지만 애
석하게도 이 여인은 그렇지 못했네. 그래서 자네를 부른 거지."

"……."

"나를 죽여주게."

그 순간 난 발끝에서부터 전율이 밀려왔다. 소드 마스터의 경지를

넘어선 이후 단 한 번도 겪지 않았던 공포가 나를 자극하기 시작한 것이다.

　'뭐지……?'

　이 느낌, 이 공포를 이해할 수가 없었다. 파르센, 그는 왜 나에게 이런 말을 하고 있는 것인가. 알 수 없었다. 그를 보고 있으면 한없는 어둠의 공백이 눈앞을 가렸기에 흔들리는 몸을 가눌 수가 없었다.

　"이런… 미안하게 됐군. 자네의 감각에 동조된 것 같구만."

　감각의 동조? 그렇다면 내가 느낀 어둠의 공백은 그의 감각이란 말인가? 알 수 없었다. 인간의 수십 배가 넘는 감각을 가진 그와 동조되었는데 왜 어둠의 공백이 느껴진단 말인가?

　그와 만나 이야기를 나눈 것은 십 분도 채 되지 않은 시간이었다. 하지만 난 그 순간이 몇천 년의 시간인 것처럼 느껴졌다.

　한없이 멈춰져 있는 것처럼 시간은 느리게만 흘러가고 있었다.

　"감각의 동조?"

　"그가 그렇게 말하더군."

　파르센과의 이야기가 끝난 후 제일 처음 찾아간 자는 벤자민이었다. 그가 나에게 전해준 공포, 그것을 극복하지 못하는 한 그를 죽일 수 있는 가능성은 전무했다.

　그와 검을 나누게 될 때 그러한 감각이 나에게 전해진다면 난 검조차 휘두르지 못하고 죽고 말 것이다.

　"느낌은?"

　"끝도 없는 어둠과 같았다."

　"음."

벤자민은 나의 이야기를 듣고 한참을 생각에 잠기는 듯하다가 나의 손을 잡고 작은 막대로 손바닥을 찌르며 말했다.

"느꼈는가?"

알 수 없는 그의 행동에 난 고개를 끄덕일 뿐이었다. 그런 나를 본 그는 날카로운 칼을 들고는 나의 손바닥에 그었고, 손바닥에서는 붉은 선이 그려지며 피가 떨어져 내려왔다.

"느꼈는가?"

난 또다시 고개를 끄덕였고, 그는 지금까지의 행동을 설명하기 시작했다.

"생명의 물은 인간에게 젊음과 함께 수십 배의 오감을 가져다 주네. 하지만 창조주가 만들어낸 인간의 오감은 인간의 몸에 가장 알맞은 수치라고 할 수 있네. 만약 촉각이 수십 배가 된다면 뭉툭한 나무로 찔렸을 때의 느낌은 날카로운 칼과 같은 감각을 가져다 줄 걸세. 인간이 그러한 것을 견딜 수 있다고 생각하는가?"

벤자민의 말대로라면 파르센 그자는 움직이는 것 하나만으로도 엄청난 고통을 느끼게 될 것이다. 그러한 고통을 느끼며 어떻게 살아갈 수 있겠는가?

"자네의 말대로라면 그는 스스로 오감을 봉인시켰다고 생각할 수 있네. 육감 그것은 봉인시킨 오감을 대체하기 위한 신체의 반응이라 할 수 있지. 감각의 동조라… 그것에 대항하기 위해선 자네 역시 육감을 느껴야 하네."

"육감……."

"시각, 청각, 촉각, 후각, 미각 이것은 보통 인간들이 가지고 있는 감각이지. 미지의 감각이라 할 수 있는 육감에 대해선 자세하게 밝혀진 것이 없네만 육체를 초월하는 감각, 바로 정신 에너지를 느낄 수 있는 감각이란 이야기가 있네. 마법사들이나 검사가 마나를 느끼는 것, 그것도 육감의 한 부분이라고 할 수 있네."

어느 누구에게나 있는 것이지만, 그것을 발전시켜 능력으로 사용하는 자는 극히 소수에 속하는 능력이 바로 육감, 그렇다면 나 역시 육감을 발전시킬 수 있을 것이다.

하지만 육감, 그것을 어떻게 하면 발전시킬 수 있는지는 알지 못했다.

"육감의 능력을 가질 수 있는 방법은 없는가?"

"…없다고는 할 수 없지. 우리 눈앞에 그런 자가 있으니 말이야."

"설마."

"생명의 물을 마신다면 그 능력을 이끌어낼 수 있을 것이다."

벤자민은 손짓으로 자신을 따라오라는 지시를 하며 걸어갔고, 난 그의 뒤를 따랐다. 생명의 물. 추악한 인간의 행동에서 나온 결과물. 그것을 마셔야만 파르센을 상대할 수 있단 말인가?

벤자민이 나를 이끌고 간 곳은 자신의 연구실이었다. 그는 연구실 한쪽에 있는 작은 실험관에 있던 액체를 내밀며 말했다.

"이것이 이번에 체취한 생명의 물이다. 태아 100명의 엑기스를 모은 것이지."

"태아 백 명?"

"생명의 물, 그것은 태어난 아이에게서 존재하는 생명 에너지를 농축한 것이다. 갓 태어난 아이들은 가장 순수한 에너지를 가지고 있지."

"그렇다면… 이스트가 발견했다던 뼈들은 모두……?"

"바로 생명의 물을 만들기 위해 죽어간 아이들이지."

그때 벤자민의 눈에선 눈물이 흐르고 있었다. 무엇을 슬퍼하는 눈물이란 말인가? 스스로 그 아이들을 죽여가며 실험에 열중하는 그의 마음 한구석에는 그 아이들의 죽음을 슬퍼하는 마음이 남아 있단 말인가?

알 수 없었다.

"마시게. 이것을 마심으로써 몇십 배나 되는 오감을 가질 수 있을 것이고, 그 오감의 고통을 견디었을 때 원하는 육감의 힘을 얻을 수 있을 것일세."

강한 힘, 이것을 마심으로써 어느 누구도 따라올 수 없는 강한 힘을 얻고, 어쩌면 모든 경지를 넘어선 최고의 경지 그랜드 소드 마스터의 경지에도 다다를 수 있을 것이다. 하지만 이것을 마심으로써 얻은 능력이 무슨 소용이란 말인가? 어떠한 힘도, 어떠한 돈도 그것이 수많은 사람의 죽음 위에 서 있는 것이라면 무엇을 가져온다 해도 본질은 변하지 않는다. 그것은 사람들 피의 대가일 뿐 그 이상도 그 이하도 아닌 것이다.

피 위에 선 자와 생명을 희생하여 만든 생명의 물, 그것은 나와 같았기에 난 거부할 수밖에 없었다.

벤자민이 건넨 생명의 물을 거부하고 돌아선 내가 도착한 곳은 미리아가 잠들어 있는 나의 방이었다.

작은 미소를 지은 그녀는 기분 좋은 꿈을 꾸고 있는 듯했다. 과연 무슨 꿈을 꾸고 있을까? 꿈에서라야 행복해질 수 있는 미리아가 과연 현실에서도 행복을 찾을 수 있을까? 알 수 없는 일이었다. 꿈과 현실을 구분하지 못하는 망상의 존재가 바로 인간이기 때문이다.

시간은 다시 지나가고, 생명의 물을 가져가기 위한 사람들이 이곳에 도착했다. 검은색의 로브를 둘러써 얼굴을 가리고 있는 의문의 마법사들, 그들은 이곳에 도착하자마자 파르센이 머물고 있는 저택으로 향했고, 난 숨겨두었던 나의 애검 블러드 소드를 꺼내 들었다. 그들이 생명의 물을 가지고 이곳을 떠날 때 난 그들을 기습할 것이다.

미리아는 침대 앞에서 블러드 소드를 허리에 차고 있는 나에게 다가와 망토를 건네주었다.

"자, 잘 다녀오세요."

이제는 조금 능숙한 발음을 하는 미리아는 모든 것을 끝내는 나에게 잘 다녀오길 바란다는 인사를 하고 있었다.

난 미리아의 어깨를 잡고는 조용히 말했다.

"미리아… 이젠 떠나야 하겠구나."

그 순간 미리아의 미소는 사라져 버리고 어깨가 조금씩 떨리기 시작했다. 그녀는 떨리는 목소리로 나에게 물었다.

"미, 미리아… 랑 이제 가, 같이 있지 않는 거야?"

그녀의 물음에 난 고개를 끄덕였다. 모든 것이 끝난다면 미리아는 비로소 자유를 찾게 될 것이다. 지금의 내가 속박의 존재로서 그녀에게 존재한다면 언젠가 찾아올 진정한 그녀의 반려자를 만나기 어려울 것이다.

그녀는 나에게 무엇인가를 말하고 싶어했지만, 그녀의 짧은 언어로는 도저히 할 말이 생각나지 않는 듯했다. 무엇인가를 말하고 싶어도 말하지 못하며 두 눈에서 눈물을 흘리고 있는 그녀를 뒤로하고 난 방을 나섰다.

더 이상 그녀에게 정을 주어서는 안 되기 때문이다.

예정된 장소, 그곳에는 지금까지 이곳에서 정보를 캐고 있던 이스트와 헤레나를 포함하여 몇 명의 용병들이 모여 있었다. 개중에는 나와 같이 이곳으로 고용되었던 용병의 모습도 보였다.

"어이, 이제 왔는가?"

이스트는 간신히 잡부의 신세에서 벗어난 것이 기쁜지 웃으면서 날 반기고 있었다. 헤레나는 한쪽에서 단검을 손질하고 있었는데, 웬일인지 이번에는 내키지 않은 표정이었다. 이스트는 그녀의 표정을 보며 놀리는 식으로 말했다.

"뭐야? 파르셴이란 녀석에게 한참 붙어 있더니 반해 버린 거야?"

"응."

"뭐야?"

헤레나의 말에 이스트는 도리어 놀라 소리쳤다. 설마 얼마 안 되는 시간 동안 헤레나가 그자에게 반해 있을 줄은 예상하지 못하고 있었기 때문이다.

"슬픔으로 가득 찬 인간, 왠지 나랑 같은 느낌이 들어서 말이야."

"음……."

이스트는 그녀의 돌변한 모습에 조금 생각에 잠기는 듯했다.

슬픔? 인간의 인륜을 내던진 자에게 슬픔이란 것이 존재하는 것일까? 이해할 수 없었다.

헤레나는 단검을 손질하는 것을 잠시 멈추고는 나를 한참 바라보다가 말했다.

"파르셴이란 사람… 당신과 같았어."

"나와?"

"응. 가슴속에 슬픔과 삶의 거부감을 가지고 있으면서도 살아갈 수밖에 없는 자. 피를 두려워하면서도 피가 없으면 살 수 없는 자. 내가 당신에게 반했던 그 모습을 파르센은 똑같이 가지고 있었어."

"……."

그 후로 우린 그에 대해 아무 말도 하지 않았다.

얼마 지나지 않아 생명의 물이 들어 있는 작은 상자를 든 대여섯 명의 용병들이 모습을 드러냈고, 그들의 뒤를 이어 조직에서 온 마법사들이 뒤를 따랐다. 파르센 그는 그들의 뒤에서 한 자루의 검을 들고 아무런 표정도 없이 걷고 있었다. 흡사 지금부터 시작될 피의 서막을 알기라도 하는 것처럼 말이다.

"시작이다!!"

"우왓!!"

이스트의 외침과 함께 우리들은 생명의 물을 호송하려는 용병들과 마법사들을 공격해 들어갔다.

"블러드 애로우!!"

수십 개의 핏빛 화살이 상자를 들고 있던 용병들의 등을 꿰뚫고 대지를 피로 적시어갔고, 그의 뒤를 이어 다른 자들도 다른 이들에 의해 피로 물들어갔다.

수많은 피를 야기시켰던 자의 피가 다시 이 대지에 뿌려지고 있는 것이다.

내가 상대할 사람은 단 한 명, 이곳의 책임자이자 수많은 아이들의 생명을 앗아간 자 파르센뿐이었다. 그는 자신에게 달려드는 용병 한 명을 손쉽게 베어버리고는 나를 향해 걸어오기 시작했다.

"타앗!!"

일단은 그와의 감각의 동조를 막아야 한다는 생각으로 마나를 분출

시켜 그와 나 사이의 공간에 블러드 에이리어를 형성시켰다. 피의 공간 안에서는 그의 육감에 의한 감각의 동조를 어느 정도 막을 수 있지 않을까 하는 생각에서였다. 하지만 그 정도로는 그의 육감을 막을 수가 없었다.

강하게 스며 들어오는 어둠의 그림자. 일격에 끝내려는 나의 생각은 그 어둠의 공간 안에서 무너져 가기 시작했다.

'젠장!!'

입으로는 소리치고 있었지만, 그 여운은 생각 속에서 흐트러져 갔다. 온몸의 감각을 완전히 상실해 버린 것이다.

몸 안에 있는 마나를 통해 그것을 막아보려 했지만 불가능했다. 정신과 신체가 완전히 단절돼 버린지라 마나를 움직일 수가 없었기 때문이다.

'방법이 없을까?'

얼마의 시간이 지났는지도 모른다. 수억 년의 시간 속에 잠자고 있는 듯한 느낌으로 무너졌다.

생각하는 순간 갑자기 감각의 동조가 서서히 풀리기 시작했다.

"헉."

가슴속에 막혀 있던 숨이 터지면서 그제야 내가 숨조차 쉬지 못하고 있었다는 것을 알 수 있었다. 가쁜 숨을 몰아쉬면서도 파르센이 다가오고 있다는 생각에 시선을 앞으로 돌린 순간, 난 예상치도 못한 사람이 나의 앞을 가로막고 있다는 것을 알 수 있었다.

"미리아!!"

미리아 그녀는 두려운 듯 모습을 떨면서도 나의 앞을 가로막고 있었다. 미리아는 나의 목소리를 듣고는 고개를 돌려 나의 얼굴을 쳐다보며 작은 미소를 지어 보였다.

"이게……."

그녀의 미소를 지나 파르센의 얼굴을 쳐다보았을 때, 그는 심각한 표정으로 얼굴이 일그러져 있었다.

온몸을 주체하지 못해 흔들리고 있는 그는 날카로운 눈으로 미리아를 보고 있었다.

"뭐지? 이 답답함은 무엇인가?"

그는 숨조차 쉬지 못하는 답답함으로 가슴을 움켜쥐며 중얼거리고 있었기에 난 놀라지 않을 수 없었다.

"소녀여… 그대는 무엇을 말하고 싶은 것인가!! 왜 가슴속에 그것을 품은 채 말하지 않는단 말인가!! 말하라. 그대의 가슴을 풀란 말이다!!"

파르센 그는 나에게 감각의 동조를 걸어버린 후 일격을 가하기 위해 접근하고 있었던 것 같다. 그리고 그것을 보고 미리아가 그의 앞을 나를 보호하기 위해 막아선 것 같았는데, 그는 왜 이런 모습이 됐단 말인가?

알 수 없었다. 파르센은 가슴을 움켜쥐고 그녀에게 소리치며 고통스러워하고 있었다.

"미, 미리아는 그, 그게 뭔지 몰라요. 꿈에선, 꿈에선 그것을 말하지만… 미리아는 그게 뭔지 몰라요."

"모른다고……? 왜?"

"말해 주지도… 본 적도 없으니까요."

두 사람의 대화를 듣고서야 난 지금 있는 일을 어느 정도 짐작할 수 있었다. 감각의 동조를 걸며 나를 마비시킨 파르센은 갑자기 나타난 미리아에 의해 감각의 동조가 깨져 버린 것이다. 그리고 파르센은 무

엇인가를 간절히 말하고 싶은 그녀의 감정에 동조되어 버리면서 육감
이 흐트러져 버린 것이다. 그의 뛰어난 육감이 가슴속에 남아 있는 그
녀의 말하지 못하는 감정의 답답함을 자신의 것과 같이 느끼게 만들어
버렸기 때문이다.

"으… 으, 으아!!"

더 이상 참지 못하는 듯 파르센은 갑자기 검을 미리아에게 겨누고는
고통스러운 표정으로 뛰어들기 시작했다.

"젠장!!"

난 자리에서 일어나 미리아에게 향하는 검을 막아서려고 했지만, 감
각의 동조에 의해 한동안 마비되었던 몸은 좀처럼 움직이지 않았다.

막아야 한다. 막지 못한다면 미리아는……!!

그 순간 난 보고 말았다. 미리아의 작은 등을 꿰뚫고 나오는 한 자루
의 검, 핏빛의 안개와 함께 나의 눈을 흐리게 만든 검은 나의 앞을 막
아서던 미리아의 몸을 쓰러뜨려 가고 있었다.

"미리아!!"

하지만 움직일 수 없다. 느려지는 시간의 흐름 속에 땅으로 쓰러져
가는 미리아의 모습은 나의 눈을 통해 점점 선명하게 드러나고 있었다.

그리고 그때 그녀가 가지고 있던 수많은 감정들이 나의 심장으로 밀
려들어 오기 시작했다. 슬픔, 외로움, 공포… 그리고 사랑. 그녀는 이
러한 감정들을 알지 못한다. 아니, 깨닫지 못한다. 그녀에겐 이것을 가
르쳐 줄 사람이 없었기 때문이다.

잠이 들고, 꿈을 꿀 때 그녀가 느꼈던 답답함은 이것 때문이었을까?
간절히 사랑하는 사람임에도 그 느낌조차 말하지 못하고 있어야 하는,
아니, 그것을 알지 못해 고통 속에 잠겨야 하는 자. 파르센은 그것을

느꼈기에 고통을 느껴야 했던 것이다.

그리고 나 역시 그 감정에 동조되자 정신이 무너져 가고 있음을 느꼈다.

사라져 가는 의식 속에서 그녀의 꿈이 밀려온다.

"미리아?"

쓰러져 있어야 할 그녀는 나의 방 안에서 조용히 앉아 있던 모습으로 나를 쳐다보며 미소 짓고 있었다.

그리고 조용히 입을 열어 나에게 말하고 있었다.

「노먼… 당신을 사랑해요.」

"……."

이것이 그녀가 그렇게나 말하고 싶었던 말일까? 나를 사랑한다는 말. 가슴속에서 꺼내지 못한 채 고통스러워했던 말.

눈물이 흐르고 있었다.

미리아… 나도 너를 사랑하고 있단다…….

"어이!! 정신이 드나?"

다시 눈을 떴을 때는 긴장한 얼굴로 나를 깨우고 있는 이스트의 얼굴이 보였다.

"미, 미리아는?"

간신히 입을 열어 미리아에 대해 물었을 때 그는 안타까운 표정을 지으며 떨리는 목소리로 말했다.

"자네를 막아선 여자애가 미리아라면… 그 아이는 죽었네."

"그렇군……."

그녀는 이제 영원한 꿈속에 빠져든 것이다.

“이곳의 책임자였던 파르센이란 자는 그 여자애를 죽인 후 죽은 거 같네. 또 우릴 도와주던 벤자민도 죽었네. 아무래도 계약의 마법과 관련있던 것 같더군.”

어느 정도 몸이 움직여지자 난 이스트에게 물어 미리아의 시체가 있는 곳으로 향했다. 이곳의 전투로 인해 죽어간 수많은 자들의 시체들과 함께 잠을 자는 것같이 누워 있는 미리아는 즐거운 꿈이라도 꾸는 듯 작은 입술이 미소 짓고 있었다.

“이스트, 생명의 물은?”

“페르난도 녀석의 명령이라고 용병들이 가져가려 하는 것 같네.”

그 말을 들은 난 생명의 물을 운반하려는 용병들을 향해 뛰어갔다. 얼마 떨어지지 않은 곳에서 그들이 생명의 물이 들어 있는 상자를 들어 운반하는 모습이 보였고, 난 그 상자를 발견하자마자 블러드 소드에 마나를 집중하여 블러드 애로우를 만들어 상자를 향해 쏘았다.

“뭐야!!”

쿵!!

블러드 애로우를 발견한 용병들은 놀라 상자를 내던지고 도망갔고, 상자는 블러드 애로우를 맞음과 동시에 큰 소리와 함께 산산조각이 나 흐트러졌다.

“이게……!!”

용병들은 상자를 파괴하는 나를 보며 소리 지르려 하다가, 이 후에 일어나는 일련의 사태를 보고는 모두 입을 다물고 있었다.

피로 물들어져 있는 대지에서 빠른 속도로 생명이 자라나고 있었기 때문이다.

눈 깜짝할 사이에 자라고 있는 대지의 풀과 꽃나무들은 어느 사이에

이 죽음의 대지를 푸른색의 숲으로 만들어 버리고 있었다.

상자를 파괴하자 사방으로 흩어진 생명의 물이 대지로 쏟아지면서 자연의 생명들을 빠른 속도로 자라게 만든 것이다.

"다시 태어나는군."

어느샌가 나에게 다가온 이스트는 생명의 물에 의해 빠른 속도로 자라나고 있는 대지의 생명을 보며 중얼거리고 있었다.

인간의 헛된 욕망에 의해 죽어간 아이들의 삶, 순수한 그들의 생이 이제 창조주가 만든 가장 숭고한 자연의 모습으로 다시 태어나고 있는 것일까? 그것은 단순히 자기만족에 의한 유추일 수도 있었지만 난 그 아이들이 다시 태어나는 것이라 믿고 싶었다.

제8장 **떠나간 사람과 찾아온 사람**

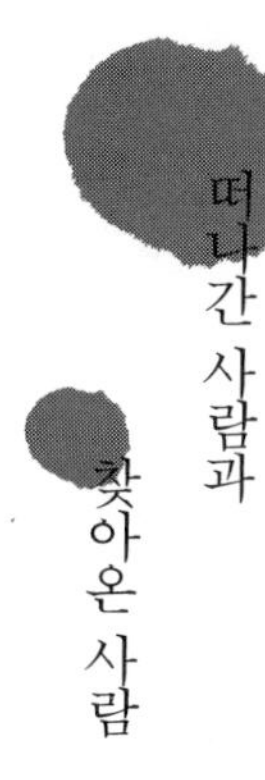

생명의 물을 임의대로 처리해 버렸음에도 페르난도는 아무런 제재도 가하지 않았다. 아무런 변화 없는 시간의 시작, 우린 다시 지방시로 돌아와 조용한 시간을 보내기 시작했다. 프로이브란 백작과의 전쟁이 휴전으로 소강상태를 보이고 있는 이때에 용병인 우리들이 할 일은 없었기 때문이다.

많은 여인들과 아이들은 페르난도 총길드장의 힘으로 그리픈 시를 떠나 각 도시의 신전과 고아원으로 넘어갔기에 조금은 안심할 수 있었다.

미리아. 나를 살리기 위해 희생한 소녀의 얼굴이 생각난다. 그리고 레아와 레비나도. 어느새 그 아이들과 헤어진 지 4년이란 시간이 흘렀다.

레비나는 얼마나 자랐을까? 보고 싶다. 하지만 만날 수 없었다. 나의 몸에 피의 내음이 사라지지 않는 한 내가 그들의 곁에 있는 것은 좋지 않을 일이었다.

하지만 모든 일은 내 생각대로만 풀리는 것은 아닌가 보다.

잊어야 한다고 생각한 그들이 다시 나에게 다가올 줄은 알지 못했다.

"블러드 스톰!! 블러드 스톰!!"

이스트의 목소리가 들려왔다. 황급히 나를 찾는 듯한 그의 목소리를 들은 난 복도의 구석에 있는 창에서 하던 명상을 멈추고는 소리가 나는 쪽으로 걸어갔고, 나의 모습을 확인한 이스트는 뛰어오더니 나의 손목을 잡고는 끌고 가며 말했다.

"빨리 오라고!! 빨리!!"

"도대체 무슨 일인가?"

"아!! 말을 안 해줬군!!"

그제야 자신의 실수를 알아챈 이스트는 주먹으로 이마를 몇 대 치고는 말했다.

"큰일 났네. 자네 마누라가 있는 마을에서 사람이 찾아왔는데 중상이란 말이야, 중상!!"

"레아가 있는 곳에서?"

"아, 거참! 설명해 줄 시간 없다고!! 지금 녀석은 생사의 기로에 접해 있단 말이야!!"

난 생사의 기로에 접해 있다는 말을 듣고는 이스트를 따라 뛰어가기 시작했다. 단 한 번도 이곳으로 사람을 보낸 적이 없었기에 안 좋은 예감이 들었기 때문이다.

이스트와 내가 도착한 곳은 성안의 부상병을 치료하는 방이었다. 프로이브란 백작과의 휴전으로 가득 찼던 부상자들은 이제 거의 자취를 감추었는데, 구석진 침대에서 헤레나가 한 사람을 간호하고 있는 모습이 보였다.

헤레나가 있는 곳으로 뛰어간 난 온몸에 땀을 흘리며 고통스러워하는 그의 모습을 보고는 놀라지 않을 수 없었다.

그는 아내를 잃고 복수에 빠져 있다가 레아의 모습을 보며 사랑에 빠진 마을 청년 리베드였기 때문이다. 떠나오면서 리베드에게 레아를 부탁했던 나였기 때문에 그가 이렇게 부상을 입으며 여기까지 찾아온 것을 보곤 긴장하지 않을 수 없었다.

"리베드!! 리베드!!"

정신을 차리지 못하며 신음하고 있는 리베드의 이름을 불러보았지만 그는 좀처럼 그 상태에서 벗어나지 못하고 있었다.

"브, 블러드 스톰님을… 블러드 스톰님을……."

그는 혼절해 있는 와중에서도 나의 이름을 애타게 찾고 있었기에 답답하지 않을 수 없었다. 도대체 레이가 있는 마을에 무슨 일이 생겼단 말인가?

"복부에 큰 검상을 입고 있는 상태에서 무리하게 이곳으로 온 것 같아요, 아무래도."

헤레나는 그의 상처를 살펴봤는지 나에게 상세를 설명해 주고는 가망이 없다는 뜻의 이야기를 했다.

더 이상 참지 못한 난 그의 손목을 잡고 마나를 불어넣기 시작했다.

부드러운 마나는 신체의 기능을 활성화하기 때문에 어느 정도 정신을 차릴 수 있다고 생각했기 때문이다.

한 시간이 넘는 시간 동안 난 끊이지 않고 그의 손목에 마나를 불어넣었다. 옆에 있던 이스트와 헤레나는 아직도 정신을 차리지 못하는 그를 보며 고개를 젓고 있었지만 난 거기에서 멈출 수가 없었다. 만약 레아와 레비나에게 무슨 일이 생겼다면…….

"아… 블러드 스톰님……."

"리베드!!"

이마에 흐르는 땀을 닦으며 다시 한 시간여 마나를 불어넣은 후에야 리베드는 천천히 눈을 뜰 수가 있었다. 원기가 많이 손상된 탓에 한마디 뱉는 것조차 상당히 힘겨운 듯하기에 안쓰러움이 흘렀다.

"리베드, 이제 정신이 드는가?"

리베드는 나의 말에 작게 고개를 끄덕이더니 상처의 고통에 찡그리는 표정을 지으면서도 손을 들어 나의 손목을 잡고는 말했다.

"브, 블러드 스톰님… 빨, 빨리 마을로… 레, 레아가……."

"도대체 무슨 일인가? 레아가 어떻게 됐다는 거야!!"

"요… 용병들이…… 윽."

리베드는 더 이상 말하지 못하고 다시 혼절하고 말았고, 난 이곳에서 더 이상 지체할 수가 없었다.

"이스트!! 뇌검 유라이에게 가서 계약을 취소하겠다고 말해라."

"뭐!! 미쳤어!!"

이스트는 나의 말을 듣고는 놀라 소리쳤다. 그도 그럴 것이 용병과 고용주의 계약을 용병이 취소할 시에는 계약금의 열 배를 물어주어야 한다는 것이 용병 길드의 수칙이기 때문이다. 이스트는 모르겠지만 나의 계약금은 엄청난 액수이기 때문에, 그 열 배라면 천문학적인 액수를 물어야 했다.

"급하다."

난 그렇게만 말하고 나의 방으로 뛰어왔다. 물론 애검 블러드 소드와 몸만 가도 충분했지만 급하다고 너무 서두르면 도리어 일이 지체될 수도 있기 때문에 차분하게 짐을 챙기며 생각하기 위해서였다.

'뭐지… 이렇게 가슴을 울리는 것은……'

답답했다. 머리 속에 가득한 불안의 기운은 나의 움직임을 더디게 만들고 있었다. 무슨 일인지는 모르지만 리베드가 저 정도의 상처를 입었음에도 이곳으로 올 때에는 큰일이 벌어졌기 때문일 것이다.

지금 내가 간다고 그것이 해결될까? 모든 것이 끝나 버렸다면? 초조함, 불안감, 다급함이 나의 가슴을 더욱 답답하게 하고 있었다.

제발, 제발 레아와 레비나에게 아무 일도 없기를…….

그때 나의 머리에 충격이 왔다. 그 충격의 아픔보다는 이 정도 거리로 사람이 접근할 때까지 내가 모르고 있었다는 것을 깨닫고는 섬뜩해짐을 느꼈다.

"휴!! 천하의 블러드 스톰이 이렇게 정신을 못 차리다니. 어이, 아저씨. 정신 좀 차려요, 정신 좀."

"헤레나?"

"무슨 일인지는 모르지만 급한 일이 벌어진 것 같은데, 이런 정신으로 갔다가는 될 일도 안 된다고요. 마음 좀 가라앉히고 차분히 움직이라고요."

헤레나의 말을 들은 난 길게 숨을 내쉬었다. 그렇다. 어차피 성급하게 하나, 차분히 하나 그곳까지 도착하는 데 드는 시간은 비슷하다. 무슨 일이 있을지 모르는 상황에서 내가 다급해한다면 헤레나 말대로 처리할 수 있는 일도 처리하지 못할 수 있었다.

"고맙군."

“허! 블러드 스톰에게서 고맙다는 소리도 듣네?”

헤레나는 나의 고맙다는 소리에 미소 짓고는 나를 도와 짐을 챙기기 시작했다. 헤레나가 옆에서 나의 짐과 함께 이스트와 자신의 짐도 챙기는 것을 보고 내가 의아해하는 표정을 짓자 손바닥을 들어 나의 등을 치며 말했다.

“지금 이 상태로는 언제 발광할지 모르니 나와 이스트라도 따라가야지.”

“…….”

난 아무 말도 할 수 없었다. 분명히 이스트와 헤레나가 도와준다면 나보다는 더 부드럽게 일을 처리할 수 있으리라 믿었기 때문이다.

짐을 모두 챙기고 밖으로 나서자 황급히 뛰어오고 있는 이스트의 얼굴이 보였다.

“어라! 벌써 가는 거야?”

“자, 받으라고!!”

헤레나는 한 손에 들고 있었던 이스트의 짐을 던져 주었고, 짐을 받은 이스트는 작은 한숨을 쉬더니 말했다.

“블러드 스톰과 만나서 돈 좀 벌어볼 수 있다고 생각했더니… 오히려 적자라니……. 아무튼 그나마 다행인 건 뇌검 유라이가 계약 취소는 좀 그렇고, 휴가 형식으로 보내준다더군. 자, 가자고.”

이번에 나를 따라가는 것이 조금 마음에 안 드는 것 같은 이스트였지만 그의 준비는 완벽했다. 뇌검 유라이에게 나의 말을 전해준 후에 황급히 준비했는지 세 마리의 말이 출구에 매어져 있었기 때문이다.

“어라? 나도 갈 줄 알고 있었어?”

헤레나는 자신의 말도 묶여 있는 것을 보고는 놀란 얼굴로 물었다.

"너 같은 도둑년이 여기 남아 있다가 무슨 꼴을 당하려고. 잔말 말
고 말에나 올라타!"

"헤, 얼굴 빨개지기는."

나의 다급한 마음을 아는지 모르는지 둘은 연신 악의없는 말다툼을
하고 있었지만, 조금은 마음의 안정을 찾을 수 있었다.

"자, 가자!!"

난 그들에게 소리치며 맨 앞으로 말을 몰아갔고, 뒤이어 두 사람도
나를 따라 말을 몰았다. 지방시에서 레아가 있는 마을까지의 거리는
전력으로 말을 몰아간다 해도 적게 잡아 일주일 이상은 걸리는 길이기
때문에 마음이 급할 수밖에 없었다.

지방시를 나온 후부터 우린 제대로 된 휴식도 하지 못하고 말을 달
려나갔다. 간간이 마을에 들려 말을 바꾸어 타며, 산속에서 노숙하는
식으로 힘겨운 노정을 계속해 나가자 조금씩 이스트와 헤레나는 지쳐
가는 듯했지만, 속도를 늦출 수는 없었다.

간신히 8일 정도가 지난 후에야 우린 레아가 머물고 있는 마을이 있
는 숲에 도착할 수 있었다. 마을로 향하는 작은 길이 있기는 했지만 울
창한 숲이었기에 말을 몰고 간다는 것은 시간을 더 지체시킬 수 있었
다. 난 그곳에 말을 버려두고 마을로 향했다. 뒤에서 따라오고 있는 이
스트와 헤레나의 얼굴에는 지친 기색이 가득했지만, 나의 마음을 아는
지 군소리조차 안하고 꾸준히 나를 따라오고 있었다.

숲에 들어선 지 세 시간, 우린 드디어 마을에 도착할 수 있었다. 하
지만 난 마을에 도착하자 그 모습에 놀라지 않을 수 없었다.

마을은 과거에 떠나올 때의 모습이 아니었기 때문이다.

여기저기 불타 버린 새까만 건물의 터만 남아 있었다. 마을 사람들의 모습은 단 한 사람도 보이지 않았기에 나의 불안감은 더욱 커져만 갔다.

"젠장!!"

이스트는 단 한 사람도 남아 있지 않고 타버린 마을 안으로 들어서서 신경질적인 말을 내뱉고는 주변에 있는 흔적을 찾아보기 시작했다.

"갑작스럽게 습격을 받은 것 같군. 마을로 난입한 자들의 숫자는 적어도 3, 40명 정도. 이 정도의 마을에서 막을 수 있는 숫자가 아니야. 엄청나게 처리했군. 잠시 기다려 보라고. 도망친 마을 사람들이 있을 테니 흔적을 찾아볼게."

이스트의 말에 난 고개를 끄덕이며 잡화점이 있던 건물의 다 타고 남은 터에 앉아 잠시 마음을 가라앉혔다. 성급하게 움직여서는 안 된다. 마음의 안정을 찾지 못한다면 도리어 당할 염려가 있다.

조용히 마음을 가라앉혔다. 그리고 그때 하나의 기척이 느껴져 왔다. 타버린 잡화점의 아래에서 움직이고 있는 물체가 있었던 것이다.

"사람?"

난 황급히 타버린 잡화점의 터를 치우기 시작했다. 움직이는 기운으로 미루어본다면 이곳에 생존자가 있다고 생각했기 때문이다.

나의 모습을 본 헤레나 역시 나를 도와 타버린 재목을 치우기 시작했다.

그러기를 십 분 잡화점의 터 밑으로 한 개의 통로가 나타났다.

"비켜라!!"

쇠로 만들어진 문은 불길에 녹아 열리지 않았기에 검을 이용하여 문을 잘라 버리기 위해 옆에 있던 헤레나에게 말하곤 블러드 소드를 빼어 마나를 집중시켰다.

문을 부수는 것이 더 쉽긴 하지만 만약 안에 사람이 있다면 위험할 수도 있었기에 철문의 경첩 부분을 조심스럽게 잘라내기 시작했고, 얼마 지나지 않아 철문을 들어낼 수 있었다.

"프레이아나?!"

잡화점의 지하실에 있던 사람, 그녀는 바로 잡화점 주인인 프레이아나였다. 잡화점의 창고인 지하실 한편에서 신음을 하며 쓰러져 있는 그녀를 발견한 난 뛰어내려 가 그녀를 안아 들고는 밖으로 나왔다.

잡화점 지하실은 다른 통풍구가 있었던지 잡화점의 불타는 연기에서도 안전할 수 있었던 것 같다. 오랜 시간 동안 그곳에 갇혀 있었기에 단순히 탈진한 상태였다.

프레이아나를 밖으로 데리고 나온 난 그녀를 눕혀놓고 입에 약간을 물을 적셔주면서 손목을 통해 마나를 집어넣어 주었다.

"아······."

어느 정도 시간이 지나자 그녀가 신음 소리와 함께 정신을 차리는 듯했기에 난 안심할 수 있었다. 힘겹게 눈을 뜬 프레이아나는 나의 얼굴을 보며 잠시 두려워하는 듯하다가 나의 모습을 생각해 내고는 울음을 터뜨려 버렸다.

"으허헝!!"

여인의 몸으로 이렇게 견디어내는 것이 얼마나 힘들었겠는가? 난 아무 말도 하지 않고 그녀를 안아주었다.

그러기를 십 분 후에야 어느 정도 마음의 안정을 되찾은 프레이아나는 자리에 주저앉아 눈물을 닦으며 말했다.

"마을 소식을 듣고 온 겐가?"

그녀의 말에 난 고개를 끄덕였다.

"어떻게 된 겁니까?"

난 레아와 레비나의 소식이 궁금했기에 다급하게 그녀에게 물어볼 수밖에 없었고, 그녀는 그때 있었던 일을 말해 주었다.

한 떼의 용병이 찾아왔던 것은 아무 일도 아니었다. 나에게서 검술을 배운 마을 청년들은 이제 마을을 지키는 자경대 노릇을 잘해내고 있었다. 한 사람, 한 사람이 이급용병에 버금갈 정도의 실력을 지니고 있었기에 도적 정도야 별문제가 없었다.

그러기에 이제 마을을 지나는 용병들은 허락했던 것인데 그것이 문제였다.

그들은 용병이 아니었던 것이다. 로아냐드 제국의 동부에 위치한 여러 나라들은 제국이 어지러워지면서 내전과 국토 분쟁이 더욱 심해졌다. 그로 인해 각 나라의 치안이 흐트러졌기에 중소 국가들의 손으로 해결하지 못할 여러 범죄 집단이 생겨났다.

그중에 가장 번성했던 것이 바로 노예 상인과 연계하고 있는 조직인 붉은 늑대였다. 용병 출신의 사람들이 모여 있는 그들은 수천 명에 이를 정도로 광대한 인원과 함께 제국 동부에 수많은 지부를 두고, 국제적인 노예 매매를 서슴지 않는 집단이었다.

마을로 찾아든 일단의 인물들, 그들은 바로 붉은 늑대에 속해 있는 인물들이었던 것이다.

검을 배운 청년들의 힘으로 도적들의 약탈에서 벗어날 수 있었던 마을은 번성해 가기 시작했기에 많은 사람들이 이곳에서 살아가기 시작했다.

주변에 있는 피폐해진 마을과는 달리 이곳은 붉은 늑대들이 노리는 여성들이 꽤 많이 있었던 것이다.

그런 와중에 이곳으로 온 붉은 늑대 상부의 인물이 주점에서 일을 하고 있는 레아를 발견했다. 젊은 레아의 얼굴은 상당한 미인이었기에 그는 레아를 노리게 되었고, 그들이 사라진 지 얼마되지 않아 붉은 늑대의 조직원들이 마을을 습격한 것이다.

단순한 산적들이라면 모르겠지만 상대가 대륙적인 범죄 조직인 붉은 늑대의 일원들이라면 상황은 달랐다.

마을의 청년들은 끝까지 그들과 대항했지만 모두 덧없는 죽임을 당하고 마을 사람들은 많은 수가 붉은 늑대에게 끌려 노예로 팔려 나가게 되어버린 것이다.

프레이아나의 말을 들은 난 분통을 참지 못했다.

붉은 늑대, 그들에 대한 분노가 치솟아오르기 시작했다.

"레, 레비나는?"

"휴, 그 와중에 난 지하실로 숨어 어떻게 됐는지 모르네만, 만약의 경우를 생각해서 촌장 어르신이 만들어놓으신 대피소가 있으니 그리로 한번 가보세."

프레이아나는 나를 데리고 촌장이 만들어놓은 대피소로 안내했다. 용병 출신인 촌장이라면 이런 상황이 있을 것을 어느 정도 대비하고 있었을 것이다.

그녀를 따라간 곳은 마을에서 십 분 정도의 거리에 있는 작은 산이었다. 수풀이 울창하게 우거져 있는 곳이었기에 이곳에 숨는다면 마을을 습격하는 도적 무리들의 손에서 어느 정도는 안전할 수 있었다.

"흔적이 있다. 아마도 대피한 사람이 있는가 보군."

이스트는 근처의 풀과 나뭇가지를 살펴보고는 나에게 말했다. 그의 말을 듣고 난 레아와 레비나가 안전했으면 하는 생각이 간절했다.

그때 한 대의 화살이 우리를 향해 빠른 속도로 날아왔고, 난 나의 얼굴에 꽂히려는 화살을 잡을 수 있었다.

"누구냐!!"

이스트는 화살이 날아오자마자 허리에 차 있던 검을 빼 들고는 소리쳤는데, 프레이아나가 갑자기 앞으로 나서서는 소리쳤다.

"나야, 나! 잡화점 프레이아나 아줌마라고!!"

"아줌마?!"

프레이아나의 목소리를 들은 그들은 놀란 목소리로 말하고는 숲에서 나오기 시작했다. 그들은 모두 십대 후반의 청년들이었는데, 프레이아나의 얼굴을 확인하고는 한 청년이 반가운 얼굴을 하며 달려왔다.

"아줌마, 살아 계셨군요."

"이분들이 구해주서서 살았단다, 슈레드."

슈레드라 불리는 청년은 프레이아나의 말을 듣고 우리들을 쳐다보며 말했다.

"당신들은 누구죠?"

그의 얼굴에는 조금 경계하는 눈빛이 있었고, 프레이아나의 모습을 확인하며 기쁜 마음으로 달려온 그와는 달리 뒤에 서 있던 청년들은 화살을 겨누며 여차하면 우리들을 향해 쏠 준비를 하고 있었다.

"휴… 함부로 화살을 쏘아대니 무서운 동네로구만."

이스트는 그들이 마을 사람 중 살아남은 사람들이라는 것을 알고 검을 집어넣고는 푸념을 내뱉었는데 프레이아나는 슈레드의 얼굴을 보고 미소 지으며 말했다.

"슈레드, 네가 그렇게 보고 싶어하던 분이다."

“예? 그럼…….”

“그래, 이분이 레아의 후견인이신 블러드 스톰이란 분이야.”

슈레드는 나의 얼굴을 보고는 반가워하는 듯하다가 갑자기 무슨 생각이 났다는 듯이 말했다.

“블러드 스톰님이라면 리베드 형이 무사히 도착한 거군요!! 다행이다. 녀석들에게 쫓겨 무슨 변이나 당하지 않았으면 다행이라고 생각했는데.”

그는 내가 온 것을 보고는 리베드가 소식을 전해주었으리라고 생각하는 듯했다.

우리의 신분이 밝혀지자 슈레드는 우리를 끌고 마을 사람들의 피신처로 안내했다.

숲을 어느 정도 들어가자 작은 동굴이 드러났는데, 그곳에서 지저분한 몰골의 마을 사람들이 분주하게 돌아다니고 있는 모습이 보였고, 한가운데에 한 노인이 그들의 모습을 보며 처량하게 앉아 있는 것이 보였다.

난 한눈에 그 노인을 알아볼 수 있었는데, 그는 바로 마을 촌장이었다.

“촌장님!!”

프레이아나는 촌장의 얼굴을 확인하고는 달려가 전보다 마른 얼굴의 촌장 무릎에 눈물을 떨어뜨렸다.

“프레이아나 아니냐. 다행이다. 네가 없어 죽은 줄 알았는데, 무사했었구나.”

촌장은 울고 있는 프레이아나의 머리를 쓰다듬으며 인자한 목소리로 말했고, 그것을 보며 슈레드는 미소를 지으며 말했다.

“쳇, 우리들한테는 허구한 날 소리만 지르면서 촌장님 앞에선 어리광 부리네요.”

“허허허. 그래, 네 말이 맞는 것 같구나. 그래, 같이 오신 손님들은 누구시냐?”

순간 난 촌장의 말을 듣고 놀라지 않을 수 없었다. 촌장과 나와의 거리는 채 10미터도 되지 않는 거리였기 때문이다. 이상한 생각에 촌장의 눈을 확인했을 때 난 욕이 튀어나올 뻔한 것을 간신히 참았다. 촌장은 눈은 화상으로 뒤덮여져 있었기 때문이다.

프레이아나도 그것을 확인했는지 놀란 얼굴을 하며 촌장의 눈을 더 듬어보고는 다시 눈물을 흘리기 시작했다.

“초, 촌장님 눈이……”

“허허허, 늙어 죽어가는 노인이 눈이 안 보이면 어떻다고 눈물을 보이느냐.”

촌장은 자신의 눈이 화상으로 멀어버렸음에도 프레이아나를 다독여 주고 있었다. 난 천천히 그의 곁으로 다가가 눈을 살펴보았다. 심한 화상이 아니래도 눈 부위가 이렇게 변했다면 촌장의 시력은 신전의 신성력으로도 회복이 불가능할 것이다.

“그래, 우리 착한 프레이아나를 데려다 준 은인은 누구신가?”

촌장은 자신의 앞에 있는 나를 보지 못하기에 물었고, 난 조용히 말했다.

“접니다.”

그 순간 촌장은 잠시 놀란 표정을 지었지만, 어느새 그 표정은 사라지고 조금 우울한 표정이 되었다.

“자네로구만… 왜 이렇게 늦게 왔는가……”

“죄송합니다.”

죄송하다는 이야기밖에 할 수가 없었다. 레아의 후견인이라면서 찾아보지도 않고 다른 곳에서 머물고 있었다는 것은 조금은 미안한 이야기였기 때문이다. 만약 마을에 내가 있었다면 절대 이런 일은 벌어지지 않았을 것이라는 생각에 미안한 마음이 더욱 커졌다.

촌장은 잠시 한숨을 내쉬고는 자리에서 일어났다. 슈레드는 촌장이 일어서자 급히 그의 옆으로 가 왼손을 잡고는 촌장을 부축했다.

“자, 나를 따라오게나.”

촌장은 슈레드의 부축을 받으며 동굴 안으로 걸음을 옮겼고, 난 천천히 그의 뒤를 따랐다. 동굴 안에는 아직도 심한 상처를 입은 사람들이 누워 있었고, 그들을 마을 사람들이 간병해 주고 있었다.

촌장은 동굴 안 깊숙한 곳으로 들어갔는데, 그곳에는 한 명의 꼬마 아이가 자리에 누워 있는 여인을 간병하고 있는 것이 눈에 들어왔다.

난 누워 있는 그 여인에게서 눈을 뗄 수가 없었다. 꼬마 아이에게 간병을 받고 있는 여인, 그녀는 바로 레아였기 때문이다.

누워 있는 레아는 얼굴 반쪽이 천으로 감싸여져 있었는데, 그 천은 빨지 않아 더러워졌는지 누런 고름이 여기저기 물들여져 있었다.

“레아……”

레아는 조용히 잠을 자고 있는 듯이 누워 있었고, 꼬마 아이는 촌장의 모습이 보이자 자리에서 일어나서는 촌장의 다리에 뛰어들며 울기 시작했다.

“촌장 할아버지, 엄마가 눈을 안 떠요……”

“……!!”

꼬마 아이의 말을 듣는 순간 난 놀라지 않을 수 없었다. 레아를 엄마라고 부르는 아이라면, 그녀는 바로 레비나였기 때문이다.

하지만 난 레비나에게 신경 쓸 겨를이 없었다.

급히 레아에게 달려가 손목을 잡고 그녀의 맥을 보았다. 불규칙한 맥, 화상의 치료가 제대로 되지 않았기에 상처 속으로 병균이 침입해 합병증까지 유발된 것이다.

"헤레나!!"

난 뒤에 서 있던 헤레나를 불렀는데, 그녀는 예상하고 있었다는 듯이 벌써 짐에서 깨끗한 붕대를 꺼내와서는 헤레나의 얼굴에 감겨져 있는 천을 풀기 시작했다.

오랫동안 갈지 못했는 듯이 고름으로 엉켜져 있는 천은 헤레나가 그것을 풀 때마다 천이 뜯어지는 듯한 소리를 내었고, 그때마다 엉켜진 고름이 뜯어지며 붉은 피가 새어 나왔다.

"아, 아."

정신을 차리지 못하는 레아는 천을 풀 때 고름과 함께 터지는 상처 때문에 신음을 지르고 있었기에 나의 가슴 한곳은 찢어지는 듯했다. 차라리 그 상처가 나에게 났다면 하는 생각이 머리 속을 메우고 있었다.

상처를 매고 있던 천이 풀어지자 흉측한 화상이 모습을 드러냈다. 한쪽 얼굴을 일그러뜨리는 화상과 함께 진한 고름의 냄새가 진동하며 피 내음과 함께 섞이자 맡기에도 역겨울 정도였다.

치료하지 못한 화상의 상처는 이제 썩어 들어가는 듯 역한 냄새를 풍겨왔기에 주위에 있던 사람들은 얼굴을 찡그릴 수밖에 없었다. 하지만 어린 레비나는 그런 냄새와 모습에 뒤로 물러설 법도 하건만 꾹 참으며 내가 잡고 있던 레아의 손을 잡아주고 있었다.

헤레나는 짐에서 물통을 꺼내 그녀의 상처를 씻어내고는 깨끗한 천으로 천천히 고름을 닦아낸 후 천에 힐링 포션을 적셔 그녀의 화상 상처에 발라주었다.

헤레나는 그녀의 화상에 포션을 다 바른 후 깨끗한 붕대로 그녀의 상처를 다시 싸매어주고는 힘겨운 듯 이마에 흐르는 땀을 닦아낸 후 말했다.

"휴… 화상 상처가 너무 심해. 거기다가 합병증까지……. 미안해."

나도 예측하고 있었다. 화상을 입은 직후에 치료했다 해도 그녀를 구할 수는 없었을 것이다. 하지만 늦었다고 해서 그녀의 목숨을 포기할 생각은 없었다. 난 그녀의 손목을 통해 꾸준히 마나를 불어넣어 주었다. 이렇게라도 하지 않으면 미쳐 버릴 것 같았기 때문이다.

"이스트, 헬레나… 이곳에 있는 마을 사람들을 치료해 주지 않겠나?"

"응."

나의 말을 들은 두 사람은 고개를 끄덕이며 동굴 안에서 신음하고 있는 마을 사람들의 상처를 치료하기 시작했다. 용병들은 전투로 살아가고 있는 이들이기에 어느 정도의 치료법은 알고 있었고, 만약의 경우를 위해 많은 양의 힐링 포션을 가지고 왔기 때문에 그것이 어느 정도 도움이 되고 있었다.

숲에서 살고 있는 마을 사람들이라고는 하지만 상처 치료에 그렇게 능숙할 리가 없기 때문에 약초는 변변치 않았다. 그 때문에 우리들이 힐링 포션을 가져왔다는 것을 알자 마을 사람들의 얼굴에 안도의 표정이 엿보였다.

촌장은 아무 말 없이 레비나를 안고는 나의 옆에 앉았다.

“마을 사람들의 피해는 어떻습니까?”

나의 말에 그는 작은 한숨을 내쉬며 말했다.

“대부분의 청년은 그들에게 목숨을 잃었네. 도망가라고 말했네만, 마을 사람들을 피신시키기 위해 그들은 끝까지 남았었다네. 그 탓에 이런 늙은이는 목숨을 부지했네만…….”

촌장의 말은 조금씩 떨려오고 있었고, 화상으로 일그러진 그의 노안에선 굵은 눈물이 흘러내렸다.

“레아는 주점에서 일하다가 도망 나왔는데, 레비나가 집에 남아 있다는 것을 알고는 다시 마을 쪽으로 돌아왔었네. 불타는 집에서 레비나를 구해내다가 이렇게 화상을 입고 말았지… 모든 게 이 늙은이 탓이지.”

“으앙!! 촌장 할아버진 잘못 안 했어요. 레비나만 아니었음, 할아버지 눈도 다치지 않았을 텐데. 으엉!”

촌장의 말을 듣고 있던 레비나는 큰 소리로 울음을 터뜨렸다. 난 조용히 레비나의 볼에 손을 가져가 눈물을 닦아주었다.

“아저씨 의사지요? 우리 엄마 살려줘요.”

레비나는 레아의 손을 잡으며 마나를 불어주는 나를 의사로 알고 있는 듯했다. 뭐라고 말해 주어야 하나. 삼 일을 넘기지 못할 것을 알고 있으면서도 그녀에게 살 수 있다고 거짓말을 해야 하나, 아니면 사실을 말해 주어야 하나. 고민할 수밖에 없었다.

“레비나… 이 아저씨는 레비나의 엄마를 살리려 노력하고 있단다.”

“으엉… 엄마…….”

이 어린아이가 레아의 죽음을 접한다면 얼마나 슬퍼할까. 가슴이 메어왔다. 그리고 분노가 밀려왔다, 레아를 이렇게 만든 자들에게.

"마을을 습격한 자들은……."

"남아 있는 청년들의 말로는 계속 이곳에서 모습을 드러내고 있다고 하더군. 아무래도 레아를 데리고 가려 하는 듯하네."

"그렇습니까? 다행이군요."

나의 다행이란 말에 촌장은 조용히 말했다.

"복수할 생각인가?"

"예, 이곳을 습격한 녀석들부터 시작해서 붉은 늑대라는 이름을 가진 녀석들은 한 놈도 살려두지 않을 생각입니다."

"……."

나의 말에 촌장은 아무 말도 하지 않았다. 그도 지금 나에게 무슨 말을 한다 해도 통하지 않을 것이라는 것을 알고 있었기 때문이다.

화상으로 크게 상처를 입고 누워 있는 레아는 좀처럼 정신을 차리지 못하고 있었다. 안타까웠다. 그녀와 만난 이후 계속 손목을 통해 마나를 불어넣어 주고는 있었지만, 그 이상을 해주지 못하는 나에게 조금씩 화가 나기 시작했다.

그 오랜 세월을 살면서 난 지금까지 무엇을 했단 말인가?

'피의 숙명일까?'

생각해 보았다, 지금까지 내가 살아온 삶을. 피 범벅으로 살아온 인생, 그동안 나의 주위에 있던 많은 사람들은 어떻게 해볼 사이도 없이 아내와 딸, 친구, 그리고 미리아… 그 사람들은 언제나 곁에서 마지막 말과 함께 떠나갔고, 난 그들을 보내며 눈물을 삼켜왔다.

피로 물들어진 난 사랑하는 사람을 가질 자격도 없단 말인가? 어쩌면 레아도 죽을지 모른다. 친구라 느끼기 시작한 이스트도, 헤레나도 곁을 떠날 것이다.

눈물이 흐른다. 그동안에 죽어간 많은 사람들의 생각이 나의 앞에 누워 있는 레아와 겹쳐진다. 제발, 제발 죽지 말아줘. 더 이상 사랑하는 사람을 잃는 것은 참을 수 없단 말이야.

난 속으로 그녀에게 제발 살아달라고 빌었다.

이 이상 무너지면 난 살아갈 수 없다. 아니, 어쩜 난 일찍 죽어야 할 사람이었을지도 모른다. 내가 죽었다면 다른 사람들은 살 수 있었겠지? 딸도, 친구도······.

'제발 내가 피의 굴레를 벗어나게 해줘. 신이시여······.'

언제나 신에 대해 욕을 퍼붓던 난 레아의 죽음 앞에 와서야 신에게 부탁을 하고 있었다. 눈물 때문인지 모르겠지만 눈앞이 조금씩 흐려지기 시작했다. 가슴속으로부터 밀려오는 고통, 많은 시간 동안 마나를 계속 레아에게 불어넣어 주고 있었기 때문에 몸에 무리가 오고 있는 것이다.

계속 마나를 불어넣는다면 마나 부족으로 인해 몸의 균형이 무너진다는 것을 알고 있었지만 난 멈출 수가 없었다.

차라리 죽었으면 했다. 그렇다면 레아와 함께 피로 물든 세상을 벗어날 수 있으리라 생각했기 때문이다.

내가 죽는다면 이제 더 이상 나 때문에 죽는 이는 없을 것이다. 조금씩 조금씩 눈이 감겨 내려온다. 발끝에서부터 감각이 사라지기 시작한다. 나의 입에선 나도 모르는 미소가 만들어지고 있었다. 눈앞이 흐려지며 사라져 간 사람들의 얼굴이 보이기 시작한다.

마나의 부족으로 균형이 무너지면서 보이는 환각이라는 것을 알고 있었지만 그들의 모습을 다시 볼 수 있는 것에 만족했다.

영원히 못 볼 것이라 생각했던 사람을 보게 된 기쁨을 무엇으로 설명할 수 있을까?

「당신은 언제쯤에 그 굴레에서 벗어나실 건가요?」

"레아?"

환각이란 것은 알고 있다. 하지만 헤어졌을 때의 그 모습 그대로인 레아의 모습이 나타나자 난 당황되기 시작했다.

레아는 나를 향해 환한 미소를 지으며 다가왔다. 그리고 그 작은 손을 들어 나의 뺨을 쓰다듬어 주고는 말했다.

「당신이 없었다면 레아는 이곳에 있을 수 없었답니다.」

"……."

「당신이 없었다면 레비나는 세상의 빛을 볼 수 없었답니다.」

난 아무 말도 할 수 없었다. 언제나 피의 굴레를 벗어나고 싶었고, 이제는 죽음만을 바라고 있는 상태였는데 그녀의 말은 나의 가슴 한편을 무너뜨리고 있었다.

「당신의 곁에 있던 사람은 당신의 슬픔과 사랑을 잘 알고 있답니다. 당신이 우리 곁에 오신다면 당신의 슬픔과 아픔을 조금이라도 덜어주기 위해 이곳으로 온 사람들이 눈물을 흘릴 거예요.」

"레아, 하지만……."

「돌아가세요. 이곳은 아직 당신이 올 곳이 아니랍니다. 당신이 이곳에 오신다면 홀로 세상에 남은 레비나는 또다시 당신과 같은 슬픔과 고통을 알게 되겠죠? 당신은 당신의 고통을 딸에게 넘겨줄 생각이신가요?」

그 순간 난 살아야 함을 느꼈다. 피의 굴레에 얽힌 내 생의 고통과 슬픔, 너무나 잘 알고 있기에 그것을 누군가에게, 그것도 나의 딸 레비나에게 던져 줄 수는 없다는 것을 느꼈기 때문이다.

　레아는 그런 나의 생각을 알아챘는지 미소를 지으며 나의 품에 안겼다.

「사랑해요.」

"나도 사랑한다, 나의 마지막 여인 레아여……."

환각 속에서 느껴지는 레아의 품은 따뜻했다. 이 순간이 사라지지 않기를 빈다는 것은 너무나 큰 바람일까? 꿈은 사라져 간다.

환각 속에서 벗어나 눈을 떴을 때는 안쓰러운 얼굴로 나를 보고 있는 두 사람의 모습이 보였다. 이스트와 헤레나, 새롭게 사귀게 된 나의 친구들이었다.

"정신이 드는가?"

이스트의 물음에 난 고개를 끄덕였다. 나의 모습에 조금 안도하는 듯한 이스트였지만, 그의 얼굴 표정은 그리 밝지 못했다. 무엇인가 안 좋은 일이 생긴 것이다.

난 이스트가 말하지 못하고 어두운 표정을 짓는 이유를 어느 정도 예상하고는 말했다.

"레아가 죽었는가?"

나의 물음에 이스트는 힘없는 모습으로 고개를 끄덕였다. 환각 속에서의 만남, 레아는 그곳에서 나와의 마지막 만남을 가진 것이다.

미소를 짓고 떠나간 레아를 생각한 난 슬프지 않았다. 오히려 다행이라고 여겼다. 비록 환상 속에서라지만 난 나의 가슴속에 남아 있던 말을 그녀에게 했고, 그녀 역시 나의 대답에 만족해하지 않았는가?

이루어질 수 없는 사랑이라 여겼지만, 마지막 순간 우리 두 사람은 이어진 것이다. 그 사랑이 남아 있다면 레아는 영원히 나의 가슴속에 남아 있을 것이다.

난 이스트의 만류에도 불구하고 자리에서 일어났다. 나의 두 번째 아내인 레아를 남의 손으로 묻어주고 싶지 않았기 때문이다.

동굴 안의 레아가 누워 있던 곳으로 가자 흰 천으로 얼굴까지 가려진 레아의 모습이 드러났다. 그녀의 옆에선 슬픈 눈물을 흘리고 있는 레아의 딸 레비나가 무릎 꿇고 있었고, 촌장은 아무 말 없이 레비나의 등을 두드려 주고 있었다.

난 울고 있는 레비나의 곁에 다가가 앉았다.

얼굴을 가린 천을 내리자 그곳에서 미소를 지으며 잠자고 있는 레아의 얼굴이 드러났다. 마지막 환각 속의 이야기, 그것은 나만의 환상이 아니라는 것을 깨달은 난 웃음이 터져 나왔다.

"크크크크크."

괴상한 웃음소리, 그것을 안 난 멈추려고 했지만 이상하게 웃음이 멈추어지지 않았다. 왜, 왜 눈에서 눈물이 나는 거지? 이제 더 이상 만나지 못할 것을 알기 때문인가? 멍청한 녀석, 레아를 웃으면서 보내놓고 왜 울고 있는 거지. 난 나를 욕하기 시작했다.

웃지도 울지도 않는 이상한 감정이 되어 있는 나의 뒤로 두 개의 흐느낌 소리가 들려왔다. 이스트와 헤레나였다. 그들도 나의 감정을 알고 있는 것일까?

바보 같다. 이런 나의 얼굴에 누군가의 작은 손이 닿았다.

자신의 눈물도 주체하지 못하고 콧물까지 흘리는 레비나였지만, 그 작은 손으로 나의 눈에 흐르는 눈물을 닦아주고 있었다.

"아저씨, 울지 마요… 레비나도 참을게요."

"응. 아저씨… 울지 않으마……."

난 어색한 미소를 레비나에게 보여주었다. 이상하게 보일 만도 하건만 나의 미소를 보며 레아 역시 미소로 답해주었다.

난 레비나가 나에게 했던 것처럼 눈물을 닦아준 후 자리에서 일어나 잠자는 듯한 레아의 몸을 안아 올렸다. 이런 축축한 동굴 안에 레아를 계속 내버려 두고 싶지는 않았기 때문이다.

레아의 몸을 안고 밖으로 나서자 많은 사람들의 눈이 나의 모습을 보고 있었다. 잡화점의 여주인이었던 프레이아나는 레아를 안고 나온 나의 모습을 확인하고는 슬픈 얼굴로 다가와 하얀색 천 위로 드러나 보이는 레아의 이마에 키스를 하고는 뒤로 물러섰고, 그의 뒤를 이어 다른 마을의 여인 역시 슬픈 얼굴로 차례대로 레아의 이마에 키스를 하고는 물러났다.

고통 속에서 보낸 레아에게 마을의 여인들이 보내는 작별 인사였다.

단 한 사람의 친척조차 남아 있지 않던 고아인 레아에게 마지막에 많은 가족이 생긴 것이다. 죽은 자에게 하는 키스는 가족만이 할 수 있는 것이었기 때문이다.

어린 나이에 전쟁의 고통에 시달리며, 고생을 하며 살아온 레아의 마지막에 이렇게 많은 사람들이 작별의 키스를 전해주고 있었기에 난 기쁜 미소를 지을 수 있었다.

레아의 마지막을 장식할 곳은 그녀와 내가 처음으로 이 마을에 도착해서 얻게 된 마을 구석의 작은 오두막이었다.

이젠 타버려 흔적만이 남아 있는 오두막. 하지만 아직도 나와 레아에겐 그때의 그 모습이 남아 있었다.

언제나 수줍은 얼굴로 나의 모습을 쳐다보며 미소 짓던 레아의 모습, 그 작은 모습이 이 오두막에 남아 있었다.

"이스트, 시작해라."

나의 말을 들은 이스트는 어디론가 사라졌고, 난 헤레나에게 잠시 레아를 맡겨두고는 화장을 위한 나무를 모아 오기 시작했다.

한 시간 정도 후에야 타버린 오두막의 잔해를 치우고 그곳에 레아를 화장시킬 나무들을 쌓아둘 수 있었고, 그 위에 레아를 눕혀놓고 하얀 천으로 얼굴을 가려주었다.

뒤에 있을 피의 제물들의 모습을 그녀에게 보여주고 싶지 않았기 때문이다.

마을 앞의 입구에서는 이스트에게 부탁한 일이 벌어지고 있었다. 내가 이스트에게 부탁한 것은 아직도 레아를 찾으며 이곳을 뒤지는 마을을 습격한 녀석들의 시선을 끌어오라는 것이었다.

검은 연기가 마을 입구에서 피어오르기 시작했다. 주변을 뒤지며 그들의 시선을 모은 이스트가 녀석들을 이쪽으로 끌고 오기 위해 마을 입구에 불을 피운 것이다.

이제 얼마 지나지 않아 그들이 나타날 것이다.

내가 지금 하고자 하는 일이 더 이상 있어서는 안 되는 피의 굴레 중 하나라는 것은 알고 있었다. 하지만 그들을 그렇게 버려둔다면 언제 다시 이 마을 사람들이 나와 같은 슬픔을 겪게 될지 모르기에 확실히 처리하지 않으면 안 되었다.

이 세상을 살아가고 있는 힘없는 자에게 눈물을 안겨주는 자들을 용서할 수는 없었다.

마을 입구 쪽에서 달려오는 이스트의 모습이 보였다. 그들이 이쪽으로 다가오기 시작한 것이다. 난 폐허가 된 마을의 입구에 앉았고, 이스트는 나의 모습을 보며 뒷쪽으로 사라졌다.

웅성거리는 소리와 함께 이스트가 끌고 온 자들의 모습이 드러나기 시작했다. 오십여 명 정도의 그들은 하나같이 손에 병장기를 들고 있는 것으로 보아 마을 사람들을 찾으면 또다시 살행과 약탈을 자행하는 듯했다.

그들은 마을 한가운데에 앉아 있는 나의 모습을 보고는 음흉한 웃음을 지으며 몰려들었고, 한 거한이 거대한 투 핸드 소드를 들고는 그들 앞에 나서며 말했다.

"흐흐흐, 이젠 죽고 싶은 마음이 생겼나 보군. 우리에게 모습을 드러내니 말이야."

난 고개를 들어 그의 얼굴을 쳐다보며 말했다.

"네 녀석이 레아를 노리며 마을을 습격한 자들의 두목인가?"

"흐흐흐흐, 겁도 없는 녀석이군. 그렇다면 어쩔 테냐?"

"…붉은 늑대의 이름을 가지고 있는 자들은 단 한 사람도 살아 나갈 생각을 하지 마라."

"하하하하, 별 미친 녀석을 다 보겠……."

그의 말은 끝마쳐지지 못했다. 이미 나의 검이 그의 목을 잘라 땅바닥에 떨구고 있었기 때문이다. 순식간에 두목의 목이 달아난 것을 본 그들은 잠시 놀란 얼굴을 하고 있다가 나를 노려보며 다가오기 시작했다.

나의 실력에 놀란 것은 사실이지만 많은 수의 그들은 충분히 나를 죽일 수 있다고 생각한 모양이었다.

"두목의 목을……!!"

"이 자식, 살려두지 않겠다!!"

한순간에 자신들의 두목을 죽인 나를 보며 녀석들은 천천히 다가오기 시작했다. 난 그들을 잠시 훑어보고는 마나를 모으기 시작했다. 마나가 점점 모여짐에 따라 폐허가 된 마을은 붉은색의 피 냄새가 퍼지기 시작했다. 나의 앞에 있는 녀석들은 그것이 자신들 두목의 피 냄새라고 생각했는지 아무런 낌새도 못 차리며 조금씩 나의 블러드 에어리어 안에 들어와 흥분하기 시작했다.

진한 피 냄새는 이제 그들의 정신을 더욱 흐트러뜨리고 있는 것이다.

"우아!!"

"죽어라!!"

주변에 가깝게 위치한 녀석들은 고함을 지르며 나에게 병장기를 휘둘렀지만, 그들 중 어떤 이도 나의 옷자락 하나 건드리지 못했다. 나의 검은 정확히 그들의 급소를 찔러가고 있었기 때문에 그들은 외마디 비명도 지르지 못하고 쓰러져 죽어갔다.

일 분도 되지 않아 나의 주변에는 이십여 명의 시체가 엎어져 있었지만 그들은 블러드 에어리어 안에 있었기 때문에 아무도 그것을 알아채지 못하는 듯했다.

한 명씩, 한 명씩 동료들이 죽어감에도 그들의 머리에는 나를 죽이고자 하는 분노밖에 떠오르지 않는 것이다.

내가 지금 하고 있는 이 일이 레아가 원하지 않는 것이란 것은 알고 있었다. 아무리 악한 자들이라 한들 레아라면 한 사람의 죽음이라도 슬픈 표정을 짓겠지? 마음이 여린 레아는 나와 같이 있었을 때도 벌레 한 마리 죽이지 못했기에 어느 정도 짐작해 볼 수 있었다.

하지만 이들을 살려두면 마을의 사람들은 언제나 저들의 손에 희생당하며 살아야 할 것이다. 난 레아가 묻힐 이 마을이 더러운 녀석들의 손에서 희롱당하는 것을 보고 싶지 않았기에 그들을 죽여야 했다.

레아가 영원히 살아야 하는 이곳은 영원히 평화스러운 곳으로 남아야 한다.

정확히 오십일 명을 죽였을 때, 나의 앞에는 단 한 사람만이 남아 있었다. 그는 자신의 동료가 모두 죽임을 당했음에도 나의 범위 안에서 분노를 터뜨리며 다가오고 있었다.

난 천천히 마나를 풀어갔다. 나의 주변에 가득히 깔려 있던 피의 냄새는 사라지지 않았지만 녀석은 조금씩 정신을 차리는 것 같았다.

정신을 붕괴시키는 나의 영역이 모두 사라지자 그는 드디어 지금까지 무슨 일이 있었는지 알 수 있었는지 다리가 떨리고 있었다.

난 천천히 그의 곁으로 다가갔다. 녀석은 내가 다가오자 두려움에 뒷걸음질치려고 했지만, 떨리는 다리를 가누지 못하고 땅에 주저앉고 말았다. 그의 바짓가랑이가 젖어가고 있었다. 그럴 테지, 두려울 것이다.

죽음 앞에서 두려움을 느끼는 것은 당연하다. 하지만 왜 이들은 자신들이 겪는 두려움은 알면서 다른 사람이 겪는 두려움은 알지 못한단 말인가?

그들 자신이 두려움을 이길 수 없는 자이기에 타인의 두려움을 보며 즐기는 것일까? 얼마나 많은 사람들이 이들의 약탈과 학살에 두려움을 가지며 죽어갔을까. 나의 앞에 있는 자는 자신이 타인에게 해왔던 일을 직접 겪고 있었다.

난 가까이 간 후 그의 머리를 붙잡고 들어 올렸다. 녀석은 고통스러운 표정을 짓고 있었지만 이내 나의 시선이 자신을 향하자 헛바람 소리를 내며 두려움에 떨고 있었다.

“이들이 이곳으로 온 전부인가?”

“헉… 예, 예.”

“이곳의 지부 인원이 전부 오지는 않았을 테고, 지부에 남은 인원의 숫자는?”

“배, 백오십 명 정도가 남아 있습니다…….”

“백오십 명이라… 살고 싶은가?”

“예, 예!”

나의 말을 듣고 그는 두 손을 비비며, 눈물을 흘리면서 대답했다. 죽이고 싶었다. 이 녀석은 자신의 앞에서 눈물을 흘리며 비는 자의 목을 웃으면서 베었겠지? 똑같이 답해주고 싶었지만 이 녀석이 없으면 생각했던 일을 할 수 없기에 난 그의 머리를 놓아주고는 뒤에 있을 이스트를 불렀다.

“이스트!!”

“벌써 왔다… 음.”

이스트는 나의 검에 의해 죽은 그들의 시체를 보고 눈살을 찌푸리며 다가와서는 허리에 있는 밧줄을 풀어 나의 앞에 떨고 있는 녀석을 묶기 시작했다.

잠시 후 녀석을 묶어 끌고 가며 이스트는 나를 보며 물었다.

“정말 붉은 늑대를 모두 죽일 작정인가?”

이스트의 물음에 난 아무 말도 하지 않고 고개만을 끄덕였는데, 녀석은 그것이 마음에 들지 않는지 말했다.

“자네라면 충분히 가능할 수도 있겠지. 하지만 말일세. 만약 그들을 모두 죽인다면 자네는 영영 피의 굴레에서 벗어날 수 없다는 것을 알고 있나?”

“······.”

“자네도 알겠지. 자넨 지금 뭐 하나 가지고 있는 것이 없는 사람이라 생각하고 있겠네만 그것은 틀린 소리네. 자네의 여인이 갔는지는 모르겠지만, 그녀가 자네에게 맡겨놓은 중요한 사람이 있지 않나.”

“그 아이는 내가 데리고 다닌다.”

“피의 냄새를 풍기는 채로 말인가?”

“마지막이다. 붉은 늑대 그들을 모두 죽이고 난 검을 꺾을 것이다.”

검을 꺾는다는 나의 말을 들은 이스트는 잠시 멍한 표정이 되어 있다가 갑자기 말도 안 된다는 표정을 지으며 크게 웃기 시작했다.

“하하하하.”

그렇게 이스트는 나의 앞에서 한참을 웃다가 정색을 하고는 나의 얼굴을 보며 말했다.

“검을 꺾는단 말인가? 우습군. 가슴속에는 검의 날을 바짝 세우고 있으면서 겉으로만 검을 꺾는다는 것이 말이 된다고 생각하는가?”

“가슴속의 검······.”

“그래, 이 자식아. 자넨 레아의 원수를 갚는답시고 붉은 늑대란 이름을 가진 자들을 모두 죽이겠지. 하지만 말이야, 그렇게 한다고 자네 가슴의 검이 사라지는 게 아니야. 오히려 검의 날이 더 날카로워지겠지. 멍청한 친구야, 다시 한 번 생각해 보라고.”

마음속의 검, 이스트 그는 나를 너무나 잘 알고 있었다. 그의 말대로 붉은 늑대란 이름을 가진 이들을 모두 벤다면 난 더욱 피의 굴레에서 벗어날 수 없을 것이다. 가슴의 날카로운 검을 감추지 못하고 살아가다 언젠가 다른 이의 검에 죽을 것이다.

하지만 그들을 용서할 수는 없었다. 하나하나에게 공포를 안겨주지 않는다면 가슴 깊이 남아 있는 울분을 풀 수 없을 것만 같았다.

나를 피의 굴레로 빠뜨려 버린 귀족들을 보며 눈물을 삼켜야 했던 것처럼 이번에도 난 눈물을 삼켜야 한단 말인가? 그것이 너무 억울했다. 아마 그것 때문에 난 스스로 피의 굴레를 벗어나지 못하는 듯하다.

얼마 지나지 않아 이스트의 이야기를 들은 마을의 청년들이 나와 내가 벤 사람들의 시체를 치우기 시작했다. 촌장의 지시대로 움직인 청년들은 그들의 시신을 마을 밖으로 가져가 태울 것이라고 했다.

짐승의 밥으로 버려둘 것 같은 청년들이었지만 차마 촌장의 명은 거부할 수 없는지 얼굴을 일그러뜨리며 옮겨 가는데, 어떤 이들은 자신의 손으로 베지 못했음을 한탄하며 눈물까지 흘리고 있었다.

촌장은 그런 청년들을 다독이고 있다가 나의 낌새를 알아채곤 지팡이를 짚으며 천천히 걸어왔다.

"여기에 있었는가."

화상으로 장님이 되어버린 촌장이었지만 나의 존재만은 쉽게 알아채는 듯했다. 아마 짙게 배인 피의 냄새가 그에게 나의 존재를 말해 주는 것 같았다.

"저들이 밉지 않습니까?"

"밉지. 어찌 마을을 이 모양으로 만들고 사람을 죽인 자들을 미워하지 않을 수 있겠는가. 하지만 말일세, 언제나 미움만을 가지고 있으면 그 사람은 물론 주변에 있는 사람도 언제나 행복을 가질 수 없게 된다네. 미움은 미움을 낳는 법이니 말일세. 자네에게 묻겠네. 자네는 레비나에게까지 자네가 가진 피의 굴레를 넘겨줄 셈인가?"

물론 절대로 아니었다. 나는 영원히 피의 굴레에 갇혀 있을 수밖에 없겠지만, 레아가 남긴 나의 딸 레비나만큼은 내가 겪은 고통을 알게 하고 싶지 않았다.

"레아와 같이 이곳에서 살고 있었던 레비나는 백지와 같다네. 자네가 스스로 짊어지고 있는 피의 굴레를 벗겨내지 못한다면 아마 자네의 곁에 있을 레비나 역시 피로 물들겠지."

촌장은 그 말을 마치고는 청년들에게로 사라졌다.

난 레비나를 이곳에 남겨둘 생각이었지만, 이곳에 남는다면 레아와 같이 고아의 신세로 살아갈 것이라는 생각에 고개를 젓고 말았다.

레비나와 함께 살아가기 위해선 피의 굴레를 벗어던져야 할까? 또다시 분노를 안고 살아가야 한단 말인가?

어느 것 하나 결정할 수 없었다.

레아의 화장은 그날 저녁에 이루어졌다. 나와 함께 살던 오두막에서 레아는 사라져 간 것이다. 나의 옆에서 레비나는 어머니의 몸이 사라지는 것을 보며 눈물을 흘리고 있었다. 언젠가는 이 슬픔의 기억을 잊을 수 있겠지. 나 역시도 모든 것을 잊어야 할까?

난 레아가 화장되는 것을 보며 울고 있는 레비나를 안아주며 말했다.

"나와 함께 가겠니?"

나의 갑작스러운 질문에 레비나는 멍하니 나의 얼굴을 보고 있다가 무슨 생각이 들었는지 고개를 끄덕였다.

"응. 아저씨와 함께 갈래요."

"왜?"

난 나와 함께 가는 것을 허락한 레비나의 생각을 듣고 싶었다.

"아저씬 슬프니까요. 레비나가 달래줘야 할 것 같아요."

"…고맙구나."

착한 아이였다. 화장이 끝난 후 작은 항아리에 담겨진 레아의 유골은 마을 근처 숲의 공터에 묻혔다.

그리고 다음날 난 마을을 떠나왔다. 이제 더 이상 마을에서 내가 할 일은 남아 있지 않았기 때문이다. 레비나와 함께 마을을 떠난 난 마을을 습격한 자 중 혼자 살아남은 자의 안내로 이곳의 붉은 늑대 지부로 향했다.

마을에서 잡혀온 사람들을 돌려받기 위해서였다. 프레한 시의 외곽에 있는 그들의 지부에 도착한 것은 이틀 정도가 지난 후였다.

인신매매를 주업으로 삼고 있는 만큼 그들의 지부는 상당히 큰 건물이었다. 저택의 정원에는 십여 명이 경비를 서고 있었는데, 난 레비나를 헤레나에게 잠시 맡겨둔 후 이스트와 단둘이서 입구로 걸어갔다. 우리들이 안으로 들어가려 하자 몇 명의 험악한 인상의 용병들이 앞을 가로막았다.

"이곳엔 무슨 용건이냐?"

"이곳이 프레한 시의 붉은 늑대 지부인가?"

"그렇다면?"

"이곳의 지부장을 만나고 싶다."

노예들을 사기 위해 지부에 들리는 사람들이 있었기에 나 역시 노예 상인으로 생각한 그들은 아무런 의심도 없이 나를 안으로 들여보내 주었다.

건물 안으로 들어온 내가 맨 처음 한 것은 이곳으로 잡혀온 사람들의 기척을 찾는 것이었다. 마을에서 우리에게 포로가 된 자의 말에 의하면 이곳의 지부에서 잡아온 사람들은 한 달 정도 지하 감옥에서 머물다가 노예 상인들에게 팔려 나간다고 들었기 때문이다.

"노예들을 먼저 볼 수 없겠는가?"

"뭐, 먼저 물건부터 보시겠다면야. 따라오십시오."

노예들을 보고 싶다는 말에 그는 나를 지하로 안내했다. 지하로 향하는 길에는 꽤 많은 자들이 지키고 있었기에, 지하 감옥에 도착할 때까지 내가 만난 붉은 늑대의 경비 숫자는 30명을 넘어서고 있었다.

노예들이 잡혀 있는 지하 감옥은 한 개의 복도를 사이로 양쪽에 철창을 달아놓은 형식의 감옥이었다. 감옥 안에는 꽤 많은 사람이 잡혀 있는 것으로 보아 레아가 있었던 마을 외에 근처 다른 마을에서도 노예를 잡아온 듯했다.

난 안내를 받으며 지하 감옥에 있는 사람들을 둘러보았다. 촌장의 말대로라면 이곳엔 레아의 친구이기도 했던 술집 종업원인 레시아가 잡혀 있을 것이다.

양쪽으로 나뉘어져 있는 감옥 안에는 잡혀온 사람들이 초췌한 몰골을 하며 멍한 얼굴로 나를 바라보고 있었다.

그들은 이제 팔려갈 때가 되었다고 생각했는지 모두 힘이 빠진 모습에 고개를 숙이고 있었기에 레시아를 찾는 것이 조금 힘들었지만 얼마 지나지 않아 난 레시아를 찾을 수 있었다.

4년 전에 보았던 활달하고 귀여운 모습의 레시아는 아니었지만 과거의 모습이 남아 있었기에 그녀를 찾을 수 있었던 것이다.

"여기까지."

"다 골랐수?"

나의 말에 안내하던 자는 내가 노예들을 골랐다고 생각했는지 철창 안에 있던 사람들을 보더니 말했다.

"조금 골치 아픈 녀석들을 고르셨군. 일주일 전만 해도 더럽게 발광하던 년들이라 몇 년 잡아놓고 맛 좀 봤더니 그제야 조용해지더군. 이 여자들을 데리고 갈 거면 저기 저년을 조심하라고. 성질이 장난이 아니니까.”

그렇게 말한 그가 가리킨 사람은 레시아였다. 레시아의 몰골은 뭐라 말할 수 없을 지경이었다. 입었던 옷은 찢어져 알몸이나 다름이 없었고, 여기저기 폭행을 당한 것인지 시퍼렇게 멍이 들어 있었다.

“상처가 많군.”

“제일 반항을 많이 한 년이니까. 그 덕에 뭐 간만에 여자 맛 좀 봤으니 불만은 없지만 말이야.”

“그런가?”

난 그의 말을 들으며 다시 레시아를 보았다. 이자들에게 당한 충격이 큰지 레시아는 고개를 숙인 채 아무 말도 못하고 있었다. 과거의 레시아라면 욕이라도 했을 것이란 생각을 하며 조금씩 분노가 치솟아올랐다.

“레시아…….”

난 조용히 레시아의 이름을 불렀다. 레시아는 갑자기 앞에 있던 노예 상인이 자신의 이름을 부르자 놀라며 고개를 들었고, 그제야 내 얼굴을 확인할 수 있었다.

나의 얼굴을 확인한 레시아의 눈에선 눈물이 흘러내렸기에 난 뭐라 해줄 말이 없었다. 나의 옆에 있던 자는 나의 행동에 놀란 듯 눈을 크게 뜨고 있었다.

“다, 당신!!”

난 뭐라고 소리치려 하는 그의 머리를 잡고는 철창 사이로 쑤셔 넣었고, 작은 틈새에 머리가 박힌 그는 우두둑 소리와 함께 두개골이 깨지면서 피를 쏟으며 비명도 지르지 못한 채 절명했다.

"나갈까?"

난 울고 있는 레시아에게 말하고, 검을 뽑아 레시아를 가두어 버린 철창을 잘랐다. 마나가 서려 있는 검에 잘린 철창은 바닥에 날카로운 쇳소리를 내며 떨어졌고, 그 탓에 감옥에 있는 사람들의 시선을 끌었다.

"무슨 짓이냐!!"

"첩자다!!"

감옥을 지키던 자들은 나의 행동에 놀라 검을 뽑아 들고는 달려들었지만, 얼마 지나지 않아 내 검의 제물이 되어 쓰러져 갔다. 난 레시아가 있던 감방의 사람에게 경비원들의 허리에 차 있던 열쇠를 던져 주고는 말했다.

"감옥을 열어 사람들을 풀어줘라."

갑작스러운 나의 행동에 영문을 모르고 있던 사람들은 내가 자신들을 구해주기 위해 온 사람이라는 것을 알고는 소리를 지르며 나가기 시작했다. 하지만 아직 밖에는 붉은 늑대의 사람이 지키고 있었기 때문에 난 문을 가로막고는 먼저 감옥에 갇힌 사람을 풀어주라고 말했다. 그제야 그들은 정신이 들었는지 내가 건네준 열쇠를 가지고 감옥문을 열기 시작했다.

레시아는 감옥에서 나와 눈물을 흘리며 나에게 안겼고, 난 끔찍한 고통을 겪은 레시아를 안아주며 말했다.

"마을을 습격하려던 자들은 모두 죽었다. 레시아, 이제 마을로 돌아가자꾸나."

"흑흑흑."

얼마 지나지 않아 감옥 안에 갇혔던 사람들은 모두 나올 수 있었다. 그중에는 레아가 있던 마을의 청년들도 있었는데, 그들은 내가 쓰러뜨린 자들의 검을 들고는 앞으로 나섰다.

"레아 씨의 후견인이신 블러드 스톰님이시군요."

나의 얼굴을 보며 한 청년이 다가와 말했다. 난 그 청년이 레아와 같이 있을 적에 나에게 검을 배운 사람이라는 것을 알고는 고개를 끄덕였다.

"오랜만이군. 도와줄 수 있겠나?"

"물론입니다."

"그럼 이곳에 갇힌 사람들을 조금 통제해 주게. 절대로 일이 끝나기 전까지는 사람들이 밖으로 나가게 해서는 안 되네. 할 수 있겠나?"

"예."

난 그의 대답을 듣고는 고개를 끄덕이며 울고 있는 레시아를 진정시켜 앉히고는 계단을 올라갔다. 지하 감옥의 소란을 들었는지 위에서 사람들이 내려오는 소리가 들렸다.

"누구냐?!"

감옥으로 내려오던 자들은 핏빛의 검을 들고 계단을 오르는 나를 보며 소리쳤지만 난 그들에게 해줄 말이 없었다. 오직 죽음의 검을 선물해 주는 것 외에는 말이다.

그들은 내가 아무 말도 하지 않자 상황을 짐작하고는 검을 뽑아 들고 덤비기 시작했지만, 단 한 명도 나의 몸에 상처를 입히지 못했다. 난 천천히 계단을 오르면서 나에게 검을 휘두르는 자를 베어가기 시작했다.

한 명씩, 한 명씩 베어 나가면서 지하 감옥의 계단을 벗어나 일층에 도착했을 때는 나의 검에 베어진 자들의 숫자가 30명이 넘어서고 있었고, 계단 위에선 베어진 숫자의 두 배 정도 되는 인원이 온몸에 피 범벅이 되어 나타난 나를 보며 놀라고 있었다.

"네놈은 누구냐?!"

그들 중 조금 서열이 높은 듯한 자가 앞으로 나와 검을 겨누며 소리쳤다. 물론 난 그들에게 나의 정체를 말해 줄 의무감 같은 것은 없었기에 조용히 마나를 검에 집어넣으며 말했다.

"저승에 가면 저승사자가 가르쳐 줄 것이네."

"이 자식이!! 죽여라!!"

나의 말에 분노를 터뜨린 그는 주위에 있는 자들에게 소리쳤고, 지하로 내려가는 계단을 둘러싸고 있던 자들이 덤벼들기 시작했다.

하지만 지하로 가는 계단은 작은 문을 지나야 들어설 수 있기 때문에 나에게 검을 휘두를 수 있는 자는 많아야 두 명 정도에 지나지 않았기에, 손쉽게 그들을 쓰러뜨려 나갈 수 있었다.

어느 정도의 시간이 지나자 자리가 좋지 않다고 생각한 자가 사람들을 물렸을 때는 이미 계단의 입구 주변으로 이십여 명의 시체가 쌓여 있은 후였다.

"연궁을 가져와라!!"

장소가 협소하여 불리하다는 것을 깨달은 그는 접근전을 피하기 위해 활을 가져오라 소리쳤지만 그것을 보고 있을 내가 아니었다.

"블러드 애로우!!"

나의 외침과 함께 핏빛의 마나로 이루어진 십여 개의 빛줄기가 둘러싸고 있는 자들의 몸을 관통하며 날아갔고, 순식간에 십여 명이 피를 흘리며 쓰러졌다.

"헉!! 소드 마스터!!"

그는 검기를 사용하는 나를 보고는 놀라 소리쳤다. 그는 나의 실력이 뛰어나기는 했지만 나이로 미루어보아 소드 익스퍼트 정도의 수준일 것이라 생각하고 있었던 것이다.

나의 실력이 소드 마스터라는 것이 밝혀진 이상 그들은 더 이상 덤비지 못할 것이다. 소드 마스터에게 무더기로 덤벼들어 봤자 아무 소용이 없다는 것을 알고 있기 때문이다.

그들은 덤비지도 못하며 나와 대치를 하고 있었는데 얼마 지나지 않아 그들 사이로 네 명의 전사들이 나타났다.

지금까지 상대했던 자들과는 조금 다른 느낌을 주는 자들이었다. 한 사람, 한 사람마다 몸에서 풍겨 나오는 기운이 예사롭지 않은 것으로 보아 모두 일급용병 정도의 수준이었다.

그중 한 명은 상당한 수준의 마나를 소유하고 있었지만 나에게 보이고 있는 수준은 기껏해야 이급용병 정도, 마나를 감출 수 있을 정도의 수준이라면 소드 마스터 초급 정도의 실력을 가지고 있는 이가 분명했다.

그는 나의 얼굴을 보며 마나를 측정하는 듯했지만, 녀석이 측정할 수 있는 것은 그와 비슷한 소드 마스터 초급 정도일 것이다. 난 나의 실력을 모두 드러내 녀석들에게 도망갈 기회를 안겨주는 것이 싫었기 때문에 스스로 죽음을 향해 뛰어들 수 있도록 적당한 마나만을 드러내고 있었기 때문이다.

"호오, 놀랍군. 이런 궁벽한 곳에 소드 마스터 초급의 실력자가 있었다니 말이야."

"네 녀석이 이곳 지부를 관리하는 자인가?"

나의 질문에 그는 고개를 끄덕이며 말했다.

"내가 붉은 늑대의 프레한 시 지부를 맡고 있는 헤로이드라고 하지."

"헤로이드… 그렇군. 상당한 실력을 지녔다고 생각했는데, 자네가 바로 미친 검사였군."

"하하하, 용병 시절에 그런 별명이 있긴 했었지. 나의 이름을 알고 있는 것을 보니 자네도 용병인가 보군. 어떤가? 자네 실력이라면 수십 명이 죽기는 했지만 이곳에서 스카웃하고 싶은데 말이야."

"거절한다."

"아쉽게 됐군. 그렇다면 죽어줘야겠는데 말이야."

그는 내가 그의 청을 거절하자 자신의 뒤에 있는 세 명의 전사에게 눈짓을 하며 나를 죽이라고 명령했다. 그들 셋은 모두 소드 마스터에는 이르지 못했지만 셋이 협공을 한다면 소드 마스터 초급 정도는 해치울 수 있었기에 헤로이드란 자는 자신이 직접 오지 않고 그들을 보낸 것 같았다.

난 계단의 입구에서 걸어나왔다. 내가 앞으로 나서자 나를 둘러싸고 있던 자들의 간격이 넓어지면서 세 명의 전사와 싸울 수 있는 공간이 생겼다.

한 명, 한 명이 예사롭지 않은 실력을 가진 이들은 한 발자국, 한 발자국 다가서며 나를 압박하기 시작했다.

이들은 용병 길드 내에 있다 해도 상위에 속할 정도의 실력이긴 했지만 체계적인 검술 지도를 받지 않은 듯 조금은 자세에서 헛점이 많이 드러나고 있었다.

난 검을 들어 세 명 중 나의 정면에 있는 자를 겨누며 들어 올렸다.

그 순간 그의 얼굴에선 식은땀이 흘러내리고 있었다.

옆에 있는 다른 두 사람은 모르겠지만, 정면에 있는 이자는 나의 검을 보며 단 하나의 헛점도 보이지 않는다는 것을 느꼈던 것이다.

소드 마스터 초급과 소드 익스퍼트 상급의 차이, 그것은 단순히 마나를 충분히 활용하느냐 하지 못하느냐의 차이가 아니다.

인간이 가질 수 있는 검술의 차이, 그것이 각자가 익히는 검술 자체의 높고 낮음을 판가름하는 것이 아니다. 전쟁터에서 피와 함께 익힌 검, 무도의 한 방면으로 체계적인 검. 이것들은 익히는 자의 자질과 깨달음에 의해서 그 검술 실력의 높고 낮음이 판단되는 것이다.

나의 앞에 있는 이들은 소드 익스퍼트 상급에 해당하는 실력자들이었다. 아직 그 깨달음을 얻지 못한 자들, 이들은 스스로 길을 만들어야 함을 깨닫지 못하고 있기에 나의 헛점없는 검을 보며 긴장하고 있는 것이다.

"무엇이 두려운가?"

난 나의 앞에서 식은땀을 흘리는 자를 보며 말했다. 아까운 자다. 무엇 때문에 이런 노예 판매 집단에 들어왔는지는 모르겠지만, 그의 검은 이런 곳에서 익혀진 검이 아니었다.

강한 자는 절대 익힐 수 없는 검, 그것은 필살의 검이었다. 자신의 죽음을 각오하여야만이 이루어질 수 있는 검을 지금 나에게 겨누고 있는 것이다.

"이름이 뭔가?"

그의 이름을 알고 싶었다.

"페드로라 하오."

"페드로, 좋은 이름이네. 물러나지 않겠는가?"

나의 말에 그는 깜짝 놀라는 표정을 지으며 검끝이 흔들렸다. 죽음을 각오하고 싸우려는 내가 그런 말을 할지는 몰랐기 때문이다.

"페드로!!"

헤로이드였다. 그는 페드로란 사나이가 나의 말에 흔들리는 것을 보자 노기를 띠며 소리친 것이다.

난 헤로이드의 목소리를 듣자 기분이 나빠졌다. 그는 철저하게 강한 자였다. 그가 미친 검사라고 불린 것도 이 때문이었다.

그는 한때 명망있는 귀족의 집안에서 태어나 체계적인 검술을 배운 자였다. 비록 집안이 몰락하여 용병 길드에 가입하기 했지만, 귀족들이 가지고 있는 특유의 거만함을 그대로 소유하고 있는 그는 자신의 말을 듣지 않으면 아군이라 해도 서슴없이 베었기에, 용병 길드 내에선 미친 검사라 불리게 된 것이다.

지나친 살육으로 용병 길드에서도 쫓겨나 이곳에 숨어 있으면서도 그는 아직 예전의 그 성격을 고스란히 가지고 있는 것이다.

"페드로, 내 말을 듣지 않는다는 건가?!"

헤로이드는 페드로에게 강한 살기를 뿜어내며 소리쳤고, 그 탓에 나의 앞에 있던 세 명의 움직임도 조금 빨라지기 시작했다.

"하앗!!"

먼저 나에게 일검을 날린 것은 좌측에서 접근하고 있던 자였고, 이어 우측에서 기회를 엿보던 자도 빠르게 쇄도하기 시작했다.

왼쪽 옆구리를 노리며 찔러오는 검을 보며 오른발을 축으로 회전해 가볍게 피한 난 검을 들어 오른쪽으로 쇄도하는 자에게 검을 휘둘렀다.

수직으로 휘두른 나의 검에 우측으로 쇄도한 자의 몸은 세로로 긴 검상을 그리며 쓰러졌고, 이어 오른발을 뒤로 빼며 나에게 일검을 찌르다 실패한 자의 옆구리를 베었다.

"큭!!"

나의 검에 옆구리를 베인 자는 고통스러운 신음을 내며 땅으로 쓰러졌고, 얼마 지나지 않아 더 이상 버티지 못하고 숨이 끊어졌다.

"헉!!"

정면에서 쇄도하려고 했던 페드로는 순식간에 두 사람이 베어지는 모습을 보며 놀라 쇄도하는 것을 멈추고 말았다.

한순간의 지체, 그것이 두 사람의 죽음으로 이어진 것이다. 예상컨대 이 세 사람의 검은 약간의 시간 차를 두며 세 방향에서 공격하는 방법으로 협공을 하는 것 같았다.

하지만 나의 말에 흔들리던 페드로는 헤로이드의 다그침에 마음이 크게 흔들리게 되었고, 그 탓에 합공의 시간에서 지체된 것이다. 만약 이 공격이 계획된 대로 이루어졌다면 소드 마스터 초급 정도의 실력만을 쓰는 난 다른 방법을 취해야 했을 것이고, 상당한 시간이 지체되었을 것이다.

내가 나를 공격하던 두 사람을 베어버린 시간은 1초도 되지 않는 짧은 시간이었기에, 주변에서 나를 바라보고 있던 붉은 늑대들의 전사들은 놀라 아무 말도 못하고 있었다.

나와 이들의 싸움을 지켜보고 있던 헤로이드의 눈에는 분노가 가득 차 있었다. 하지만 그 분노는 내가 아닌 다른 사람에게 향해 있었다.

그 역시 페드로의 실수로 인해 두 사람이 순식간에 쓰러졌다는 것을 알 수 있었기 때문이다.

"페드로… 죽어라."

페드로는 자신의 실수로 동료 두 명이 죽는 것을 보며 의기소침해 있었고, 이어 헤로이드의 말이 들려오자 무릎을 꿇으며 검을 거꾸로 세워 자신의 심장에 꽂으려 했지만 그것을 보고 있을 내가 아니었다.

깡!!

나의 검기에 의해 그가 가슴에 꽂으려 했던 검은 두 동강이 나면서 날카로운 쇳소리와 함께 날아갔고, 검에 의해 베인 그의 손은 피범벅이 되어버렸다. 이 일련의 행동에 놀란 그는 멍하니 나의 얼굴을 쳐다보았다.

"너의 목숨은 내가 사겠다. 나를 따라라."

"이 자식이!!"

헤로이드였다. 그는 더 이상 참지 못하고 검을 빼어 들어 나를 향해 일검을 휘둘렀다. 그가 휘두른 검에서 푸른색의 검기가 빠져나오며 나를 향해 쇄도해 들어왔기에, 난 검을 휘둘러 그의 검기를 팅겨낸 후 그를 향해 빠른 속도로 뛰어들어 가며 심장을 찔러갔다.

캉!!

심장을 향해 찔러가는 검은 쇳소리와 함께 그의 검에 막혔고, 우린 검을 겨누며 대치 상태에 들어갔다.

"소드 마스터 초급이 아니었군!!"

자신의 검기를 팅겨내는 것을 보며 그는 얼굴을 찡그리며 말했다. 그가 쏘아낸 검기의 강도로 보아 그의 검이 얼음 속성의 마법검임을 알게 된 난 검에 마나를 집중시키며 녀석의 검에서 흘러나오는 냉기를 차단했다.

대치 상태에서 벗어나기 위해 그는 순간적으로 검에 마나를 집중하여 반발력으로 팅겨낸 후 옆구리를 향해 검을 휘둘렀지만, 난 빠른 속도로 검을 휘둘러 그의 검을 막은 후 녀석의 정수리를 향해 검을 위로 베었다.

나의 검이 정수리를 향해 쇄도해 들어가자 그는 왼손의 건틀렛에 마나를 집중하고는 간신히 검을 튕겨낸 후 놀란 얼굴을 하며 급히 뒤로 물러섰다.

물론 난 그를 놓아줄 마음이 없었기에 그와의 간격을 두 발자국 정도로 유지하며 검을 계속 휘둘렀다.

소드 마스터 초급 정도의 실력만을 보이고 있는 나의 검을 그는 간신히 막아내고는 있지만 겉으로 보기에도 불안하기 그지없었다.

이런 실력으로 다른 사람들을 핍박하고 죽음을 강요했던가? 난 다시 한 번 그에게서 역겨움이 느껴졌다.

작은 힘을 가진 것으로 다른 사람을 핍박하고 그것을 즐거워하는 자들, 난 그들을 쉽게 용서할 수 없었다.

그에게 공포를 느끼게 하고 싶었다.

나의 검을 막으며 뒷걸음질치던 그는 뒤로 도망갈 길이 다른 사람에 의해 막히자 한 사람의 멱살을 잡고는 나를 향해 집어 던졌다.

"으악!!"

헤로이드에 의해 집어 던져진 자는 비명을 지르며 나에게 날아왔지만 난 그를 베지 않고 가슴에 손을 대어 마나를 사용 옆으로 튕겨냈다. 그 짧은 순간 헤로이드는 자신이 던진 녀석의 등 뒤로 검을 찔러 나갔다. 마나를 사용한 검을 써 그자를 두 동강으로 베어버린 순간 나를 찌르러 했던 것이다.

"어리석은 것!!"

난 녀석이 찔러오는 검을 남아 있는 왼손으로 검등을 쳐서 튕겨 버린 후 녀석의 얼굴을 향해 발을 휘둘렀다.

찌르던 검이 자신의 왼쪽으로 튕겨 예상하지 못한 방향으로 가자 그의 자세는 흐트러졌고, 이어진 나의 오른발에 안면을 강타당하자 외마디 비명과 함께 뒤로 나자빠졌다.

"큭!!"

나의 킥에 코뼈가 함몰된 듯 납작해진 코와 입에서 많은 피가 흘러내려 그의 얼굴은 피 범벅으로 변해가고 있었다.

고통에 신음하기도 전에 내가 다시 그의 앞에 서자 그는 놀라며 일어서서는 다시 검을 겨누었다.

하지만 이제 그의 모습에선 아까와 같은 당당함이 보이지 않았다. 어서 이 악몽이 끝나기만을 바라는 듯 그의 눈에선 당황함과 두려움이 역력하게 드러나고 있었다.

"사, 살려줘……."

코뼈가 함몰되어 제대로 나오지 않는 발음을 하며 그는 나에게 떨리는 음성으로 말했다. 나를 향해 있는 검은 심하게 떨리고 있었기에 난 그가 완전하게 전의를 상실했다는 것을 알 수 있었다.

어리석은 자, 자신의 죽음엔 이렇게 집착하면서 왜 타인의 죽음에서 희열을 느꼈는가? 난 그를 보며 다시 검을 휘둘렀다.

"끄악!!"

이젠 가볍게 휘두른 일검조차 받지 못할 정도로 전의를 상실한 그는 두 손목이 잘려져 떨어졌고, 잘려진 손목에서 느껴지는 고통에 의해 쓰러진 그는 땅에 쓰러져 뒹굴기 시작했다.

"넌 나의 검에 죽을 가치도 없는 자다."

난 그 말과 함께 그의 곁에서 벗어나 아직도 나의 주위를 감싸고 몰려 있는 다른 자들을 보며 말했다.

"죽고 싶지 않은 자는 당장 이곳을 떠나라."

헤로이드마저 쓰러뜨린 나를 보고 있던 그들은 이미 전의를 상실한 후였기 때문에 떠나라는 나의 말을 듣자 구세주라도 만난 듯한 표정으로 문을 향해 도망가기 시작했다. 얼마 지나지 않아 그곳에는 손에 피를 흘리며 고개를 숙이고 있는 페드로와 두 손목을 잘려 고통스러워하는 헤로이드밖에 남아 있지 않았다.

지하 감옥으로 내려가는 계단에서 한 사람의 얼굴이 나타났는데, 그는 바로 내가 사람들을 일층으로 오르지 못하게 하라 지시했던 마을의 청년이었다.

"사람들에게 올라오라 말해라."

"옛!!"

그제야 모든 일이 끝났다는 것을 알게 된 마을의 청년은 힘차게 대답한 후 지하 계단으로 사라졌고, 얼마 지나지 않아 감옥에 갇혀 있던 사람들이 함성을 지르며 물밀듯이 쏟아져 나왔다.

"아저씨."

레시아였다. 사람들과 함께 나온 것이다.

"레시아, 마을 사람들과 함께 돌아가라."

"……."

그녀는 아무 말도 하지 못했다. 노예로 납치되어 몸과 마음에 모두 상처를 받은 레시아는 마을로 돌아갈 용기가 생기지 않는 것이다. 난 거의 알몸이 돼 있는 그녀를 보며 나의 망토를 벗어 걸쳐 주었다.

"아무도 너를 탓하지 않는다. 너의 아픔은 이 시대의 아픔이니까."

난 살며시 그녀의 이마에 키스를 해주었고, 그녀의 어깨는 떨리기 시작했다. 격한 슬픔에 의해 눈물을 흘리는 레시아를 품에 안아주었다.

레시아가 이곳으로 잡혀온 마을 사람들과 함께 다시 마을로 향한 것은 세 시간 정도 후였다. 난 이스트와 헤레나, 그리고 레비나와 함께 마지막까지 마을 사람들과 함께 마을로 향하는 레시아를 보고 있다 자리에서 일어났다.

"어디로 갈 거지?"

이스트는 내가 다시 지방시로 돌아가지 않을 것이라는 것을 알고 있었다.

"레비나와 함께 대륙을 돌아다닐까 하네."

"음… 그렇단 말이지……."

이스트는 나의 말에 한참을 고민하듯 생각에 빠지다가 결정하고는 말했다.

"좋아!! 이제부터 대륙을 돌아다니며 명성을 떨쳐 보자구."

"명성?"

이스트의 말에 헤레나는 고개를 돌려 무슨 말을 하는지 몰라 되물었다.

"뭐긴 뭐야. 바로 오늘부로 창설된 사설 블러드 스톰 용병단의 명성이지."

"에? 어떻게 일이 그렇게 돌아가는 거야!"

"당연한 거 아니야? 이제 레비나가 일행에 끼어 더러운 욕망이 가득 찬 전쟁터는 교육상 안 좋으니 어쩔 수 없잖아. 아마 지방시에서 깨버린 계약의 위약금도 물어야 하니 지금부터 한참을 벌어야 될 거다. 헤레나, 넌 싫으면 빠지고."

"정말… 자기 멋대로야!!"

헤레나는 이스트의 말에 토라진 듯 고개를 돌렸지만, 이스트가 말한 일에 빠지고 싶은 생각은 없는 듯이 보였다.

나의 뒤에는 페드로가 아무 말도 없이 서 있었다. 이스트는 그에게도 물어보려는 듯했지만, 무슨 생각이 들었는지 고개를 돌려 버렸다.

"레비나, 이 아저씨하고 이제 대륙을 여행할 텐데 할 수 있겠니?"

"응. 마을에 있는 친구들이 조금 보고 싶긴 하겠지만 아저씨하고 여행하는 것도 재밌을 것 같아."

어머니를 잃은 슬픔이 아직도 남아 있을 법하건만 레비나는 즐거운 미소를 지으며 말했고, 난 레비나를 나의 어깨에 태우고는 새로운 시작의 땅을 위해 발걸음을 옮겼다.

제9장 **잊혀진 신의 아이**

　남부의 해안선을 따라 길을 떠난 우리들은 붉은 늑대의 소굴을 떠난 지 일주일 후 가리아스 왕국에 도착할 수 있었다.

　가리아스는 대륙 남동부에 위치한 해안 국가로 총 인구 30만 정도 밖에 되지 않는 대륙에서 가장 작은 나라다. 하지만 대륙에서 가장 작은 나라라는 이름과 함께 가장 아름다운 나라라는 이름도 가지고 있었다.

　가리아스의 수도 가리아스 왕도는 순백의 도시라고 불릴 정도로 멀리서 보면 하얀색의 아름다운 건물이 질서있게 세워져 있어 마치 한겨울 눈에 덮인 도시와도 같았고, 북문에서 왕도로 이어지는 일자의 긴 대로에 수백 그루는 넘을 듯한 벚나무가 심어져 있어 벚꽃이 피는 봄에는 분홍의 도시라는 다른 이름으로도 불리기도 한다.

　해안 쪽에 위치한 부분은 에메랄드 빛의 바다가 아름답게 수놓아져

있었고, 그 위로 가리아스에서만 볼 수 있는 '잉그라' 라는 배가 초승
달 모양의 긴 선을 자랑하며 바다 위를 유유히 떠다니고 있는 모습은
어디에서나 아름다운 풍경이었다.

레비나와의 여행을 결정한 후 맨 처음 이곳으로 온 이유는 세상의
아름다움을 아이에게 보여주고 싶어서였다.

하지만 레비나가 제일 처음 가리아스에 도착해서 본 것은 봄의 향기
가 가득한 벚꽃의 모습도 에메랄드 빛의 바다도 아니었다.

"저!!"

이스트는 자신의 눈앞에서 보이는 장면을 보며 눈살을 찌푸리기 시
작했다. 우리들의 앞에는 수십 명의 도시 사람들이 한 아이에게 돌을
던지고 있는 모습이었기 때문이다.

무슨 이유에서인지 사람들은 아이에게 돌을 던짐에 아무런 거리낌
도 없었고, 돌을 맞는 아이는 온몸을 웅크리며 쓰러져 있었다.

"이 자식들이 지금 무슨 짓을 하고 있는 거야!!"

이스트는 검을 뽑아 들고 사람들 사이로 뛰쳐들어 가 아이의 앞에
서며 소리쳤다.

"도대체 이게 무슨 짓이요!! 불쌍한 아이한테 어른들이 모여 돌을 던
지고 있다니!!"

인상을 험악하게 하며 검을 들고 아이에게 돌을 던지면 베어버리겠
다는 듯한 모습을 보이는 이스트를 보며 마을 사람들은 돌을 던지는
것을 멈췄지만, 자신들의 행동을 막는 이스트에게 분노의 눈빛을 보내
고 있었다.

"저 자식은 악마의 자식이요!!"

"저 녀석을 죽이지 않는다면 가리아스의 재앙이 닥친단 말이요!"

"악마의 자식? 재앙?"

이스트는 마을 사람들이 자신에게 소리치는 말을 좀처럼 이해할 수가 없었다. 자신의 눈에 보이는 아이는 평범한 인간의 아이였기 때문이다.

악마의 자식, 대륙에서는 그것이 마족과 인간의 혼혈아를 지칭하는 말이었기에 평범한 인간의 아이에게 악마의 자식이라 부르는 것은 이해할 수 없었고, 설사 이 아이가 혼혈이라 해도 가리아스에 재앙을 부를 만한 힘을 가지지 못할 것이기에 더 더욱 이해할 수가 없었다.

"흥!! 내 눈엔 평범한 인간의 아이로 보이는데 무슨 말이요? 아이에게 접근하는 자는 나의 검에 두 동강 날 생각을 하시지!!"

이스트가 자신들의 말에도 물러설 생각을 하지 않자 마을 사람들은 못마땅해하는 듯했지만 어쩔 수 없는지 한 명씩 사라지기 시작했다.

사람들이 모두 사라지자 이스트는 작게 한숨을 내쉬며 아이의 몸을 살펴보았다. 수십 명의 사람들이 던지는 돌을 맞은 탓인지 아이의 몸은 성한 곳이 없었고, 머리에는 많은 피가 흐르고 있었기에 이스트는 헤레나를 부를 수밖에 없었다.

"헤레나!!"

"알았다고, 알았어!"

헤레나는 품에서 힐링 포션을 꺼내 들어 아이의 온몸에 발라주고는 붕대를 꺼내 아이의 머리에 묶어주었다.

"아저씨……."

레비나는 방금 전의 일에 놀랐는지 불안한 얼굴을 하며 나의 손을 잡고 있었다. 도대체 이 아이에게 뭐라고 말을 해줘야 한단 말인가?

그날 밤은 가리아스의 여관에서 쉴 생각이었지만 마을 사람들에게 악마의 자식이라 취급받는 아이를 데리고 있었기에 우린 도시 근처의 숲에서 야영을 할 수밖에 없었다.

이제는 상처가 많이 아물었는지 붕대를 시뻘겋게 물들이던 피도 많이 그쳤기에 이스트는 안도의 한숨을 내쉬며 상처로 인해 심한 열이 나고 있는 아이의 이마에 젖은 수건을 갈아가며 얹어주었다.

레비나 역시 그 아이가 심하게 앓고 있는 것을 안쓰럽게 쳐다보고 있었기에 난 아이의 손목을 잡고 마나를 불어넣어 주었다.

체내에 주입되는 마나는 신체의 저항 능력을 높여주는 역할을 하기에 시간이 지나면서 아이의 몸에서 나는 고열은 조금씩 낮아지기 시작했고, 세 시간여 정도가 지나자 아이의 열은 내려갔다.

"으, 윽……."

어느 정도의 시간이 지나자 아이는 작은 신음을 내며 천천히 눈을 떴다.

"정신이 드니?"

이스트는 아이가 눈을 뜨자 안도의 미소를 지으며 아이에게 물었고, 아이는 이 상황을 이해하지 못하는 듯 어리둥절해하고 있었다.

"여기가……."

"가리아스 왕도 근처의 숲이다. 네 녀석이 마을 사람들에게 돌팔매질당하는 것을 보고 우리가 이곳으로 데리고 왔단다."

이스트의 말에 아이는 상황을 이해한 듯한 표정을 지었다. 하지만 아이의 얼굴에서는 그 순간 슬픔 눈빛이 흘러나오고 있었다.

슬픔, 정말 이 아이가 악마의 자식일까? 일행 중의 어느 누구도 마을 사람들의 말을 이해할 수가 없었다.

아직 상처가 다 낫지 않았음에도 아이가 얼굴을 찡그리며 일어서려 하자 이스트는 그를 다시 눕히고는 말했다.

"일어서긴 아직 이르다. 조금 더 누워 있거라."

"아니에요. 제가 이곳이 있으면 아저씨들에게도……."

아이는 무슨 말인가를 하려 했지만 차마 말을 잊지 못하고 슬픈 얼굴로 말끝을 흐리고 있었다. 페드로는 뒤에서 가만히 아이를 보고 있다 무슨 생각이 났는지 아이의 옆으로 가서 조용히 물었다.

"영혼을 볼 수 있는가?"

"헉!!"

그 순간 아이는 자지러지듯 놀란 얼굴을 취했다. 영혼을 볼 수 있는 자? 신성 5개 교단의 어느 누구도 영혼을 본 사람이 있다는 것은 들어본 적이 없는지라 난 페드로에게 물어볼 수밖에 없었다.

"영혼을 볼 수 있다니 무슨 소린가?"

나의 질문을 받은 페드로는 아이의 눈을 잠시 응시하고는 나의 말에 대답을 해주었다.

"블러드 스톰님께선 달의 여신과 별의 신에 대해서 들어본 적이 있습니까?"

"달의 여신과 별의 신?"

지금은 그 믿음이 사라지기는 했지만 나 역시 신성 5개의 교단 중 하나인 대지모 신 안트라네를 믿고 있는 사람이었기에 신화에 대해선 어느 정도 알고 있었지만, 단 한 번도 대륙에서 달의 여신과 별의 신에 대해 들어본 적이 없었기 때문에 고개를 저었다.

"들어본 적이 없네."

"왜 세상만물의 신이 존재함에도 달과 별의 신이 대륙에 존재하지 않는 것은 그들의 속성에 있습니다. 달과 별은 천신 레이뮤의 휘하에 있는 천신의 계통이 되기엔 어둠에 가까운 이들이고, 궁극의 마신 크레이져의 휘하에 있는 마신의 계통에 있기에는 밝은 존재들이었습니다. 세계의 많은 학자들은 태고의 유물에서 달과 별의 신에 관련됐다고 생각한 유물을 조사한 끝에 이 사실을 알게 된 거죠. 고대의 유물에서 발견된 달과 별의 신 이야기를 잠시 해드리겠습니다."

나의 물음에 페드로는 조금은 다른 이야기를 해 나가기 시작했다. 달과 별의 신에 관한 고대의 이야기.

달의 여신 헤라와 별의 신 기리안은 천신과 마신 어디에도 끼지 못하는 중립적인 존재였다. 태고의 창조주가 내리신 그들은 어둠과 같은 밤에만 빛을 낼 수 있는 존재들, 두 신은 그러한 힘 때문에 어디에도 끼지 못하고 신의 세계에서 버림받은 존재가 되어버렸고, 자신들의 외로움을 달래기 위해 둘은 부부의 인연을 맺게 되었다.

다른 신에게서 느낀 소외감을 서로에 대한 사랑으로 채우던 두 신은 그 때문에 창조주가 내리신 의무를 저버리게 되었고, 밤의 하늘은 달과 별의 빛이 사라지며 칠흑같은 어둠에 휩싸이게 되었다.

이에 분노한 창조주는 이 두 신을 벌하여 소멸시키게 되었지만, 죽음의 끝에서 헤라와 기리안은 자신들의 사랑으로 태어난 아이를 지상 세계로 보냈다.

별과 달의 두 신은 창조주에 의해 소멸되면서 아무런 감정도, 아무런 이지도 가지지 못한 존재가 되어 죽은 자의 영혼과 함께 밤을 빛내게 되었고, 시간이 지나 사람들의 기억에서 잊혀진 신이 되어갔다.

"영혼을 볼 수 있는 자, 그것은 바로 유부를 담당하게 된 잊혀진 두

신의 아이를 말하는 것입니다."

"그럼 이 아이가?"

"예."

고대 설화와 같은 이야기였다. 나의 눈앞에 보이는 이 아이가 신의 자손이란 것이 좀처럼 믿어지지가 않았다.

"그건 그렇고, 어이, 페드로. 도대체 당신 용병 일을 하기 전에 뭘 한 거야? 별 희한한 것을 다 알고 있네?"

"응."

이스트의 말에 헤레나도 고개를 끄덕이며 수긍했다. 페드로 그가 과거에 무슨 일을 했는지는 알 수 없지만 뛰어난 학식을 가지고 있음은 사실이었다.

이때 페드로의 말에 넋이 나간 듯이 보이던 아이에게 레비나가 다가와 그의 손을 잡아주며 말했다.

"많이 아파?"

"아니, 이젠 괜찮아."

레비나의 말에 아이는 힘겹게 미소를 지으며 말했다. 레비나는 안쓰러운 눈으로 아이를 바라보고 있었다.

그런 모습을 보며 아이는 잠시 눈을 감고는 레비나의 손을 잡으며 말했다.

"많은 고난이 있겠구나. 근래에 큰 슬픔을 겪었고, 또 훗날에 다시 한 번 슬픔을 겪을 거야. 하지만 그것을 견딜 수 있다면 너의 앞날은 밝을 거야."

난 아이의 말을 들으며 놀라지 않을 수 없었다. 이 아이는 레아의 과거를 읽고 또 미래를 예언하고 있었기 때문이다.

"예지자!!"

이스트 역시 크게 놀라는 듯했다. 대륙에는 예지자가 없었기 때문이다. 천신과 마신, 그 두 신들은 예지를 금하고 있었다.

운명을 앎으로써 운명은 달라질 수 있다. 신은 이렇게 말함으로써 예지자의 행동은 세상에서 가장 잘못된 것이라 말하고 있었기에 대륙에선 예지자가 없었다. 예지자는 신의 뜻을 거역한 배교자로서 화형을 받게 되기 때문이다.

페드로는 그 아이의 말을 듣고는 고개를 끄덕이며 말했다.

"점성술을 아십니까?"

"과거와 미래를 점치는 것은 금학이잖아?"

"예. 현재는 신의 섭리에 벗어난다 하여 금학으로 취급받고 있지만, 고대 왕국 시기에는 상당히 번창했던 학문입니다. 아마 별의 신 기리안의 피를 이어받은 이 아이는 태어났을 때부터 점성술을 알고 있었을 겁니다."

악마의 아이, 난 그제야 마을 사람들이 이 아이를 악마의 아이라고 하는 이유를 알 수 있었다. 신성교단에서 점성술을 비롯한 예지 자체를 악마의 술수라고 배척하고 있는 이 시대에 과거와 미래를 아는 아이는 사람들에게 그런 식으로밖에 비추어질 수 없기 때문이다.

"이해할 수가 없어. 그럼 악마의 자식이라고 불렸던 것이 단지 미래를 알기 때문이란 말이야? 남들이 모르는 걸 아는 것 정도 아니야?"

이스트는 페드로의 말을 들으며 이해하지 못하고 있었다.

"대륙에서 신성을 넘어선 자들의 말로가 어떻게 됐는지 아십니까?"

"음……."

"이 아이는 그런 신성의 법칙을 넘어서고 있는 아이입니다."

아이는 그런 페드로의 말을 들으며 얼굴에 긴장감이 번져 가고 있었다. 아마 자신을 평범한 인간으로 봐주는 사람이 생겼다 생각했었는데, 페드로의 말을 들으며 또다시 마을 사람들과 똑같은 반응을 보일 것이라 느꼈기 때문이리라.

"그까짓 신성 문제였어? 난 뭐라고. 어차피 난 저 위에 있는 위대하시다는 신들은 별로 좋아하지 않으니 상관없지?"

"거참."

헤레나는 배교도로 몰려 화형을 당할지도 모르는 말을 함부로 내뱉는 이스트를 보며 혀를 내두르고는 아이의 곁에 가서 물었다.

"참, 이름이 뭐니? 이 누나는 헤레나라고 한단다."

"예, 제 이름은 레이드예요."

"레이드. 좋은 이름이구나."

헤레나는 조금 긴장을 하고 있는 아이를 편하게 눕히고는 말했다.

"이 누나와 저기 저 아저씨들은 너에게 나쁜 짓을 할 사람이 아니니 편하게 쉬렴."

"…고마워요."

"고맙긴. 착한 아이네."

레이드란 아이, 그 아이에게선 슬픔의 기운이 흐른다. 우리들과 같이 슬픔 속의 시간을 보낸 아이였다. 이스트는 무슨 생각이 들었는지 아이에게 다가가서 말했다.

"어쩌다가 사람들에게 쫓기게 됐는지 말해 주지 않겠니?"

아이는 이스트의 말에 조금은 망설이는 듯했지만, 천천히 과거의 이야기를 들을 수 있었다. 레이드가 이 도시 가리아스에서 사람들의 돌팔매질에 쫓겨 다니기 전까지의 이야기를.

레이드는 가난한 농부의 아이로 태어났다고 한다. 가리아스와 인접해 있는 왕국인 미렌드 왕국의 맨도사 남작의 영지. 영지의 외곽에 작은 농지를 가진 소농이지만 레이드 부모의 아이에 대한 사랑은 누구보다 컸다고 한다.

하지만 이런 단란한 가정에 불행이 찾아왔다.

"아빠!!"

"무슨 일이냐, 레이드?"

밭에서 일하고 있던 레이드의 아버지 렌피드는 얼굴 가득히 겁에 질린 얼굴을 하고 뛰어온 자신의 아들 레이드를 보곤 놀라며 물었다.

레이드는 숨이 헐떡거릴 정도로 뛰어와 제대로 서지도 못할 지경이었던 것이다.

"크, 큰일 났어요. 어, 엄마가!!"

"레이드, 엄마에게 무슨 일이라도 생긴 거냐?!"

"엄마가 영주님에게 끌려가고 있어요!!"

그 순간 렌피드는 놀라지 않을 수 없었다. 도대체 무슨 일이기에 영주에게 끌려가고 있단 말인가?

"레이드, 거기가 어디지?"

"그로윈 씨 집 근처의 숲이에요."

"그로윈 씨 댁 근처의 숲? 설마 너?"

렌피드의 집에서 근로윈 씨 집까지의 거리는 뛰더라도 20분 이상 걸리는 거리였기에 렌피드는 아들이 또 악마의 힘을 썼다는 것을 알 수 있었다.

레이드는 언제부터인지 미래를 알 수 있는 힘을 얻게 되었다. 그 탓에 렌피드는 몇 번의 위험한 상황을 아들 때문에 넘길 수 있었지만 그것이 신성의 법칙에 어긋나는 것이란 것을 알고 있었기에 아이에게 그 힘을 쓰지 말라고 신신당부했었기 때문이다.

하지만 지금은 그것을 야단칠 시간이 없었다. 레이드의 예지라면 그것은 틀림이 없는 사실이기 때문이다.

렌피드는 레이드가 무슨 말을 하려고 하는 것도 듣지 않고 레이드가 말한 숲으로 뛰기 시작했다. 사랑하는 아내에게 무슨 일이 생긴다는 것은 생각도 못한 일이기 때문이다.

하지만 멀리서 아버지가 사라지는 것을 보며 레이드는 갑자기 가슴을 부여잡고 고통스러워하며 자리에 쓰러져 뒹굴기 시작했다.

"아, 아버지!!"

레이드는 환상에 사로잡히기 시작했다. 어머니가 영주에게 겁탈당하는 것을 보며 분노하는 아버지의 모습. 아버지는 영주의 머리에 돌을 내려쳤고, 영주는 외마디 비명과 함께 쓰러지고 말았다. 하지만 이내 정신을 차린 영주는 근처에서 대기하고 있던 기사들에게 아버지를 죽이라고 명령했고, 레이드의 눈에선 기사의 검을 맞고 피를 흘리며 원통해하는 아버지의 모습이 그려지기 시작했다.

"아……."

레이드는 도저히 말을 할 수가 없었다. 가슴이 찢어지는 듯한 고통, 그것은 슬픔의 고통이었다. 자신의 예지가 틀리지 않다는 것을 알고 있는 그였기 때문이다.

미래를 안다는 것, 그것이 그렇게 자신을 아프게 할 줄은 몰랐던 레이드였다.

얼마 되지 않아 찢어진 옷을 입고 레이드의 어머니가 다급하게 뛰어와서는 집으로 뛰어들어 가 황급히 짐을 챙기고는 집에 있던 레이드와 함께 도망을 치기 시작했다.

레이드는 어머니가 다급하게 도망가는 이유를 알고 있었다. 영주를 공격한 아버지가 죽임을 당한 후 아들이 영주에게 무슨 일이라도 당할까 봐 도망을 치는 것이다.

레이드는 어머니의 손에 잡혀 어디론가 도망을 치면서 어머니의 눈에서 흐르는 눈물을 볼 수 있었다. 사랑하는 아버지의 죽음을 눈앞에서 본 레이드의 어머니는 남편의 시신을 숲에 버려둔 채 도망갈 수밖에 없는 것을 슬퍼하고 있었던 것이다.

남작의 영지에서 며칠을 도보로 걸어와 도착한 곳은 가리아스였다. 세상에서 가장 아름다운 나라 가리아스, 하지만 아버지를 영주에게 잃고 이곳으로 도망 온 레이드와 그의 어머니에게 이곳의 아름다움은 보이지 않았다.

힘없는 여인이 이곳에서 일할 수 있는 것이라곤 거의 없었다. 레이드의 어머닌 아이를 키우기 위해 일을 찾아다녔지만 어느 곳에서도 받아지지 않았고, 어쩔 수 없이 창녀의 일을 할 수밖에 없었다.

아직 서른도 넘지 않은 젊은 나이인 레이드의 어머니는 하루하루 몸을 팔며 아들을 키워 나갔지만, 가혹한 일로 어느 사이에 병을 얻어 쓰러지게 되었다.

남편을 잃은 슬픔도 추스리지 못하고 몸을 파는 창녀의 일을 하게 된 그녀는 더 이상 몸을 지탱하지 못해 쓰러지고 만 것이다.

아버지가 영주의 손에 죽은 후 채 한 달도 되지 않아 레이드는 또다시 어머니를 잃는 슬픔은 겪게 되었다.

고아가 된 레이드는 가리아스 왕국에 있는 아리시아 신전의 고아원에 머물게 되었다.

가리아스의 남부 해안 외곽에 위치한 아리시아 신전의 고아원에 도착한 레이드였지만 그곳에서도 순탄하게 생활하지 못했다.

부모의 죽음으로 말수가 적어진 레이드는 언제나 신전의 구석에서 혼자 시간을 보내고 있었다.

그렇게 시간을 보내며 신전 고아원에서의 생활을 보내고 있던 레이드는 그곳에서 한 여자 아이를 만나게 되었다.

사브리나라는 이름을 가진 여자 아이는 레이드보다 한 살이 많은 8살의 붉은 머리가 예쁜 여자 아이였지만, 언제나 얼굴에는 슬픈 표정과 함께 무엇인가 두려움에 떨고 있는 모습이 가득해 있었고, 레이드는 사브리나의 얼굴을 보며 위로해 주기 위해 다가갔다.

하지만 사브리나는 자신에게 다가오는 레이드를 보고는 소스라치게 놀라며 뒷걸음질쳤고, 레이드는 무엇이 사브리나를 무섭게 하는지 몰라 그녀의 손을 잡고 숨겨져 있는 과거를 읽었다. 그 순간 레이드는 믿을 수 없는 일을 보게 되었다.

신전에서 고아를 돌보며 따뜻하게 대해주던 중후한 인상의 아프턴 사제. 레이드는 그 따뜻한 인상의 아프턴 사제가 악마와 같은 미소를 지으며 어린 사브리나를 겁탈하는 것을 볼 수 있었기 때문이다.

레이드는 더 이상 사브리나의 과거를 읽지 못하고 주저앉을 수밖에 없었다.

어린 레이드에게 그것은 너무나 큰 충격이었다. 영주에게 아버지를 잃고, 기리아스 왕국에 와서 어머니를 잃으며 온 고아원, 그곳에서 자신을 따뜻하게 감싸주는 아프턴 사제에게서 얼마나 고마움을 느꼈던가? 하지만 사브리나의 과거를 읽으면서 레이드는 아프턴 사제의 그 부드러운 미소가 거짓이란 것을 알게 된 것이다.

이 사실을 알게 된 레이드는 고아원에서 일하게 된 다른 사제에게 사브리나가 아프턴 사제에게 당하는 일을 말했지만 아무도 레이드의 말을 믿는 사람은 없었다. 오히려 이상한 말을 한다고 벌을 받으며 지하의 기도실에서 갇혀 있게 되어버렸다.

　지하의 기도실에 갇힌 레이드는 자신을 믿어주지 않는 다른 사람들을 생각하며 사브리나가 또다시 아프턴에게 흉한 일을 당하게 될 것을 걱정했다.

　하지만 정작 그 후로 고통을 겪게 된 것은 레이드였다. 다른 사제에게서 레이드가 말한 것을 듣게 된 아프턴은 지하의 기도실에 갇혀 있는 레이드에게 찾아와 학대를 가하기 시작했다.

　거짓을 고하는 아이를 교육시키는 모습으로 지하의 기도실로 들어간 아프턴을 어느 누구도 의심하지 않았고, 레이드는 기도실에 갇혀 가혹한 아프턴의 매를 견디어야만 했다.

　"감히!! 니 녀석들을 보살펴 주는 나에게 그런 말을 하다니!!"

　아프턴은 자신의 비밀을 레이드에게 들켰다는 것을 알고는 가슴이 내려앉는 듯했다. 분명히 아무도 모르게 일을 처리했건만 어떻게 이 아이가 그것을 알게 됐을까 하는 의구심이 들었으나 레이드는 그것에 대해서는 아무 말도 하지 않았다.

　"울고 있어요."

　"뭐?"

　레이드를 지팡이로 치고 있던 아프턴은 몸을 웅크리며 매를 맞고 있던 레이드가 갑자기 뜬금없는 소리를 하자 의아해하며 물었다.

　"울고 있어요. 당신의 주위에 당신에게 죽어간 아이들이 울고 있어요."

　"이 녀석이 또!!"

　그 말에 더 노기가 치솟아오른 아프턴은 지팡이를 들어 사정없이 레이드를 치기 시작했지만 레이드의 말은 그치지 않았다.

　"안나, 샐리, 채리아, 리나……."

　그 순간 아프턴은 심장이 내려앉는 듯한 충격을 받았다. 레이드가 말하

고 있는 아이들은 바로 자신의 손에 사라진 고아원 아이들의 이름이 아닌
가?

아프턴은 이십여 년의 세월을 고아원에서 지내면서 무료함을 느꼈다. 처
음에 그 무료함을 달랠 겸 마신 술김에 아이를 범하게 되었던 것이다. 처음
에는 그 죄악이 부끄러웠지만 금단의 과실을 취한 그는 그 유혹을 벗어던
지지 못하고 그때부터 아이들을 자신의 방으로 데리고 와 겹탈을 하게 되
었다.

한 명씩 한 명씩 그 수가 늘어감에 따라 아프턴의 가슴에 있던 죄의식은
사라지고, 어느 사이엔가 그것을 신이 자신에게 내려준 선물이라 생각하며
즐기게 되었다.

하지만 자신에게 겹탈을 당한 안나가 사람들에게 그 사실을 말하려고 했
을 때 자신은 얼마나 겁에 질렸던가.

평생을 바쳐 온 신전에서 쫓겨날 것이라 생각하며 아프턴은 걱정에 싸였
고, 어느 순간에 자신이 안나를 죽였다는 것을 알게 되었다.

안나의 시체를 땅에 묻은 후 그는 다른 사제들에게 안나가 신전에서 도
망쳤다고 이야기했다. 신전의 사람들이 도망친 안나를 은혜도 모르는 아이
라며 책망했기에 아프턴은 안심할 수 있었다.

하지만 안나를 죽인 죄책감은 쉽게 사라지지 않았다.

밤마다 꿈에 가득한 안나의 피, 그것은 점점 자신을 무너뜨리고 있었
다. 하지만 신이 자신에게 내려준 과실을 그는 먹지 않을 수 없었고, 어느
샌가 안나와 같이 자신의 손에 죽는 아이들은 한 사람, 한 사람씩 늘어갔
다.

한때 아이들이 자꾸 사라지자 신전의 고아원은 그 이유를 조사하려 했지
만 자신에게 혐의는 돌아오지 않았다.

그 사건을 계기로 아프턴은 아이들을 죽여서 묻는 횟수를 줄이게 되었고

신전은 다시 조용해져 지금에 이르렀는데, 자신의 손에 죽어간 아이들의 이름을 말하고 있는 레이드를 보며 처음 안나를 죽였을 때의 공포가 밀려오기 시작했다.

"당신의 주위에서 아이들이 울고 있어요. 당신에게 죽어간 아이들이……."

"이 자식이!!"

아프턴은 참을 수 없었다. 잊혀져 가는 공포를 떠올리게 만드는 레이드가 더욱 밉고 두려워졌기 때문이다.

지하 기도실에 갇힌 한 달의 시간, 그 시간이 어린 그에게는 지옥과 같은 것이었다. 매일 저녁 아프턴 사제는 지하실에 갇힌 레이드를 구타했다.

아프턴 이외에 어떤 이도 들어오지 않는 방, 그의 친구는 아프턴에 의해 신전의 음습한 곳에 묻혀 원혼이 되어버린 아이들의 영밖에 없었기에 레이드는 그 공허함의 시간을 영과 함께 보낼 수밖에 없었다.

「숨이 막혀…….」

「너무 어두워.」

땅속에 묻힌 채 고통스러운 말만을 내뱉는 영을 보며 레이드는 가슴이 아플 수밖에 없었다.

아프턴 사제의 가증스러운 일에 죽어간 아이들은 언제까지 이런 고통을 겪어야만 하는 것일까? 레이드는 이런 생각을 하며 영을 위로했다.

"내가 나가게 되면 너희들을 따뜻한 곳에 묻어줄게."

「정말?」

"응."

영을 위로하는 레이드였지만 사실 그도 깜깜하지 않을 수 없었다. 저녁만 되면 늘상 있는 아프턴 사제의 구타. 언젠가는 자신도 이 영처럼 아프턴에게 죽을 수 있다는 생각이 들었기 때문이다.

그날 저녁도 아프턴 사제는 봉을 들고 지하실로 찾아 들어왔다.
레이드는 증오스러운 눈으로 그를 쳐다보았다.
"아리시아님의 성전에서 증오하는 마음을 가지다니, 아직 고행이 덜 되었나 보구나."
레이드의 눈을 보면 아프턴은 자신의 가슴속에 있는 불안감이 살아나기 때문에 도저히 참을 수 없었다.
더 이상 참지 못한 아프턴은 봉으로 레이드를 내려치기 시작했다. 한 번씩 내려칠 때마다 아프턴의 몸을 자극하는 짜릿함이 레이드를 더 가혹하게 몰아갔다.
새로운 신의 선물일까? 아프턴은 마약과 같은 이 느낌이 다시 돌아왔다는 것에 즐거움을 느낄 수 있었다.
마음속의 불안감과 공포는 그 짜릿함에 점점 잊혀져 가고 그의 얼굴에는 희열이 번져 가고 있었다.
「안 돼!!」
「레이드를 때리지 마!!」
레이드가 아프턴에게 맞아 온몸을 웅크리며 고통스러워하고 있을 때, 자신의 주위에서 떠돌고 있던 영의 외침 소리가 들리면서 매가 멈췄다는 것을 느낄 수 있었다. 시퍼렇게 멍든 몸을 간신히 들어 아프턴의 모습을 보았을 때 레이드는 놀란 가슴을 추스릴 수가 없었다.
아프턴은 그를 때리던 봉을 들고 몸이 움직이지 않음에 당황하고 있었는데, 그의 주위에는 그에게 죽은 아이들의 영이 온몸을 붙잡고 있었다.
"모, 몸이!!"
아프턴은 자신의 몸이 움직여지지 않자 당황하지 않을 수 없었다. 도대체 무슨 일인가? 온몸을 무엇인가가 잡아 누르는 듯한 그 느낌에 섬뜩함이 온몸을 쓸어 내리고 있었다.

"네, 네 녀석, 도대체 무슨 짓을 한 거냐!!"

상황 파악이 되지 않는 아프턴 사제는 레이드를 보며 소리쳤다. 그는 레이드가 자신도 모르는 사이에 무슨 짓을 했을 것이라고 생각한 것이다.

"아니요. 전 아무 짓도 하지 않았어요. 하지만 당신의 곁에 있는 아이들의 영이 당신의 몸을 붙들고 있군요."

"영?!"

"예, 당신의 손에 죽은 아이들의 영이요."

"헉!!"

아프턴은 레이드의 말에 주위를 돌아보았다. 차가운 영기가 조금씩 그의 볼을 자극하기 시작하면서 서서히 희미한 영체가 드러나기 시작했고, 아프턴은 긴장감에 마른침을 삼켰다.

조금씩 그 모습이 드러난 영체는 얼마 지나지 않아 아프턴이 알아볼 수 있을 만큼 그 형상이 뚜렷해지기 시작하면서 그의 심장을 뒤흔들기 시작했다.

"아, 안나! 헉! 리, 리나!!"

그는 그제야 자신의 몸을 붙들고 있는 영이 누구라는 것을 확인할 수 있었고, 무너지는 듯한 느낌이 들었다.

자신의 손에 죽어간 아이들의 상처에는 아직도 그 피가 식지 않은 듯 흘러내려 그의 몸을 적시는 것 같았고, 아이들의 차가운 손은 그의 피부를 조금씩 썩어 들어가게 하고 있었다. 온몸에서 흘러나와 쏟아지는 구더기들이 자신의 몸에 스며드는 것 같아 그는 온몸에 소름이 돋고 있었다.

「아저씨, 왜 저를 차가운 곳에 버렸어요……」

「너무 추워요, 아프턴 사제님…….」

"허, 헉!!"

썩어가는 몸으로 끈질기게 자신을 붙잡으며 말하고 있는 영들을 보며 미칠 지경이었다.

'도대체 뭐야! 분명 이 아이들은 성신 아리시아님이 주신 선물인데…….'

싫증날 때마다 하나씩 주신 아리시아님의 선물이라 생각했던 아이들이 자신을 잡고 있는 것을 느낀 아프턴의 머리 속은 어지럽기 그지없었다.

그의 생각대로라면 이들은 자신의 손에 들어와 사라진 것을 고마워해야 함에도 고통스러운 말을 하며 자신을 놓아주지 않는 것에 이해할 수 없었다.

하지만 그런 아프턴의 생각을 읽기라도 하는 듯이 레이드는 냉혹한 목소리로 말했다.

"누가 이 아이들이 아리시아님이 당신에게 주신 선물이라 했습니까? 아니, 선물은 이 아이들이 아닌 당신이어야 했습니다. 떠도는 아이들을 따뜻하게 보살펴 주는 아리시아님의 사제. 하지만 당신은 아리시아님의 뜻을 저버리고 이 아이들을 죽음으로 몰아갔습니다."

"거짓말!!"

"아이들의 고통스러운 목소리를 듣고도 모르시겠습니까?"

"헉!!"

점점 숨이 막혀오는 아프턴이었다. 추위에 떨고 있는 아이들의 영은 아직 체온이 있는 아프턴을 더 조여오고 있었기 때문이다.

"크, 큭큭!!"

아프턴의 눈과 코, 귀와 입에선 피가 흘러내리기 시작했다. 숨이 막혀감에 따라 자신의 정신이 혼미해짐을 느낄 수 있었고, 머리 속의 모든 생각은 헝클어지기 시작했다.

"크, 크, 크, 하하하하하!!"

눈동자가 흐려지기 시작한 아프턴은 얼마 지나지 않아 흉측한 웃음을 터뜨리며 발광하기 시작했고 아이들의 영은 그런 그의 몸에서 떨어져 나갔다.

그는 아이들의 영이 떨어져 나가자 지하의 기도실에서 한동안 발광을 하고는 밖으로 뛰쳐나갔고, 레이드는 아픈 몸을 감싸 쥐며 그를 따라 밖으로 나갈 수 있었다.

레이드가 간신히 지하 계단을 걸어 신전의 밖을 나왔을 때 아프턴은 얼굴의 눈과 코, 귀에서 피를 흘리며 고아원에 있는 여자 아이의 옷을 찢고는 범하려 하였고, 그 모습에 놀란 다른 사제들이 사제봉을 들고는 그를 제지하려 하고 있었다.

"비켜라!! 아리시아님의 선물을 가지려 하는데 왜 막아!!"

"아프턴 사제!!"

"아프턴 사제가 악마에게 홀렸다!! 사제들은 그를 막아라!!"

아프턴의 미친 모습을 보며 사제들은 대경하면서 그를 막기 시작했고, 얼마 지나지 않아 아프턴 사제는 사제들의 손에 잡혀 온몸을 묶였지만 그의 발광은 쉽사리 잠들지 않았다.

고아원을 책임지고 있던 고위 사제 한 명은 미쳐 버려 발광하고 있는 아프턴의 이마에 신성력을 주입했지만 그의 발광은 좀처럼 수그러들 생각을 하지 않고 오히려 고위 사제의 신성력을 자신의 신성력으로 밀어버리고 있었다.

"으악!!"

"신성 방어막이다!! 모두 물러서라!!"

미쳐 버린 아프턴의 몸에서 순백색의 섬광이 반원형으로 뻗어 나가자 그것에 놀란 고위 사제는 물러서라 지시하며 아프턴이 만들어낸 신성 방어막에서 벗어났다.

"잘못된 믿음일까……."

신성력은 신에 대한 믿음을 바탕으로 만들어지는 일종의 신력이었다. 많은 아이들을 범하고 죽여 버린 아프턴에게서 이 정도의 신성력이 나온다는 것은 놀라운 일이 아닐 수 없었다.

그가 만들어내고 있는 신성 방어막은 책임자인 고위 사제의 수준을 훨씬 넘어서고 있는 것이기에 아무도 아프턴에게 접근하지 못하고 있었고, 아프턴은 어느샌가 자신의 몸을 묶고 있는 줄을 끊어버리고는 자리에서 일어났다.

주위에 있는 사람들을 날카로운 눈으로 훑어보던 아프턴은 하늘을 보며 소리치기 시작했다.

"신이시여, 어찌하여 저에게 이런 고통을 내리시옵니까!!"

그의 칠공에서 쏟아지고 있는 핏줄기는 멈출 생각을 하지 않고, 어느새 그가 서 있는 신전의 바닥을 흥건히 적시고 있었다. 인간의 몸에서 이렇게나 많은 피가 흘러내릴 수 있다는 것에 놀랄 지경으로 바닥은 붉은 피로 뒤덮여지기 시작했다.

아프턴은 서서히 발을 옮겨가기 시작했다.

다른 사제들은 그가 가고 있는 곳으로 따라갈 수밖에 없었는데, 아프턴이 도착한 곳은 그가 평소에 가꾸던 화원이었다.

화원에 도착한 아프턴은 신성력을 사용하여 땅을 파헤치기 시작했다. 그의 행동에 사람들은 영문을 몰라 했지만 어느 순간 사방으로 흩어지는 무엇인가에 놀라지 않을 수 없게 되었다.

그의 신성력으로 사방으로 흩어지는 흙과 함께 떨어지는 것은 아이들의 인골이었기 때문이다.

어느 순간 신성력을 멈춘 아프턴은 자신의 발 앞에 놓인 아이의 두개골을 보며 무릎을 꿇고는 그것을 얼굴에 가져가 울음을 터뜨리기 시작했다.

해골을 얼굴에 대고는 피눈물을 흘리며 울음을 터뜨리는 아프턴의 모습은 섬뜩하기 그지없었다. 모든 이는 그가 악마에게 홀렸다고밖에 생각할 수 없었다.

"크흐흐흑, 이것이 신의 선물이 아니었다면 난 도대체 무엇을 했단 말인가… 크흐흐흑."

아프턴의 정신은 돌아와 있었다. 신전의 지하 기도실에서 아이들의 영에 휩싸여 어둠의 기운이 머리 속을 어지럽힌 후 아프턴은 고위 사제의 신성력으로 정신을 되찾았고, 그 순간 자신이 한 일에 대해 되돌아보게 된 것이다.

만약 자신이 한 일이 아리시아님의 선물을 받은 것이 아니라면 돌이킬 수 없는 죄를 저질렀다는 것을 그는 깨달은 것이다.

신에 대한 맹목적인 믿음은 주어진 모든 것을 신의 은총으로 대신하게 된다. 평생을 신전에서 지내왔던 그는 죄악까지도 신의 은총으로 생각하며 아무 거리낌 없이 그것을 해왔다는 것을 지금에야 깨달은 것이다.

한 시간여나 그의 오열은 계속되었고 오열이 멈춰졌을 때 그의 몸은 무너졌다. 지나치게 많은 피를 흘린 그의 몸은 이제 더 이상 버틸 수 없었기 때문이다. 출혈 과다로 쓰러진 그의 몸은 평상시의 그라고는 전혀 알아볼 수 없을 정도로 피폐하게 말라져 있었기에, 사람들은 놀라지 않을 수 없었다.

제일 먼저 정신을 차린 사제 한 명이 급하게 뛰어와 아프턴의 맥을 짚어 보았지만 이미 그의 맥은 끊겨져 있었다.

"아프턴 사제의 시신을 신전의 안치소로 옮겨라!!"

“예.”

고아원의 책임자인 고위 사제는 다른 사체들에게 명령하여 아프턴의 시신을 옮겨가게 했고, 남은 사제들에게는 화원에서 나온 유골들을 수습하라 명했다.

삼 일 후 화원에서 나온 유골은 그간 고아원을 도망쳤다고 생각해 온 아이들의 것이라는 것이 밝혀지면서 아프턴 사제의 시신 처리는 난항을 겪게 되었다.

모든 이들이 보는 앞에서 고위 사제를 넘어서는 신성력을 보인 그가 신의 가르침을 거부한 행동을 했다는 것은 이해하기 어려웠기 때문이다.

하지만 그가 제일 처음 보인 신전의 아이를 겁탈하려고 한 행동과 그것을 말했다가 지하 기도실에서 한 달 이상을 그에게 맞은 레이드의 상처, 또 그동안의 일을 생각해 본다면 이것을 그가 하지 않았다고 보기에는 어려운 것이었다. 고위 사제는 그의 시신을 타락한 사제에게 주는 벌에 따라 신에게 봉헌할 수 있는 두 손을 자르고, 산에 던져 산짐승의 먹이가 되게 하였다.

레이드는 신전 지하 기도실에서 벗어나 다시 평범한 고아원 생활을 시작할 수 있었지만 다른 사람들의 시선이 무거워지는 것은 사실이었다.

사제들과 사람들은 아프턴 사제가 지하실에서 레이드를 교육시키고 있었다는 것을 알았기 때문이다.

남들의 눈총과 갑갑한 신전 고아원 생활을 더 이상 버티지 못한 레이드는 얼마 지나지 않아 고아원을 벗어나 가리아스의 거리로 도망쳐 나왔다.

가족도, 도와줄 사람도 없는 레이드는 고아원을 벗어나자 거지의 신세가 되어버렸다. 앞길이 막막하기만 한 그는 가리아스의 시내를 돌아다니며 구걸하다가 다른 거지 아이들에게 맞기도 하면서 흘러다녔다.

그에게 친구들은 거리에서 떠돌아다니는 영들뿐, 인간의 존재는 어느 한 사람 어린 레이드에게 친절을 베풀어주지 않았다.

「위대한 별과 달의 신의 아드님……..」

「유부의 영들의 주인이시여.」

그에게 다가오는 영들은 모두 가리아스를 위대한 별과 달의 신의 아들이라 부르거나 유부의 영들의 주인이라 부르고 있었지만 레이드는 그것이 무슨 뜻인지 알 수 없었다.

아니, 영들이 말하는 유부의 주인이라는 것은 시내를 떠돌아다니는 거지 레이드에게는 아무 필요도 없었다.

여기저기 떠돌아다니던 레이드는 가리아스 해안가에 도착할 수 있었다. 음식점의 입구 밖에 웅크리며 앉아 있던 그는 음식 찌꺼기라도 나오기를 기다리고 있었는데, 그때 한 사람의 발이 고개를 숙이고 있는 레이드에게 보였다.

레이드는 고개를 들지 못하고 두 손을 들어 그가 한 푼이라도 주기를 바라고 있었는데, 그는 그런 레이드의 손을 잡고 일으켜 세우고는 끌고 갔다.

그 사람의 행동에 당황한 레이드는 손을 뿌리치려고 했는데, 그는 그런 레이드의 손을 꽉 잡고는 말했다.

"이 할아비와 같이 저녁을 먹지 않겠니?"

"에?"

놀라 고개를 든 레이드는 그제야 자신의 손을 잡고 있는 사람이 초로의 노인이라는 것을 알 수 있었다.

자애스러운 미소를 짓고 있는 노인을 보며 레이드는 떨렸던 마음이 조금 안정되고 있다는 것을 느낄 수 있었다.

노인과 함께 도착한 집은 허름하기 그지없는 곳이었다. 근처에 있는 다른 집이 궁전 같아 보일 정도로 허름하기는 했지만 생각 외로 안은 깨끗하게 정리되어 있었다.

여기저기 신경을 써서 만든 물고기 조각이 장식되어 있었고 낡기는 했지만 깨끗이 쓴 가구들이 놓여져 있었다.

노인은 레이드를 의자 앉히고는 주방 안으로 들어갔고 한참을 그렇게 앉아 있던 그는 식탁 가운데 놓여 있는 물고기의 조각을 구경했다.

엉성하기는 하지만 여기저기 신경 써 비늘까지 세심한 조각을 한 것을 보며 레이드는 감탄하지 않을 수 없었다. 물론 이 조각상이 아름다운 것은 아니었지만 곳곳에서 흘러나오는 영기는 이것을 만들 때 상당한 정성을 쏟았다는 것을 보여주고 있었다.

"그건 이 할아비의 아들놈이 조각한 거란다."

"할아버지의 아들이요?"

"그래. 녀석은 어부 짓 하는 것보다 조각하는 것을 더 좋아했더랬지……."

그렇게 말한 노인의 눈은 조금 슬퍼 보였기에 레이드는 아들의 행방을 어느 정도 짐작할 수 있었다.

쟁반 가득히 음식을 들고 온 노인은 레이드 앞의 식탁에 음식을 내려놓고는 말했다.

"이 할아비도 부자가 아니라 네 녀석에게 맛난 것을 주지 못하는구나."

하지만 며칠을 제대로 먹어보지 못한 레이드에게 눈앞에서 모락모락 김을 내는 음식들은 세상 어떤 것보다 귀한 음식 같았다.

레이드가 스푼을 집고서도 음식에 손을 대지 못하는 것을 본 노인은 그의 머리를 쓰다듬어 주면서 말했다.

"이건 너를 위해 차린 것이니 마음껏 먹도록 하거라."

그제야 레이드는 허겁지겁 앞에 차려진 음식을 먹기 시작했고, 노인은 의자에 앉아 흐뭇한 눈으로 레이드의 모습을 쳐다보았다.

무엇인가를 그리는 듯한 눈에 조금 부담스럽기는 했지만 배를 주린 레이드는 그런 것을 신경 쓸 겨를도 없는지 음식을 먹는 데 바쁠 뿐이었다.

어느 정도 배를 채운 레이드는 얼굴을 가리며 트림을 하고는 만족감을 표현했고, 노인은 그런 레이드를 보며 미소를 짓다가 무슨 생각이 들었는지 천천히 그에게 말했다.

"부모가 없나 보구나."

"……"

노인의 말에 레이드가 말도 못하고 고개를 숙이며 슬픈 표정을 짓자 노인은 다시 머리를 쓰다듬어 주면서 말했다.

"이 할아비가 아픈 곳을 짚어나 보구나. 그럼 이렇게 하는 게 어떻겠냐?"

노인이 무슨 말을 할지 몰라 레이드는 고개를 들어 노인의 얼굴을 바라보았다.

"너는 부모가 없고, 이 할아비는 아들놈이 없으니 말이다. 어떠냐, 이 할아비와 살아보지 않겠느냐?"

"예?"

레이드는 갑작스런 노인의 말에 놀라지 않을 수 없었다. 하지만 계속 이어진 노인의 자상한 미소는 레이드의 마음을 천천히 물들여 갔다.

떠돌아다니며 고생을 한 레이드는 그런 노인의 말에 더 이상 참지 못하고 눈물을 쏟았고, 노인은 조용히 레이드에게 다가가 그를 가슴에 안아주었다.

"결정했느냐?"

그의 자상한 목소리를 들은 레이드는 눈물을 흘리며 떨리는 몸을 진정시키고 고개를 끄덕일 수 있었다.

노인의 이름은 미테란. 수십 년도 전에 아내를 잃고 아들마저 고기잡이를 하다 태풍에 잃어버린 노인은 그 오랜 시간을 혼자 이 허름한 집에서 살아오고 있었다.

작은 고깃배를 밑천으로 살아가며 미테란은 외로운 하루하루를 근근히 살아오고 있었다. 그날도 겨우 몇 마리의 물고기를 잡고 음식점에 팔기 위해 갔다가 어린 레이드가 입구에서 웅크리고 있는 것을 보게 된 것인데, 그 순간 레이드의 모습을 보며 조각을 하다 혼나 구석에 웅크리던 아들 모습이 생각난 노인은 자신도 모르게 아이의 손을 잡고 끌고 온 것이다.

레이드의 모습은 이미 오래전에 죽은 아들과 완연히 다르기는 했지만, 혼자 외롭게 보낸 시간보다는 훨씬 더 나았기에 아이에게 자신과 같이 살자고 말한 것이다.

미테란과 함께 생활하게 된 레이드는 그 후 일 년간 행복한 시간을 보낼 수 있었다. 외지에서 흘러 들어온 거지 아이라는 것 때문에 근처의 아이들과는 그리 친하게 지낼 수 없었지만 레이드는 저녁마다 고기잡이를 끝내고 온 미테란을 기다리는 즐거움이 있었기에 웃으면서 생활할 수 있었다.

하지만 레이드의 행복은 역시 그렇게 오래가지 않았다.

그날도 레이드는 고기잡이를 끝내고 자상한 미소를 지으며 배를 몰고 올 미테란을 기다리고 있었는데, 멀리서 고깃배를 간신히 몰고 온 미테란은 힘겨운 얼굴을 하고 도착해서는 그 자리에서 쓰러지고 만 것이다.

오랫동안 정정할 것 같던 미테란은 세월의 흐름을 견디지 못하고 고질병이었던 심장병으로 쓰러진 것이다.

바닷가에 쓰러진 미테란을 안고 힘겹게 집으로 돌아온 레이드는 물수건을 적셔 미테란을 간호했지만 미테란은 쉽게 일어서지 못했다.

어린 레이드로선 불안하지 않을 수 없었다. 겨우 찾아온 행복이라 생각했는데 이것이 끝나 버리고 있다 생각했기 때문이다.

"허, 헉, 헉……."

미테란의 힘겨운 숨소리는 조금씩 레이드를 고통스럽게 하고 있었다. 차라리 자신이 아팠으면 하는 생각이 드는 레이드였지만 그가 할 수 있는 것은 눈물을 흘리는 것밖에 없었다.

"데… 데린… 데린……."

고통스럽게 누워 있던 미테란은 데린이란 이름을 부르기 시작했다. 레이드는 데린이란 사람이 오래전에 죽어간 미테란의 아들이라는 것을 알고 있었기에 슬프지 않을 수 없었다.

「흑, 흑, 흑.」

어디선가 흐느껴 우는 소리에 놀란 레이드가 뒤돌아보았을 때 식탁 위의 물고기 조각상이 눈물을 흘리고 있는 것을 볼 수 있었다.

"조각상이 눈물을?"

그 광경에 놀란 레이드는 눈에 고여 있는 자신의 눈물이라고 생각하고는 눈물을 닦고 다시 보았는데, 놀란 가슴을 가다듬자 한 젊은 청년이 물고기 조각상에 어리어 울고 있는 것을 볼 수 있었다.

"다, 당신은 누구예요?"

조각상에 어려져 있는 청년은 레이드가 자신의 모습을 보면서 묻자 고개를 들고는 조용히 말했다.

「유부의 주인이시여, 전 당신의 앞에 누워 있는 미테란 노인의 아들 데린이라 합니다.」

"아! 당신이 미테란 할아버지의 아들이었군요."

「예. 폭풍우에 쓸려 바다에서 죽임을 당한 후 전 혼자 남은 아버님을 생각하며 떠나지 못하고 이 조각상에 머물고 있었답니다.」

“아……..”

데린의 말에 레이드는 아무 말도 할 수 없었다. 바다에서 죽은 데린은 사라져야 했음에도 이곳에 남아 자신의 아버지를 지켜보고 있었던 것이다.

수십 년의 세월을 혼자 남은 아버지의 곁에서 떠나지 못한 데린의 혼은 슬퍼하고 있었다.

물론 어떻게 보면 외로운 아버지의 영혼이 이제 하늘에서 안식을 찾을 수 있다 생각할 수도 있겠지만, 하늘로 오르지 못하는 영혼이 되어버린 데린으로선 아버지를 볼 수 있는 것이 이번이 마지막이기 때문이다.

오랜 시간 하늘로 올라가지 못하고 남은 데린, 그는 고통스러워하는 아버지를 보며 눈물을 흘리고 있었기에 레이드로선 가슴이 아프지 않을 수 없었다.

“데린의 영이여, 저의 몸에 들어오지 않겠습니까?”

「무슨 말씀을……?」

“어떻게 될지는 모르지만 유부의 혼을 다룰 수 있는 저의 몸이라면 데린 아저씨가 들어올 수 있을 거예요.”

「그렇게만 해주신다면…….」

데린은 이제 영영 볼 수 없는 마지막이었기에 지푸라기도 잡고 싶은 심정이었다. 그런 데린을 보며 레이드는 조용히 눈을 감고 마음을 안정시켜 갔다. 그리고 염원하기 시작했다. 자신을 도와준 미테란 할아버지에게 마지막으로 평안한 안식을 가질 수 있도록 자신에게 힘을 달라고.

데린은 희미한 영체가 되어 조금씩 레이드의 몸과 합쳐지기 시작했고, 어느 사이엔가 레이드의 몸은 두 개의 영체를 가진 존재가 되어버렸다.

“아… 아버지…….”

레이드의 몸에 들어간 데린은 천천히 미테란의 곁으로 걸어가 그의 손을 잡았다. 따뜻한 체온, 데린은 아버지의 체온을 느낄 수 있게 되자 눈물이 흘렀다.

어린 시절 어머니를 잃고 울고 있을 때 느낀 아버지의 체온, 자신을 품에 안으며 토닥여 주던 아버지의 체온을 다시 느낄 수 있게 된 그는 조용히 미테란의 볼에 손을 가져갔다.

“데… 데린?”

“아버지…….”

미테란은 서서히 눈을 뜨기 시작했다. 두 눈은 희미하지만 밝은 빛을 띠고 있었기에 데린은 그것이 죽어가는 자의 마지막 생기라는 것을 알 수 있었다.

“데… 데린, 네가 와주었구나.”

미테란의 노안에선 굵은 눈물이 흘러내리고 있었다. 두 개의 영혼을 가지고 있었지만 겉모습은 레이드였는데, 죽어가는 미테란에겐 데린의 모습이 비쳐지는 듯했다.

사람이 죽음에 다가갔을 때 자신에게 다가온 저승사자의 모습을 볼 수 있는 것처럼 미테란은 죽음에 다가서는 순간 레이드의 몸에 서려 있는 데린의 영체를 볼 수 있게 된 것이다.

미테란은 힘겹게 자신의 손을 들어 데린의 볼에 가져갔다.

두 개의 영체가 들어 있는 레이드의 몸은 조금씩 차갑게 식어가고 있었지만 체온을 느낄 수조차 없는 미테란은 마지막으로 아들의 얼굴에 손을 가져갈 수 있다는 것에 만족하는 듯했다.

“데, 데린, 잘해주지 못했던 이 아비를 용서해 주려무나.”

“아니에요. 아버지… 아버지는 언제나 저에게 자상한 아버지였습니다.”

“허허허… 고맙구나, 데린…….”

그 말을 끝으로 미테란의 손은 힘없이 떨구어졌다. 마지막 생기가 모두 사라지고 이제 이 세상의 모든 것을 끝내며 안식의 세계로 걸어가는 것이다.

레이드의 눈엔 서서히 육체에서 몸을 일으키고 있는 미테란의 모습이 보였지만 미테란은 데린을 볼 수 없었기에 얼굴 가득한 미소만을 그린 채 서서히 하늘로 떠오르기 시작했다.

"아… 아버지……."

하늘로 떠가는 아버지의 영체를 보며 데린은 손을 잡아보려 했지만 떠도는 영이 되어버린 그의 차가운 손은 따뜻한 영체를 가진 미테란과는 너무나 달랐기에 잡을 수가 없었다.

데린은 이제 아버지의 안식을 빌 수밖에 없었기에 조용히 레이드의 몸에서 빠져나왔다.

수십 년을 혼자 남은 아버지를 위해 하늘조차 거부하고 살아가던 데린, 그는 이제 아버지를 보내고 혼자 적막한 세상에서 살아남아야 하는 것이다.

"이제 하늘로 올라가십시오."

슬픈 눈으로 하늘로 떠오르는 아버지의 영을 바라보고 있는 데린에게 레이드는 의외의 말을 던졌다.

「유부의 주인이시여, 전 하늘로 올라갈 기회를…….」

"난 모든 죽은 자의 영혼을 다스리는 유부의 주인인 달의 여신 헤라, 당신은 이제 더 이상 이곳에 남아 있을 이유가 없답니다."

레이드의 말을 들으며 데린은 놀라지 않을 수 없었다. 창조주에 의해 이지를 상실했다고 알려진 유부의 주인 헤라가 레이드의 몸을 통해 강신한 것이기 때문이다.

「헤라님…….」

"자! 아버지의 손을 잡으세요."

헤라의 말에 따라 데린은 다시 한 번 하늘로 떠오르는 아버지의 손을 잡으려 했다. 그 순간 따뜻한 빛이 흘러나오면서 차가운 그의 영을 따뜻하게 만들었고 데린은 아버지의 손을 잡을 수 있었다.

「아, 아버지…….」

「데린…….」

미테란의 영혼도 그제야 데린의 영을 볼 수 있게 되었는지 놀라움과 함께 기쁨을 감추지 못하고 있었다.

미테란은 수십 년 만에 찾아온 아들을 자신의 품에 안고 눈물을 흘렸고, 데린 역시 아버지의 체온에 감격의 눈물을 흘렸다.

낡고 허름한 그의 작은 집은 두 개의 따뜻한 영혼이 합쳐지자 은빛 광휘에 휩싸여졌다. 서서히 하늘로 올라가는 두 개의 영에 따라 그 빛은 조금씩 약해졌고, 어느 순간 티끌만한 빛이 되어서는 사라졌다.

헤어졌던 두 부자는 수십 년 만에 만나 영원한 안식의 세계로 사라진 것이다.

두 사람의 영이 모두 사라진 후 눈을 뜬 레이드는 방금 전의 일을 믿을 수가 없었다. 자신의 몸에 유부의 주인이라는 달의 여신이 강신했었다는 것을 알고 있기 때문이다.

달의 여신이 데린의 영혼을 미테란 할아버지와 만나게 한 것은 다행이었지만 자신의 몸에 대한 불안은 어쩔 수 없었다.

그리고 또 레이드에게는 다른 문제가 생겼다.

두 개의 영혼이 합쳐지면서 낸 빛을 우연히 다른 사람들에게 들키고 만 것이다.

과거 미테란의 아들인 데린의 친구이기도 했던 두 사람은 친구 아버지의 마지막을 위해 온 것이었는데, 그는 푸른색의 투명한 빛 사이로 보이는 미테란과 수십 년 전에 죽은 데린의 영을 보고는 소스라치게 놀랐다.

그가 믿고 있는 아리시아 신은 물론 다른 네 명의 천신조차 죽은 자의 영을 다스렸다는 말은 들은 적이 없었기 때문이다.

"아… 악마의 힘이다……."

"저 녀석이 미테란 아저씨와 데린의 영혼을……."

레이드의 이상한 행동을 보게 된 두 사람은 곧 마을의 장로에게 이 사실을 말했고, 미테란과 살면서 가끔씩 허공에다 말을 하는 레이드의 모습을 본 적이 있던 사람들은 두 사람의 말을 듣고는 레이드가 악마의 힘을 가진 자라 믿게 되었다.

미테란 할아버지의 장례를 치르기도 전에 마을 사람들이 몰아닥쳤다. 레이드는 아무것도 하지 못한 채 마을 사람들에게 돌팔매질을 받으며 도시의 외곽까지 쫓겨 나왔다가 우연히 이곳으로 온 블러드 스톰의 일행과 만나게 된 것이다.

레이드의 이야기를 모두 들은 이스트는 혀를 내두르고 있었다.

"좀처럼 믿기 힘든 이야기로군……."

"응."

헤레나 역시 처음 들어보는 이야기였기에 이스트의 말을 고개를 끄덕이며 수긍했다.

과연 이 아이가 별과 달의 신의 아이일까. 난 그런 생각을 하며 나의 애검인 블러드 소드를 허리에서 빼내고는 아이의 앞에 가져가며 말했다.

"영혼을 볼 수 있다 했는가?"

"예."

난 소년의 말을 들으며 고개를 끄덕인 후 블러드 소드를 검집에서 꺼내었는데, 그 순간 아이는 안색이 시퍼렇게 변하면서 두려움에 떨기 시작했다.

이스트와 헤레나는 영문을 몰라 어리둥절한 표정을 짓고 있었지만 페드로는 무엇인가를 짐작했는지 고개를 끄덕이고 있었다.

"아… 아악!!"

소년은 더 이상 참지 못하고 눈을 감고는 두 귀를 양손으로 막고 고개를 숙이며 울부짖었기에 난 나의 검을 다시 검집에 넣었다.

검이 다시 검집에 들어가자 레이드의 공포는 조금 사라진 듯했지만 떨리는 몸을 가누질 못하고 있었다.

"도대체 무슨 일이야?"

이스트는 도대체 영문을 모르겠다는 얼굴로 나를 보며 물었지만 대답은 내가 아닌 페드로가 해주었다.

"아마 블러드 스톰님의 검에 서린 수많은 영 때문일 겁니다."

"검에 서린 영?"

"예. 현재 블러드 스톰님께서 가지고 계신 검에는 수많은 자의 피가 서려 있다고 생각합니다. 붉은색 검신을 가진 검, 제가 알기로는 이런 검은 단 하나밖에 없습니다. 바로 마검 블러드 스피리치. 어떤 연유로 이 검이 블러드 스톰님의 손에 들어갔는지는 모르겠지만 블러드 스피리치는 검에 죽은 자의 영혼과 피를 속박한다 들었습니다. 그렇기에 영혼을 볼 수 있는 이 아이는 속박되어진 영혼의 울부짖음에 공포를 느낀 것이지요."

페드로가 과거에 무슨 일을 한 사람인지는 모르겠지만 그는 나의 검을 정확히 파악하고 있었다.

검의 이름은 알지 못하고 있었지만 수십 년을 블러드 소드를 쓰면서 이 검에서 알 수 없는 울부짖음이 들린다는 것을 알 수 있었기에 그의 말이 결코 틀리지 않다 생각했다.

검에 죽은 자의 피와 영혼을 속박하는 마검, 왜 이 검이 나에게 들어왔는지는, 그리고 어느 누구도 사용하지 못하던 이 검을 난 어떻게 사용할 수 있는지 알 수 없었다.

레비나는 공포에 젖어 떨고 있는 소년의 곁으로 가서는 손을 잡아주었다.

"아……."

레이드는 자신의 손에 따뜻한 기운이 밀려오자 조금 정신을 차린 듯 고개를 들고 레비나의 얼굴을 쳐다보았고, 레비나는 그런 소년을 보며 작은 미소를 지어주었다.

"착하구나, 레비나."

헤레나는 떨고 있는 레이드를 안심시켜 준 레비나가 기특하다는 듯이 머리를 쓰다듬었다.

"뭐 어쨌든 잘됐네. 미래와 과거에, 영혼까지 볼 수 있으니 도움은 되겠네."

하지만 이스트의 말에 페드로는 고개를 저으며 말했다.

"절대 안 됩니다. 이런 아이를 끌고 다니다간 자칫 신성교단에 배교의 무리로 몰릴 우려도 있을 뿐 아니라 인간의 미래를 예측한다는 것은 있어서는 안 되는 일입니다."

"신성교단에게 몰린다는 것은 이해가 가는데 예측하면 안 된다니?"

이스트는 페드로의 말을 이해하지 못하고 되물었고, 페드로는 한참을 곰곰이 생각하더니 이스트를 보며 말했다.

"인간의 미래는 알 수 없다는 말이 있습니다. 어쩔 때는 복이 있기도, 어떨 때는 화가 있기도 한 것인데 만약 미래를 예측한다면 어떻게 될까요? 그렇게 된다면 미래를 아는 자는 화가 아닌 복을 찾게 되는데, 이것은 다른 이의 복을 빼앗는 결과가 될 수도 있습니다. 자기 자신은 편안히 살아갈 수 있지만 그것으로 수많은 사람들에게 화가 내려지는 것이지요."

그 말에 이스트는 알겠다는 듯이 고개를 끄덕였고 나 역시 그의 의견에 수긍했다.

레이드가 미래를 예측한다고는 하지만 자신의 인생을 모두 예측하는 것은 아니었고, 어떻게 생각해 보면 레이드의 순탄치 않은 삶도 미래를 예측하는 일 때문일 수도 있었다. 미래를 예측함으로써 바뀌어진 인생의 선이 어쩌면 그를 불행으로 빠뜨렸을 수도 있기 때문이다.

레이드는 우리의 말을 들으며 또 혼자가 되어야 된다는 생각에 시무룩한 표정을 지었다. 레비나는 소년의 얼굴을 보더니 나의 팔을 잡고는 말했다.

"아저씨, 이 오빠 우리랑 같이 가면 안 돼?"

난 레비나의 안전을 위해서도 아이를 데리고 가면 안 된다는 생각에 고개를 저었는데 그것을 레비나는 이해하지 못하는 듯했다.

"왜?"

어린 그녀로선 방금 전 일행들이 했던 어려운 이야기는 알지 못하고, 혼자 남아야 되는 소년을 걱정하는 마음뿐이었기에 난 아무 말도 할 수 없었다.

"미래를 예측하는 힘이야 안 쓰면 되는 거고, 영혼과 대화하는 것도 자제하면 되잖아."

이스트는 아직 포기를 못한 듯 계속 사람들을 설득하고 있었다. 고아로 자라온 이스트는 차마 이 아이를 이곳에 버려두지 못하는 듯했다. 아이의 성격이라면 고아원에서조차 제대로 지내지 못할 것이라 생각되었기 때문이리라.

난 이스트와 레비나의 얼굴을 보며 생각에 잠길 수밖에 없었다.

이 아이를 데리고 가는 것이 옳은 것일까, 아니면 버려두는 것이 옳은 것일까?

"데리고 간다."

한참을 고민하던 난 일행들에게 아이를 데리고 갈 것이라 말했다. 이 여행이 레비나에게 세상을 알려주는 여행이니만큼 처음부터 어린아이에게 세상의 비정함을 가르쳐 주고 싶진 않았기 때문이다.

페드로는 나의 결정에 조금 꺼리는 듯한 표정을 지었지만 이내 고개를 저은 후 아이를 보며 말했다.

"널 데리고 가는 것으로 결정했지만 아직 난 수긍하는 것이 아니다."

"예."

페드로의 말에 레이드는 풀이 죽은 음성으로 대답했다.

"하지만 나의 주인께서 결정하신 일이니 반대는 하지 못하기에 너에게 몇 가지 명심해야 할 것을 말하마."

"예?"

"첫째, 참혹한 미래가 보인다 해도 그것을 말하지 말아라. 둘째, 영혼과의 이야기는 우리가 허락할 때만 가능하다. 지킬 수 있겠느냐?"

"예!!"

레이드는 드디어 같이할 사람이 생겼다는 생각에 기쁜 얼굴로 대답했고, 레이드가 같이 가게 되자 레비나 역시 좋아했기에 난 어느 정도 나의 결정에 만족할 수 있었다.

　하지만 아직도 이 소년과 같이 가는 것이 옳은지 그른지는 알 수 없었다.

　훗날 지나간 시간이 그것을 이야기해 주기 전에는 말이다.

제10장 어제를 망각하는 자

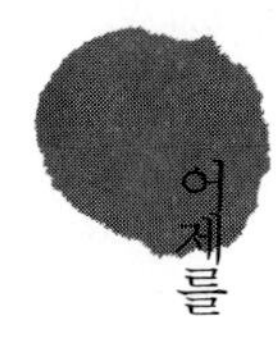

해양 도시 가리아스 시에서 잊혀진 신의 자식이라 불리는 예언과 영을 보는 소년 레이드를 만난 우린 가리아스에서의 짧은 일정을 마치고 다시 길을 떠났다. 남부 해안가의 길을 따라 여행을 계속한 우리가 5일 만에 도착한 곳은 에이프리아 왕국의 해양 도시 미체른.

일행들은 긴 여행에 지쳤는지 도시에 도착하자마자 마차에서 내려 주점으로 향했다.

'소라의 주점'이란 이름을 가진 자그마한 주점에 도착한 이스트는 온몸이 찌뿌둥한 듯 스트레칭으로 몸을 풀고는 주문을 받고 있는 소녀를 불렀다.

"어이, 여기!"

이스트의 말을 들은 갈색 머리를 두 가닥으로 딴 15살 정도의 귀여운 주근깨 소녀는 미소를 지으며 우리 쪽으로 걸어왔다.

“예. 뭘 주문하시겠어요?”

“음. 흑맥주 4잔하고 우유 2잔, 그리고 간단히 요기할 게 뭐가 있을까?”

“저희 주점에서는 특제 해물 모듬이 자랑인데, 그것으로 하시겠어요?”

“그러지. 빨리 부탁하지, 귀여운 아가씨.”

“예.”

주문을 받은 소녀가 사라지자 이스트는 탁자 위에 몸을 기대고는 나를 보며 물었다.

“그나저나 여기선 의뢰라도 하나 받아야 하지 않을까? 가지고 있는 돈도 별로 없는 데다가 식구마저 늘었잖아.”

지금까지 용병 일을 해오면서 벌어온 돈이 많기는 하지만 지방시의 계약 위반으로 물어야 할 돈을 빼면 여행 자금이 그리 많이 남은 것은 아닌지라 이스트의 말에 고개를 끄덕이며 말했다.

“알아보겠는가?”

“물론. 그게 내 일 아니겠어? 어쨌든 지금은 배가 등에 붙을 지경이니 뭐 좀 먹고 하자고.”

“하여간 여행 내내 배고프다라는 말을 입에서 떼질 않는구나.”

레비나를 무릎에 앉혀놓고 이야기를 듣고 있던 헤레나는 이스트를 보곤 한심하다는 표정을 지으며 말했다.

페드로는 식탁 위에 이상한 문자로 된 책을 올려놓고는 훑어보며 양피지에 무엇인가를 적고 있었다. 레이드가 궁금한 듯 그의 곁으로 가 잠시 훔쳐보는 듯했지만 이내 포기한 듯 자기 자리로 돌아갔다.

“고대어 문자다.”

페드로는 자기가 쓰고 있는 것을 보던 레이드가 실망한 듯 돌아서자 혼잣말처럼 말했고 레이드는 그제야 흥미가 도는 듯 물었다.

"고대어 문자요?"

"고대 마도왕국의 문자를 통칭적으로 고대어 문자라고 하지. 표의문자로 된 고대어는 현재까지 밝혀진 문자만 3,000개나 되지만 아직도 반 이상을 해독하지 못하고 남겨놓고 있지. 내가 하고 있는 것은 고대어 문자로 이루어진 책을 제국어로 번역하고 있는 작업이다."

"그럼 그 책은 마법서겠네요?"

레이드의 물음에 페드로는 고개를 끄덕이기는 했지만 완전히 맞지는 않은 듯 책에 대한 부연 설명을 했다.

"마법서이긴 하지만 현재의 마법과는 조금 다르다. 고대 마도왕국의 마법은 지금처럼 마나의 비율을 계산하여 서클을 이루는 것과는 달리 지금의 연금술과 혼합된 형태로 만들어져 있기에 쉽게 마법서라고 하기에는 조금 부족함 감이 있지."

레이드는 마법에 대한 관심이 많은지 그가 하는 말을 하나라도 빠뜨리지 않겠다는 듯이 진지하게 듣고 있었고, 페드로 역시 자신의 일에 관심을 가져 주는 것이 싫지는 않은 듯 계속 설명을 이었다.

"고대 마도왕국의 마법은 자연의 사물에 인의적인 마나를 가미하여 그 효과를 극대화시키는 것이지. 현재까지 이어져 오는 그들의 마법을 대충 열거하자면 마법무기를 만드는 인첸터웨폰과 고렘을 제작하는 마법이 고대 마도왕국의 마법에 속한다고 할 수 있다."

"마법무기와 고렘이요?"

"마법무기란 것은 단순히 검에 마법을 가해서 만들어지는 것이 아니라, 특수한 시약 처리를 하여 금속이 가지고 있는 마나에 대한 반발력을 약화시킨 후에야 마법 부여가 가능하다. 또 고렘의 경우에도 마나 메탈이라는 특수한 금속을 시약 처리를 하여 만든 후 그것을 동력원으로 고렘을 움직이게 하는 것이지. 이것은 모두 자연 사물이 가지고 있는 힘을 극대화시키거나 변형시키는 작업이기에 보통의 마법과는 다르다고 할 수 있다. 현재의 마법사들은 이런 이유로 연금술법을 부수적으로 익히거나 길드를 조직하여 연금술사와 힘을 합쳐 작업을 하고 있는 것이지."

"아! 그렇군요."

페드로는 자신의 말을 잘 이해하는 레이드가 조금 마음에 들었는지, 자신의 배낭에서 단검 하나와 마법 스크롤, 시약병 하나를 꺼내어 식탁 위에 올려놓고는 레이드를 보며 말했다.

"내가 들고 있는 이 단검은 흔히 볼 수 있는 쇠로 만들어져 있지만 몇 가지 조치를 하면 마법무기로 만들 수 있다. 물론 쇠의 재질이 별로 좋지 않기 때문에 마법 지속 시간은 일 분을 넘기지 않을 테지만 네 녀석의 식견을 늘리기에는 충분할 테니 구경하도록 해라."

"예."

레이드의 대답이 끝나자 페드로는 시약병의 뚜껑을 열고는 단검에 천천히 붓기 시작했다. 말다툼을 하고 있던 이스트와 헤레나 역시 마법검을 만들 수 있다는 말에 흥미가 돌았는지 조용히 페드로의 작업을 지켜보고 있었다.

마법검을 만드는 작업은 생각 외로 간단한 듯했다. 페드로는 시약병의 약품을 단검에 부은 후 마법 스크롤을 펴서는 조용히 주문을 외웠고, 주문이 끝나자 스크롤에서 푸른색의 빛이 형성되더니 단검 안에 조용히 스며들어 갔다.

　페드로의 작업은 3분 정도의 짧은 시간에 이루어졌기에 무엇인가를 기대했던 이스트와 헤레나는 조금 실망한 듯한 표정을 지었지만 만들어진 마법단검으로 페드로가 식탁을 살짝 긋자 그 표정은 경악감으로 바뀌었다.

　마법단검으로 그어진 식탁 위의 금에서 스파크가 일며 주변이 까맣게 타 들어갔기 때문이다.

　다행히 단검으로 약하게 그은지라 그 스파크가 이내 사라지기는 했지만 검사인 페드로에게서 마법을 구경하게 된 두 사람은 상당히 놀란 듯했다.

　"약간의 시약 처리와 전격계 인첸터웨폰의 주문이 들어 있는 스크롤로 만든 마법단검이다."

　"괴, 굉장해요!!"

　레이드는 페드로가 만든 마법단검을 보며 입을 다물지 못할 정도로 놀란 표정을 지었고, 페드로는 그의 모습에 미소를 지어주었다.

　"생각보다 쉽게 만드네? 그거 우리에게도 조금 나눠주면 안 될까?"

　이스트는 단검의 위력을 보며 구미가 당기는 듯 페드로를 보며 부탁했지만 그는 고개를 저으며 말했다.

　"있으면 좋긴 하겠지만 애석하게도 자네의 부탁은 들어줄 수 없네. 이 작은 병에 반 정도가 들어 있는 시약을 만들기 위해 무려 반년간 재료 수집으로 헤매야 했고, 마나력이 얕은 이 스크롤만 해도 길드 공시 가격이 100골드를 넘어가는데 어찌 쉽게 사용할 수 있겠는가?"

　"엥? 백 골드!!"

“그래. 그렇기 때문에 어줍잖은 마법검도 가격이 만 골드 이상을 넘어가는 현상이 생긴 거지. 마법검이란 것은 들이는 노력도 장난이 아니지만 시약 재료와 마법력의 소모 역시 그에 못지않다는 것일세.”

“음……..”

페드로의 말에 이스트는 알았다는 듯이 고개를 끄덕이기는 했지만 조금은 아쉬움이 남는 듯했다. 레이드는 또 무슨 궁금증이 생겼는지 그를 보며 물었다.

“저 물어볼 게 있는데요.”

“말해라.”

“마검과 마법검은 어떻게 다른 거예요?”

레이드는 마검 축에 속하는 나의 블러드 소드에 갇힌 영혼들에 놀란 적이 있었는지라 그것이 조금 궁금한 듯 페드로에게 물었다.

“마검과 마법검이라… 쉽게 설명하지. 마검의 경우에는 마나의 원소에 관한 속성이 아닌 빛과 어둠의 속성을 지니고 있다. 즉, 어둠의 신성력을 가지고 있는 검을 말하는 것이지. 이에 반해 마법검은 앞에서 말한 것과 같이 마나의 원소에 해당하는 속성을 지닌 검을 말한다.”

“그렇군요. 그럼 마검에 반대되는 속성의 검은 성검이겠네요?”

“그렇단다. 두 가지 검에 대한 차이를 말하면 성검은 선택된 자나 믿음이 강한 자만이 사용할 수 있고 그렇지 않으면 검이 사용자를 거부하는 반면, 마검의 경우에는 의지가 강한 자가 아니면 검에 조종당하게 된다.”

레이드는 그 말을 들으며 나의 허리에 차 있는 블러드 소드를 잠시 흘겨보는 듯했다.

페드로와 레이드의 스승과 제자 같은 이야기가 계속되는 동안 주문했던 음식이 나왔기에 대화는 계속 이어지지 않고 여기서 끝내게 되었다.

페드로, 처음 그를 접했을 때 나와 같은 슬픈 눈동자를 가지고 있는 자라 동질감에 받아들이긴 했지만 시간이 지나면서 그가 과거에 무엇이었을까 궁금함이 밀려왔다.

보통의 용병들이나 떠돌이 검사와는 다르게 뛰어난 지식을 소유하고 있는 페드로, 그는 과거에 무엇을 하던 자일까?

간단하게 요기를 한 우리들은 근처에 있던 여관에 여장을 풀고 나와 이스트, 페드로가 가까운 용병 길드를 찾아갔다.

미체른 시는 다른 대륙의 여러 도시와는 달리 수십 년 동안 내전이나 전쟁을 겪어본 적이 없었기에 용병 길드 자체는 그리 크지 않았지만 꽤 커다란 도시라 십여 명 정도의 용병들이 눈에 띄었다.

물론 그들은 주로 전쟁에 참가하는 것이 아닌 각 도시에서 생기는 자잘한 문제나 근처에 출몰하는 마물들을 상대하는 것을 주로 하는 여행자 용병이었기에 길드 안에 있는 자들의 실력은 그리 뛰어나지 않은 듯했다.

길드의 벽에는 몇 명의 현상 포스터와 함께 미체른 시에서 용병 길드에 맡긴 의뢰들이 적힌 양피지가 걸려 있었기에 접수원에게 물어보는 일 없이 벽에 걸린 양피지들을 읽어보며 의뢰를 고를 수 있었다.

예상을 하기는 했지만 전쟁이 없는 곳이라 거의 모두가 5골드 이하의 의뢰였다. 그나마 10골드를 넘는 것은 우리의 예정 방향과는 반대

쪽으로 가는 상인들의 화물 수송 경비 의뢰였기에 이스트는 실망하는
듯했다.

"젠장!! 할 수 없구만."

5골드 이하의 의뢰라도 해서 자금을 모아야 한다고 생각했던지 이스
트는 다시 한 번 그것들을 살펴보고 있었는데 어느 순간 안색을 환히
펴지면서 이스트는 낡아 빠진 양피지 하나를 가리키고는 나를 보며 말
했다.

"찾았다. 찾았다고!!"

난 이스트가 가리키는 양피지를 읽어보았다. 의뢰인은 미체른 시의
시장으로 해결 시 100골드의 상금을 주겠다는 말이 적혀 있는 공고 비
슷한 내용이었다.

하지만 생각보다 의뢰 내용은 좋지 않았다.

"미친 마법사를 처리해 달라는 의뢰군. 그것도 소환술이 가능한 마
도사급. 이스트, 상대가 너무 좋지 않아."

"무슨 소리야! 자그만치 100골드라고, 100골드. 이 정도면 한 달은
편안하게 살 수 있단 말이야!!"

하지만 페드로는 고개를 저으며 반대하고는 자신이 생각하는 이유
를 이스트에게 말해 주었다.

"보통 마법사들이 대륙 마법 길드나 국가 운영의 마법학원을 마치고
나올 때의 수준은 2, 3서클로 견습이거나 간신히 정식 마도사의 자격
증을 딸 수 있을 정도입니다. 하지만 이 수준의 마법사들이라도 이급
의 용병이 근접전을 막아준다면 적어도 다섯 정도의 이급용병은 막을
수 있습니다. 그만큼 마법사는 검을 다루는 전사들에게는 상당히 불편
한 존재입니다. 여기에 적힌 것을 보면 미친 마법사라는 자는 소환술

을 사용할 수 있는 자. 전문 소환술사가 아닌 마법사가 소환술을 다루기 위해선 적어도 5년 정도의 수련이 필요할 뿐 아니라 5서클 정도의 숙련된 마도사만이 가능합니다. 텔레포트와 패스 주문이 가능한 5서클 마법사는 원거리에서라면 저급한 일급용병 두세 명은 가뿐히 상대할 수 있는 수준입니다. 미친 마도사의 경우라면 근접전을 두려워하지 않을 뿐 아니라 체내에 남아 있는 마지막 생체를 유지하는 마나도 폭주시켜 상대와 함께 양패구상하는 것도 꺼리지 않을 터이기에 더욱 상대하기 어렵습니다."

페드로의 설명은 일리가 있는 말이었기에 난 고개를 끄덕이며 이 일을 포기하자는 뜻을 표했다. 물론 상대가 두려운 것은 아니지만 5서클 이상의 미친 마도사라면 나를 제외한 일행들이 다치지 않고 사건을 해결한다고는 보장할 수 없기 때문이다.

중요하지도 않은 데 위험 부담을 가져가면서까지 일을 해결할 마음은 없는 난 다른 의뢰를 찾아보려 했는데 이스트는 좀처럼 이 의뢰를 포기하려고 하지 않았다.

"하지만 이런 기회가 흔히 있는 것도 아니잖아. 백 골드는 둘째 치고라도 이곳 시장의 골칫거리를 해결해 준다는 것만 해도 신설된 용병단에게는 확실한 선전 기회라고. 미체른 시는 남부 해상 무역의 요지 중 하나잖아!!"

"그것 또한 알고는 있지만 위험 부담이 너무 큽니다."

생명을 담보로 하는 사업이나 마찬가지인 용병들로서는 당연히 위험 부담이 큰 일은 피해가는 것이 상책이었기에 페드로는 이스트의 말을 단호하게 자르고는 다른 의뢰를 찾아보기 위해 돌아다녔다.

"흥!! 나 혼자라도 갈 거다!!"

이스트는 나와 페드로가 이구동성으로 자신의 의견을 거부하자 오기가 생겼는지 접수원 앞으로 가서는 자신의 용병패를 꺼내 보여주고 말했다.

"피렌드 시의 일급용병 이스트다. 시장이 의뢰한 일을 맡고 싶다."

"예?"

접수원은 난데없이 나타나서 혼자서는 불가능한 의뢰를 맡겠다고 하는 그를 보며 황당한 듯했지만, 일단 사건을 처리하겠다는 사람이 나타났기에 이스트가 내민 용병패를 들어서는 서류를 작성하기 시작했다.

"거참."

페드로는 이스트가 막무가내로 나가자 고개를 저으며 한숨을 쉬고는 나를 보며 물었다.

"어떻게 하시겠습니까?"

이스트의 성격을 어느 정도 파악한 나였기에 그가 저렇게까지 나간다면 혼자서라도 미친 마법사를 상대할 것은 자명한 일이라 가만히 내버려 둘 수는 없었다.

페드로는 나의 모습을 보며 결정을 눈치 챘는지 접수원 앞에 서 있는 이스트의 옆에 서서 가라앉은 목소리로 말했다.

"서류를 정정해 주게."

"무슨 소리야!! 난 혼자서라도 갈 거라고!!"

이스트는 나와 페드로가 자신을 막으려고 하는 줄 알고 악을 쓰며 소리를 질러댔는데, 페드로는 그의 악에 아랑곳하지 않고는 접수원에게 천천히 말했다.

"이 녀석의 이름을 지우고 거기다 블러드 스톰 용병단이라 적어주시오.”

“블러드 스톰 용병단이요.”

이스트는 나와 페드로가 마음을 바꾸자 찌푸둥했던 얼굴이 금세 펴지는 듯했다.

“잘될 거라니까!! 설마 큰일이야 있겠어?”

“휴… 정말 맘 편하군. 어쨌든 결정됐으니 시장을 만나야겠군.”

우리가 맡은 의뢰는 용병 길드에서 제일선으로 처리해야 하는 의뢰였는지 접수원에게 의뢰를 접수한 지 세 시간도 되지 않아 머무르고 있던 여관으로 몇 명의 기사들과 함께 귀족 한 사람이 찾아왔다.

갈색 머리의 40대 정도로 보이는 중년 귀족은 우리들이 자신의 의뢰를 맡은 용병이라는 것을 확인하고는 기사들과 함께 다가와서 말했다.

“자네들이 의뢰를 맡은 블러드 스톰 용병단의 용병들인가?”

“그렇습니다.”

이스트는 귀족의 말을 듣고는 옆에 있던 페드로의 옆구리를 찔렀고, 페드로는 할 수 없다는 듯이 용병단의 대변인을 맡아 대답했다.

“흠…….”

귀족은 용병단이라 해서 기대하고 왔는데, 생각보다 인원이 적은 듯 인상을 찌푸렸다.

“자네들로서 할 수 있겠는가? 지금까지 여덟 번 정도 용병들을 보냈네만, 애석하게 단 한 사람도 돌아오지 못했네.”

우리를 만나기 위해 온 귀족은 떠돌아다니는 외부의 용병이라 할지라도 생명의 소중함은 다르지 않다고 생각하는지 주의 주는 것을 잊지 않았다.

"여덟 번?"

"그렇다네. 그중 두 번은 10명 이상의 인원으로 이루어진 용병단이었지만, 그들 역시 돌아오지 못했네."

그 말에 페드로는 고개를 숙여 잠시 생각에 잠기는 듯하다가 고개를 들어 말했다.

"마법사에 대해서 들을 수 있겠습니까?"

"의뢰를 맡기 전에 그에 대해서 듣는 것도 나쁘지 않겠지. 자리에 앉아서 이야기를 할까?"

"그러지요."

귀족의 말에 기사 한 사람이 의자를 가져왔고, 그는 자리에 앉고는 잠시 숨을 고르더니 말했다.

"먼저 본인의 소개를 하지. 본인은 미체른 시의 시장을 맡고 있는 로젠타 피에트로 남작이라고 하네. 자네들도 알다시피 미체른 시는 남부 해상 무역을 통한 관세를 받아 시의 재정을 운영하고 있는 곳일세. 하지만 10년 전부터 한 명의 마법사가 항구에서 남서쪽으로 5킬로미터 떨어진 울라인도 섬에 살게 되면서 시의 해상 무역은 상당히 위축되고 있는 형편이네."

"마법사 한 명 때문에 해상 무역이 위축되다니요?"

이스트는 시장의 말을 이해하지 못해 질문을 했고 시장은 고개를 끄덕이며 답변을 해주었다.

"물론 흉악한 마법사 한 명이 있다고 하더라도 그 섬을 멀리 벗어난 곳으로 우회해 들어오면 문제가 없다고 생각하겠지. 하지만 그 마법사는 소환 마법을 사용하고 있네."

"소환 마법이요?"

"마법으로 마물들을 소환하여 사용하는 마법이지. 그 마법사는 마물들을 소환해서는 울라인도 섬과 그곳에서 4킬로미터 떨어진 멘터스터 섬에 하나의 마물들의 라인을 만들었네. 울라인도 섬은 그렇게 큰 섬이 아니기 때문에 소환시킨 마물을 멘터스터 섬으로 보내어 기르고 있는 것이지. 문제는 바로 거기에서 발생했다네. 대륙과 울라인도 섬 사이의 해안은 암초 지대라 작은 배는 모르겠지만, 해상 무역의 중심이 되는 큰 배는 지나다닐 수가 없다네. 그렇기 때문에 이 두 섬 사이에 있는 바다를 통해 무역선이 들어오고 있는데, 마법사에 의해 만들어진 마물들의 라인 때문에 무역선이 몇 번 습격을 당하게 되자 상인들이 미체른 시의 항구로 들어오는 것을 꺼리고 있다네."

그제야 우리들은 왜 시장이 많은 상금을 걸고 마도사를 퇴치하는 의뢰를 했는지 이해할 수 있었다. 해상 무역의 관세로 먹고 사는 이 도시에서 해상 무역이 단절된다면 도시가 망한다는 것을 의미하기 때문이다.

"하지만 조금 이상하군요. 그렇게 시의 병사들도 역부족이라면 에이프리아 왕국에 원조를 부탁하면 될 것이 아닙니까?"

"왜 아니겠는가? 왕국에 시가 처해진 상태를 설명한 편지를 보내기는 했지만 이상하게도 왕국에서는 시 자체에서 해결하라는 말만 하더군. 이상하게 생각되어 내가 직접 왕도로 가서 폐하를 만나보려 했지만 알현을 거부당했다네."

"알현을 거부당했다고요? 이상하군요. 제가 알기로는 이곳 미체른 시는 에리프리아 왕국 해상 무역의 중요한 요지로 알고 있는데 말입니다?”

“외부의 사람들에게 이런 말을 해서는 안 되는 일이지만 사실 왕국 내부는 지금 두 파로 나뉘어져 권력 쟁투가 심각한 상황이라 우리 시에 군대를 파견해 줄 입장이 아니라네.”

“음…….”

페드로는 그제야 왕국의 군대가 파견되지 않는 이유를 알았는지 고개를 끄덕였다.

“어떻게 할 텐가? 다시 한 번 말하지만 10년 동안이나 해결되지 못한 일이네. 어렵다고 생각하면 지금이라도 관두는 것을 허락하지.”

페드로는 로젠타 남작의 말에 나의 얼굴을 쳐다보았다. 일단은 용병단의 리더를 맡고 있는 것은 나라고 생각했기 때문이다.

일단은 이 의뢰를 이미 신청한 상태였고 옆에 있는 이스트의 기대에 찬 얼굴을 보며 난 고개를 끄덕여 주었다.

“저희들이 그 마법사를 상대해 보도록 하겠습니다.”

“휴, 애꿎은 젊은이들을 사지로 보내는 것 같아 마음이 안 놓이는군. 가기 전에 자네들의 가족이 살고 있는 곳을 적어주도록 하게. 일이 성공하지 못한다 해도 어느 정도의 돈은 그곳으로 보내도록 하겠네.”

남작은 일단 해결해야 할 일이기 때문에 우리들에게 맡기기는 했지만 성공한다고 보지는 못한 모양이었다.

“하하하!! 걱정 마십시오.”

이스트는 일이 순조롭게 진행되자 자신있다는 듯 가슴을 치고는 말했다.

시장과 기사들이 나가자 페드로는 좋지 않다고 생각했는지 나를 보며 말했다.

"괜찮겠습니까?"

페드로의 말에 이스트는 걱정도 많다는 듯 페드로를 쳐다보고는 말했다.

"아, 거참, 걱정도 많네. 나도 마법사가 위험하다는 것을 알고 있는데, 마법사들이야 원거리 공격이 있기 때문이잖아. 블러드 스톰에게도 블러드 애로우라고 원거리 공격을 할 수 있는 기술이 있으니까 걱정 말라고."

"10년 동안 해결되지 않은 사건이다. 너무 쉽게 봐선 안 된다고 생각한다."

다음날 우린 항구에서 시장이 준비해 놓은 배를 받을 수 있었다. 10명 정도 탈 수 있는 작은 배이지만 꽤 신경을 쓴 배인지 한눈에 봐도 튼튼하기 그지없었다.

"지금 배를 섬까지 몰고 갈 선원을 찾고 있는데 시간이 좀 걸리는군요."

우리를 배로 안내한 기사는 선원이 오지 않자 우리에게 말했다. 그도 그럴 것이 마물들을 소환하는 섬으로 갈 선원들이 누가 있겠는가? 난 기사를 보며 말했다.

"남서쪽 5킬로미터 정도라면 저희들로도 충분히 배를 몰아갈 수 있을 거라 생각됩니다."

"아! 그럼 다행입니다. 배에는 만약의 경우를 위해 십오일분의 식량을 실어놓았습니다."

"감사합니다."

과거 대륙을 돌아다니면서 배를 몰아본 적이 있었던지라 선원을 구하는 시간을 줄일 수는 있었지만 문제는 그 다음이었다.

위험한 일이기 때문에 레비나와 레이드를 헤레나에게 맡겨두고 떠나려고 했는데 언제 들었는지 레비나가 한사코 떨어지지 않으려고 하기 때문이었다.

"저도 같이 갈래요!!"

"이 일은 위험하다, 레비나."

난 단호하게 부탁을 잘랐는데 레비나는 좀처럼 물러설 생각을 하지 않고 있었다. 무슨 이유인지는 모르지만 말을 잘 듣던 레비나가 고집을 부리자 이상하게 생각될 수밖에 없었다.

"도대체 한사코 따라오려고 하는 이유가 뭐지?"

"그건……."

나의 다그침에 레비나는 이유를 말하지 못하고 눈물마저 글썽거리고 있었기에 무슨 일이 있었다는 것을 알 수 있었다.

그 이유는 얼마 지나지 않아 밝혀졌다. 레비나의 뒤에서 아무 말도 못하고 얼굴이 새파래져 있던 레이드가 한숨을 쉬며 그 이유를 말했기 때문이다.

"저 사실……."

난 레이드가 무엇을 말하려고 하는지 어느 정도 짐작이 갔다.

"레비나가 미래를 알았나?"

"…예. 하지만 일부러 가르쳐 준 것은 아니었어요. 예지몽을 꿨는데… 그것을 레비나가 들어서……."

예지몽, 꿈에서 앞으로 일어날 일을 말해 주는 것. 레비나가 한사코 따라오려고 하는 것을 보며 난 그 예지몽의 내용을 어느 정도 알 수 있었다.

페드로는 떨리는 목소리로 말한 레이드의 멱살을 잡고는 소리쳤다.

"네 녀석이……!"

"죄송해요……."

눈물을 흘리며 용서를 구하는 레이드를 보며 한숨을 쉰 페드로는 나를 보며 말했다.

"결정이 된 것 같군요."

이번 의뢰는 상당히 위험하다는 것이 밝혀진 이상 섬으로 가는 것을 포기하는 것이 어떻겠느냐는 말이었다.

레이드의 예지력을 잘 알고 있는 이스트 역시 상상치도 못한 예지에 아무 말도 못하고 있었다.

"저, 정말 모두 죽는단 말이야?"

"이스트!!"

페드로는 레이드에게 떨리는 목소리로 예지몽에 대해서 묻는 이스트의 이름을 크게 부르며 그의 행동을 제지했다.

"가면 죽는 대잖아. 궁금하지도 않아?!"

"전에도 말했지만, 미래에 대해서 안다는 것은 더 큰일을 불러올 수도 있다. 레이드를 데리고 오기 전에 내가 말한 것을 잊은 것은 아니겠지?"

"그렇지만."

"이왕 알게 된 거 의뢰를 포기할 수밖에 없지만, 더 이상은 알려 하지 마라."

　페드로의 말에 이스트는 풀이 죽은 얼굴을 하고는 근처에 앉아서 아쉬운 한숨을 내뱉었다.

　"휴, 왜 이렇게 되는 일이 없냐."

　과연 이 일을 포기해야 되는 걸까? 울라인도 섬의 마법사. 그가 계속 마물을 소환한다면 미체른 시는 또다시 불안한 시간을 보내야 할 것이다.

　"나 혼자 가겠다."

　"뭐?"

　"무슨 말씀입니까!!"

　이스트와 페드로는 나의 결정에 놀라 소리쳤다. 죽는다는 것을 알고 있음에도 간다는 것이 그들에게는 이해가 가지 않았으리라.

　"나 혼자라면 섬에 있는 마법사가 무슨 짓을 한다 해도 충분히 빠져 나올 수 있다."

　"그건 그렇지만 너무 위험합니다."

　"알고 있다. 하지만 일단 이 의뢰를 우리가 받은 이상 한 명이라도 가야 하지 않겠는가?"

　페드로는 나의 말을 듣고는 한참을 생각에 잠겨 있다가 결정을 내리고는 말했다.

　"그렇다면 저도 같이 가겠습니다."

　"이유는?"

　"일단은 적이 마법사라면 마법에 문외한이신 블러드 스톰님이 아무리 실력이 뛰어나시다 하더라도 그 암수를 알아채지 못하실 겁니다. 그렇다면 어느 정도 마법의 지식이 있는 제가 동행하는 것이 훨씬 위험도가 적겠지요."

"허락한다."

페드로의 의견에 문제가 없었기 때문에 난 그가 동행하는 것을 허락했다. 이스트는 그가 나서는 것을 보며 자신도 동행하려고 했지만 좀처럼 이유를 만들어내지 못하는 듯 얼굴을 찌푸리고만 있었고, 페드로와 난 시에서 마련해 준 배에 올라탔다.

레비나는 한사코 나를 따라가겠다 말하고 있었지만 허락해 줄 수 있는 문제가 아니었다.

"헤레나, 레비나를 부탁하네."

"응."

울라인도 섬, 그 섬은 온난한 기후를 가지고 있는 미체른 시와는 달리 고온다습한 섬이었다. 아마 아직도 연기를 뿜고 있는 화산이 그 원인이라 생각되었다.

돛을 잡고 있던 페드로는 화산의 모습을 보고는 인상을 찌푸리며 말했다.

"상당히 불안하군요. 언제 화산이 폭발할지 모르니 말입니다."

"그렇군."

항구에서 들은 바에 의하면 섬의 화산이 연기를 뿜은 것은 벌써 15년이나 됐다고 하지만 아직까지 화산이 터지지는 않았다고 한다.

하지만 화산에 의한 열기 때문에 섬의 식물이 변했다고 하는 것으로 보아 아마 마법사는 이런 환경 때문에 위험한 이 섬을 자신의 실험장으로 선택한 듯했다.

항구에서 남서쪽에서 보이는 섬의 주위에는 상당수의 암초가 존재하고 있었기에 그곳으로 접근은 불가능했다.

섬의 우측으로 키를 틀고 배가 들어갈 곳을 찾고 있었지만 쉽게 배가 들어갈 공간은 찾을 수가 없었다.

"블러드 스톰님."

한 시간여를 섬의 주위를 돌았을 때야 간신히 배를 댈 곳을 찾을 수 있었다. 폭이 200미터도 안 되는 모래사장이 우리의 눈앞에 보인 것이다.

강한 해류가 존재하는 덕에 육지의 모래가 이 부분에만 쌓여 백사장을 이룬 듯했기에 우린 배를 몰고 섬에 도착할 수 있었다.

"상당한 조류군요. 돛이 없다면 이 섬을 빠져나가는 것은 불가능할 것 같습니다."

백사장의 모래 위에 배를 세운 후 배가 조류에 떠가는 것을 막기 위해 모래사장 위로 들어 올리는 작업을 할 수밖에 없었다.

어느 정도 배를 안전하게 육지로 올린 우리는 화산의 중심부 쪽을 향해 갔다.

마법사가 있는 정확한 위치는 시장조차 모르고 있었기에 우리로선 무작정 섬의 숲을 헤치고 나가는 방법밖에는 없었기 때문이다.

"이렇게 찾다가는 며칠이 걸려도 힘들겠군요."

"그렇군."

울라인도 섬은 무인도치고는 상당한 크기의 섬이었다. 화산의 영향으로 생긴 섬으로 중앙의 화산을 중심으로 동서로 길게 늘어진 형태를 지니고 있었는데, 동서의 지름은 4킬로미터 정도, 남북은 약 2.5킬로미터 정도였다.

이 정도 크기의 섬이니만큼 마법사가 있을 장소를 찾는다는 것은 상당히 고행이 아닐 수 없는 것이다.

"잠깐."

숲을 헤치고 나가던 난 100미터 정도 앞에서 무엇인가가 숲을 헤치고 들어오는 소리를 듣고는 페드로를 세우고 나무 옆에 몸을 감췄다.

얼마 지나지 않아 우리의 앞에 5마리 정도의 오크가 나무 몽둥이를 들고는 숲을 헤치며 지나갔고, 어느 정도 그들의 기운이 사라졌을 때 난 페드로에게 지시하여 앞으로 나아갈 수 있었다.

"마법사의 소환 마법에 끌려온 오크로군요. 소환 마법으로 불려온 마물의 경우에는 소환사와 어느 정도 정신 감응이 있으니 조용히 지나가는 것이 좋을 듯합니다."

조류가 강하고 섬 주위에 암초가 깔려 있었기에 이곳으로 헤엄쳐서 들어온다는 것은 거의 불가능에 가까워 소환 마법이란 말이 틀리지 않다고 생각했다.

"저들 말고도 주위에 상당한 수의 마물들이 존재하는 것이 느껴진다. 조심하도록 해라."

"예."

화산의 주위로 다가갈수록 주위에서 느껴지는 존재들은 수가 늘어났다. 이제는 마물들을 피해 돌아가는 것에 시간이 조금씩 지체되자 우리의 진행 속도는 상당히 느려져 있었다.

하지만 수가 많아진다는 것은 그만큼 마법사의 거처가 가깝다는 것도 의미하기 때문에 주변에 있을 마나의 존재를 찾으며 걸어갔다.

"찾았다. 페드로, 동북 방향에 작지만 인의적 마나의 존재가 느껴지는 듯하다."

"예."

자연 마나와 인의적인 마나는 그 느낌이 상당히 다르다. 자연 마나가 나의 몸에 느껴질 때는 부드럽게 스쳐 지나가지만, 인의적 마나의 경우에는 체내의 마나와 반발력을 가지기 때문에 구별은 그렇게 어렵지 않았다.

마나가 느껴지는 방향으로 약 20분 정도를 조심스럽게 숲을 헤쳐 나가자 풀숲 사이로 작은 공터와 함께 작은 오두막이 눈에 띄었고, 우린 그것이 마물을 소환하는 마법사의 집이라는 것을 직감할 수 있었다.

"매직 트랩이 있나 조사해 보도록 하겠습니다."

마법사들이 만드는 매직 트랩의 경우에는 약간의 마나력이 느껴지기는 하지만 그런 것을 위해 다른 정교한 트랩도 같이 깔아두는 것이 보통이었기에 난 페드로에게 고개를 끄덕이곤 그의 뒤를 따라가며 다른 트랩이 있나를 살펴보았다.

"끄아악!!"

"젠장!!"

역시나 매직 트랩을 발견한 페드로가 나에게 손짓을 하며 뒤로 물러설 때 주위에 있던 다른 트랩이 발동하면서 페드로의 발목을 채고는 튕겨져 나갔고, 그는 외마디 비명과 함께 매달린 채 공중으로 날아올랐다.

난 블러드 소드를 뽑아 점프해서는 그의 발목을 묶고 있는 밧줄을 잘라 그를 구할 수 있었지만, 이 정도의 소란이라면 오두막에 있는 마법사가 눈치 챘을 가능성이 높았다.

"어쩔 수 없군."

주위의 흙을 한 움큼 쥔 후 오두막 쪽을 향해 마나와 함께 뿌렸고, 마나가 담긴 흙은 강한 충격을 내면서 트랩 수십 개가 한꺼번에 드러났다.

"지금이다!!"

우리의 존재가 드러난 이상, 조심스럽게 접근하여 마법사를 처리한다는 기존의 계획을 수정할 수밖에 없었기에 진입로의 모든 트랩을 발동시킨 후 오두막을 향해 뛰었다.

슈슈슉!!

내가 던진 흙에 주위에 있던 일반적인 트랩들은 모두 발동했지만, 매직 트랩은 필요 요소가 충족되어야만 가능하기에 우리가 오두막으로 뛰어들어 가자 발동되기 시작했다.

수십 개의 창이 동시에 우리의 정면으로 쇄도해 들어왔다.

"타앗!!"

검을 휘둘러 날아오던 창을 모두 땅으로 떨어뜨린 우린 계속 이어지는 트랩의 공격을 해소해 가며 간신히 오두막에 도착할 수 있었는데 오두막의 문을 부수고 안으로 들어서려 할 때 문이 열리면서 한 존재가 모습을 드러냈다.

"블러드 애로우!!"

"아악!!"

그 순간 난 당황하지 않을 수 없었다. 문에서 들리는 비명은 앳된 소년의 목소리였기 때문이다.

"젠장!!"

목소리가 들린 순간 난 온 힘을 다해 블러드 애로우의 방향을 틀었고 다행히 블러드 애로우는 문에 서 있는 아이가 아닌 오두막의 벽을 뚫고 반대쪽으로 빠져나왔다.

간신히 공격을 돌려 안도의 한숨을 쉬고 문쪽을 쳐다보았을 때 거기에는 열여섯 정도의 나이로 보이는 금발소년이 나의 공격에 놀라 문 앞에서 주저앉아 멍한 표정을 짓고 있는 모습이 보였다.

"폴리모프?"

이런 험한 산에 소년이 혼자 살 수는 없었기에 페드로는 자신도 모르게 중얼거렸지만 내가 느끼고 있는 소년의 몸에선 폴리모프를 썼을 때 느껴지는 온몸을 감싸는 듯한 인의적 마나의 느낌은 나지 않았다.

도대체 이 아이는 왜 이곳에 있는 것일까? 이 아이가 소환술을 사용하는 미친 마법사일까? 아니면 그에게 잡혀온 아이에 불과할까? 알 수 없는 일이었다.

"누, 누구세요?"

그제야 정신이 든 듯 소년은 떨리는 목소리로 우리를 보며 물었다. 일단은 정체를 알 수 없는 소년이었기에 조심하지 않을 수 없었다.

"우린 미체른 시 시장의 심부름으로 온 용병들이다. 이곳에 살고 있다는 마법사를 만나고 싶은데 알고 있니?"

페드로는 소년의 물음에 앞으로 나서서 대답했다. 그의 말을 들은 소년은 이상하다는 얼굴을 하며 말했다.

"마법사요?"

"그래."

"음… 이상하네요. 이곳에 살고 있는 마법사는 저 하나밖에 없는데? 미체른 시의 시장님이 절 어떻게 아는 거죠?"

그 말에 우리 두 사람은 황당하지 않을 수 없었다. 시장이 말한 미친 마법사가 이 소년이란 말인가? 페드로의 짐작이라면 소환 마법이

가능한 5서클 정도의 숙련 마법사여야 했다. 하지만 눈앞에 있는 소년은 많이 보아줘야 열일곱을 넘지 않을 듯한 외모의 소년이었기 때문이다.

"정말 이곳에 너 말고 다른 마법사는 없니?"

"예. 일 년 전에 마법학교를 마치고 이곳으로 왔지만 단 한 번도 저 말고 다른 마법사들을 본 적이 없는데요?"

"음……."

무엇인가 잘못됐거나, 시장이나 소년 이 두 사람 중 한 명이 우리를 속이고 있다는 것밖에는 생각할 수 없었다.

5서클의 숙련된 마법사라면 아무리 뛰어난 재능을 가지고 있다 해도 스물을 넘어야 한다고 생각했기에 우린 소년에게 더 이상 의심을 가질 수가 없었다.

"아! 이왕 오셨으니까 안으로 들어오세요. 차라도 한잔 대접할게요."

"고맙구나."

소년의 호의에 우린 고맙다는 말을 하고는 안으로 들어갔다.

오두막의 내부는 지저분하기 그지없었다. 여기저기 마법 실험 용품이 흩어져 있고, 며칠은 청소를 하지 않은 듯 가구들 위에는 먼지가 수북이 쌓여 있었기 때문이다.

소년은 탁자 위의 실험 용품을 대충 치우고는 의자 대용으로 쓰는 나무 둥치를 힘들게 가져와서는 탁자 옆에 가져다 놓았다.

"난 페드로, 이쪽은 블러드라고 한단다. 대륙을 여행하는 용병들이지."

"그렇군요. 전 아만이라고 해요. 와! 대륙을 여행하신다니 바깥 세상 이야기 좀 많이 해주세요. 전 이곳에서만 일 년을 박혀 있어서 아무 것도 모르거든요."

"그러자꾸나."

소년은 그런 말을 하는 가운데에서도 탁자를 계속 치우고 있었는데, 퍼뜩 생각이 났는지 얼굴을 붉히며 말했다.

"죄송해요. 요즘 좀 실험에 몰두했더니 청소하는 것을 잊었네요. 헤헤."

"괜찮다. 그나저나 어린 나이에 이런 험한 곳에서 혼자 살다니?"

"헤헤헤, 뭐 혼자 사는 적막함은 익숙해져 있었으니까요."

"익숙해 있었다고?"

의자에 앉은 우리를 보며 말하던 아만은 실험 용품과 함께 구석에 박혀 있던 주전자를 꺼내서는 물을 담아 마법 화로에 올려놓고는 미소를 지으며 우리에게 말했다.

"예, 전 고아였거든요. 마법학원도 우연히 방랑 마법사의 눈에 띄어 추천받아 들어갔지만, 얼마 다니지도 못하고 때려치웠어요. 그래도 어느 정도 배운 것이 있어서 마법 공부를 할 장소를 찾다가 이곳으로 오게 된거죠."

지금까지 가족과 있어본 적이 없는 소년이었지만, 그런 이야기를 하면서도 밝은 미소를 잃지 않는 아만을 보며 페드로는 기특하다고 생각했는지 미소를 지으며 말했다.

"고생했겠구나."

"고생이라니요. 아! 무슨 차 드실래요? 민트 차, 홍차가 있는데?"

"홍차로 부탁하마."

"나 역시."

아만은 혼자 살면서 차를 마시는 것을 즐겼는지 능숙한 솜씨로 차를 끓였고, 얼마 안 있어 낡은 쟁반에 세 개의 찻잔을 들고는 탁자 위에 올려놓았다.

"이 집은?"

"예전에 누가 살았었나 봐요. 가구와 찻잔 같은 것도 그냥 남아 있어서 제가 편하게 쓰고 있죠."

아만의 말을 들어보면 이곳은 분명 시장이 찾고 있는 마법사의 집이 분명했다.

'죽었단 말인가?'

마물들을 소환한 마법사가 죽었다면 의뢰는 생각 외로 허무하게 끝나는 것이 되어버린다. 하지만 이상한 것이 있었다.

'레이드의 예지몽은 그럼 무엇이란 말인가?'

레이드의 예지몽대로라면 우린 이곳에서 마법사의 공격을 받고 죽어야 하는데, 문제의 마법사가 없는 상황에서 어떻게 죽을 수 있단 말인가?

분명 마법사는 존재하지만 무슨 이유인지 사람들 앞에 얼굴을 보이지 않는다고밖에 생각할 수 없었다.

지금까지 몇 번이나 용병들이 마법사를 처리하기 위해 이곳으로 왔지만 단 한 사람도 돌아가지 못했다고 알고 있었다. 그렇다면 이 나이 어린 소년은 어떻게 그런 마법사의 손에서 살아남을 수 있었단 말인가?

시간이 지나면 지날수록 머리 속의 의문은 점점 커져 가고 있었고, 그러한 것은 페드로 역시 다르지 않는 모양인지 그 역시 고심하는 표정이 역력했다.

　문제의 마법사가 우리의 앞에 서 있는 아만이라면 정황은 맞아떨어지기는 하지만 폴리모프의 기운도 느껴지지 않는 이 아이가 실력있는 용병들을 모두 죽이고, 마물들을 소환했을 리는 없었다.

　이런 생각을 알고나 있는지 소년은 새로운 손님들을 맞이하는 것이 기쁜지 얼굴 가득히 미소를 머금는 모습으로 우릴 쳐다보고 있었다.

　"아무래도 오늘은 이곳에서 쉬고, 내일 다시 시장이 말하던 마법사를 찾아봐야겠습니다."

　창문 밖으로 붉게 물드는 하늘을 보던 페드로는 얼굴을 찌푸리며 말했고, 나 역시 그 말에 동감했다. 마물들이 돌아다니는 숲을 한밤중에 돌아다닌다는 것은 너무 위험했기 때문이다.

　우리의 말에 소년은 오랜만에 사람들과 같이 지내게 되었다는 생각에 좋아하고 있었다.

　아만이 준비한 음식으로 간단하게 저녁을 때운 후 페드로는 아만이 물어보는 여러 가지 일에 대답을 해주며 시간을 때웠고, 난 오두막을 나와 주위를 훑어보았다.

　'마법사라서 그런가?

　마법 트랩은 둘째 치고라도 근처에 있는 다른 부비 트랩의 경우에는 아만이 만들었다고 보기에는 너무나 정교했다.

　또 몇몇 장치는 성인이 있어야만 장치할 수 있을 정도로 힘을 요하는 트랩이었기에 난 아만이 우리에게 거짓말을 하고 있다 생각할 수밖에 없었다.

　창문으로 보이는 아만의 모습, 페드로에게서 무슨 이야기를 듣는지는 모르지만 한 가지라도 빼먹지 않을 듯 진지한 얼굴로 경청하고 있는 모습이 보였다.

나이에 걸맞지 않게 어른스러운 삶을 살고 있는 소년이었지만 페드로의 이야기를 듣고 있는 그 순간은 아이의 삶으로 바뀌어진 듯했다.

오두막을 둘러싸고 있는 트랩으로 이곳은 꽤 안전할 듯 보였지만 만약의 경우를 생각해야 했기에 마나를 돋우어 근처에 있는 마물의 움직임을 살펴보았다.

마물들, 놀랍게도 화산의 근처에 올수록 그 수가 많아지던 마물들이 이 오두막의 주위에는 단 한 마리도 존재하지 않았다.

마치 하나의 결계가 쳐져 있는 것처럼 오두막을 중심으로 원형으로 마물들을 비껴가고 있었던 것이다.

이상한 일의 연속이었다. 과연 이 아이를 믿을 수 있을지 의문이 갔다.

"블러드 씨, 밖에서 뭐 하세요?"

"잠시 바깥 바람을 쐬고 있었다."

한참을 들어올 생각을 하지 않자 궁금한 듯 아만이 창밖으로 고개를 내밀고는 물었고 난 대충 대답한 후 천천히 오두막 안으로 들어갔다.

페드로와 아만이 세상 이야기를 하고 있는 동안 날은 저물었고 우린 아만에게서 담요를 받아 침실 바닥에서 자리를 만들어 잠을 청할 수 있었다.

무슨 일이 있을지 모르는 상황이었는지라 편하게 잘 수 없었기에 조심히 약간의 마나를 주위에 깔아놓고는 만약의 경우에 대비할 수밖에 없었다.

이런 생각은 페드로 역시 다르지 않은지 규칙적으로 숨소리를 내며 자는 척하고 있었다.

"으… 으으."

"응?"

갑자기 고통스러운 신음 소리가 방 안을 울리기 시작했다.

페드로는 놀라 자리에서 일어나 불을 켜고는 아만을 쳐다보았는데, 얼굴이 시뻘게진 채 고통스러워하는 아만이 침대에서 신음 소리를 내며 뒹굴고 있었다.

"아만!! 아만!!"

페드로는 그 모습에 놀라 아만을 깨우기 위해 흔들어보았지만, 좀처럼 깨어날 생각을 하지 않고 있었다.

"비켜라."

난 소년에게 다가가 손목을 잡고 조용히 마나를 집어넣어 주었다. 인간의 병이란 것은 마나의 소통이 원활하지 않음으로써 생기는 신체의 불균형 때문이었기에 인의적으로 마나를 집어넣어 소통을 원활하게 해준다면 병은 조금 차도를 보이기 때문이다.

하지만 이상하게도 아만의 몸에는 마나가 스며들지 않았다.

"마나를 튕겨낸다?"

각자의 인간이 가지고 있는 마나는 성질이 다르기 때문에 반발력이 느껴지는 것은 당연했지만 아만의 경우에는 그것이 심했다.

반발력을 줄이기 위해 맥을 통해 천천히 주입하는 마나마저 튕겨 버리는 반발력을 보이는 아만은 마치 온몸에 마나가 가득 차 있어 받아들이지 못하는 것처럼 느껴졌다.

"설마?"

이 고통, 마나의 반발 같은 것을 살펴보면서 예전에 내가 이런 고통을 겪은 적이 있다는 것을 알게 되었다.

인간의 몸에 저장할 수 있는 마나는 극히 한정되어 있다. 마법사들이 8서클 마스터 이상의 경지에 이르는 것이 힘든 것은 모두 저장할 수 있는 마나가 한정되어 있기 때문이다.

검사의 경우에는 신체적으로 단련되어 있기 때문에 그 적응력은 마법사보다 한 단계 높다고 할 수 있었다.

물론 마나의 저장 용량은 마법사에 비해 적다고 할 수 있지만 이 적응력은 마나량이 많아짐에 따라 변화를 보인다.

바로 신체 구조가 바뀌는 현상이다. 넘쳐 나는 마나를 저장하기 위해 내부의 악재에 대한 적응력은 급격하게 신체 구조를 바꿔 버림으로써 마나의 저장 용량을 늘리게 되고, 이 현상을 겪은 자는 처음 성장이 끝난 상태인 이십 대 초반의 모습으로 변하게 되는 것이다.

검사들은 이 경지에 다다른 자를 소드 오버러라고 부른다. 바로 소드 마스터를 넘어서는 자의 칭호를 받은 이들인 것이다.

마법사 역시 이런 현상을 보이는 자가 없지는 않을 것이지만, 아직 스물도 넘지 않은 아만의 몸에서 이런 현상이 일어난다는 것은 믿기지 않는 일이었다.

"블러드 스톰님."

"도와줄 수 있는 문제가 아니다. 이건 스스로가 넘어서야 한다."

나 역시 소드 오버러라고는 하지만 이것에 대한 지식이 충분한 것은 아니었다. 그 당시의 나도 상당한 고통을 견디어냈기 때문에 고통을 줄이면서 그것을 견디어낼 방법은 몰랐다.

우리로선 지켜보고 있을 수밖에 없었기에 페드로는 안쓰러운 눈으로 의자에 앉아 고통스러워하는 아만을 쳐다보았다.

아이의 모습을 지켜보던 난 한숨을 쉬며 오두막 밖으로 나왔다.

하늘을 쳐다보자 사방을 수놓은 듯한 별이 아름답게 빛을 내고 있었다.

난 그 빛을 보며 잠시 생각에 잠겼다. 아만, 그 아이가 만약 지금의 고통을 견딜 수만 있다면 하늘의 별과 같은 존재가 될 수도 있을 것이다. 신체가 재조합된다면 그 아이가 가지게 될 마나의 양은 상상을 불허할 것이기 때문이다.

고아로 살아온 소년, 이제 그 소년은 마음만 먹는다면 자신과 같은 처지에 있던 아이들을 도와줄 수 있으리라.

하지만 일은 그렇게 바라는 대로 풀리는 것이 아니었다.

"끄아악!!"

"페드로?!"

아만을 간호하고 있던 페드로의 비명이 오두막 안에서 들려왔기에 난 급하게 문을 박차고 안으로 들어갔다. 그곳에선 놀라운 일이 벌어지고 있었다.

누군지 모르는 젊은 청년이 페드로를 마법으로 속박하고 있었던 것이다. 난 그 청년이 입고 있는 옷을 보면서 그가 누구인지 알 수 있었다.

"아만?"

나의 말에 청년은 날카로운 눈빛으로 노려보며 말했다.

"누구지, 나의 이름을 아는 당신은?"

"……."

얼마 되지도 않은 시간이었는데 아만은 우리를 기억하지 못하는 듯했다.

"쳇!! 그사이에 멍청한 시장이 또 용병들을 보냈나 보군!!"

"설마!!"

"나를 보고 바로 손을 쓰지 않았던 것을 후회해라!! 홀드!!"

"큭!!"

청년의 말이 끝남과 동시에 푸른색의 밧줄이 공기 중에 생성되면서 나의 온몸을 조이기 시작했다. 마법의 밧줄이 점점 나를 옭아매며 조여오자 난 마나를 돋우어 양 어깨에 힘을 주었다.

파팡!!

밧줄은 무엇인가 터지는 소리와 함께 끊어져 공기 중으로 사라졌다. 마법의 밧줄을 끊어버리는 나를 보며 청년은 상당히 흥미가 돈다는 얼굴을 하며 말했다.

"호! 대단하군! 마나량이 범상치는 않다고 생각해서 홀드의 마나량을 평상시보다 세 배나 높였는데도 그것을 끊다니 말이야? 음… 소드 오버러인가?"

난 그의 물음에 대답하지 않고 자세를 잡고는 그를 공격할 준비를 했다. 나의 애검인 블러드 소드는 밖으로 나오면서 침대 쪽의 벽에 세워두었기 때문에 맨손으로 청년을 상대할 수밖에 없었다.

근접전에선 마법사보다 검사 출신이 더 유리하다는 것은 일반적인 통념이지만 그것도 마법사의 수준이 높다면 상황은 달라진다.

나의 앞에 있는 청년의 수준은 짐작컨대 8서클 마스터 정도. 그렇다면 낮은 서클의 마법 정도는 시동어만으로 간단히 시동시킬 수 있는 능력이 있기 때문에 섣불리 접근한다면 오히려 당할 염려가 있었다.

대륙에서도 극히 드물다는 8서클의 마도사. 레이드가 말한 예지를 이제야 이해할 수 있었다. 검이라도 있으면 모를까, 지금의 상황에선 확실히 내가 불리한 처지였다. 약간의 방심도 해서는 안 되는 상황인 것이다.

"타앗!!"

마법사를 상대로 시간을 끈다는 것은 더 높은 서클의 마법 주문을 외울 수 있는 시간을 주는 것과 마찬가지였기에 난 빠른 속도로 그를 향해 쇄도해 들어갔다.

"매직 윌!!"

그 순간 마법의 장벽이 나의 앞에 형성되었다. 주먹에 마나를 집중해서 한곳을 가격한다면 벽을 부술 수 있다고 생각한 난 마나를 모아 앞을 가로막는 벽을 강타했고, 푸른색의 스파크와 함께 벽은 산산이 부서졌다.

하지만 그 순간 강한 빛에 의해 나의 눈이 가려졌다.

"크크크… 디그!!"

"헉!!"

그는 잠깐 빛에 의해 눈이 가려진 순간을 놓치지 않고 디그(땅을 파는 마법)를 사용하여 오두막의 지하로 나를 떨어뜨렸다.

갑작스럽게 나타난 구멍에 의해 중심을 잃은 난 몸을 움직이지 못해 지하에 빠졌고, 이어 청년의 또 다른 마법 시동어가 들렸다.

"리셋(마법에 의해 부서진 것을 되돌리는 마법)!"

청년의 시동어와 함께 구멍은 완전히 가려져 버렸고, 난 빛 한 점도 드러나지 않는 어둠에 갇혀 버렸다.

"당했군."

얼마 지나지 않아 천장에서 푸른색의 빛과 함께 무엇인가가 둔탁한 소리를 내며 떨어졌는데, 그것은 청년의 홀드 마법에 당한 페드로였다.

정신을 잃고 있는 페드로에게 다가간 나는 마나를 사용하여 페드로를 묶고 있는 홀드를 파괴했다.

청년의 홀드 마법은 묶는 것뿐 아니라 강한 압박을 가하고 있었기에 페드로는 홀드가 해제된 후에도 정신을 차리지 못하고 있었다.

"페드로! 페드로!"

"으……."

난 기절한 페드로를 계속 깨웠고, 얼마 지나지 않아 신음 소리를 내며 그는 간신히 정신을 차릴 수 있었다.

자리에 앉아 고개를 흔들던 페드로는 그제야 자신이 어두운 지하 공간에 갇혔다는 것을 알 수 있었다.

"정신이 드는가?"

"블러드 스톰님이십니까? 여긴?"

"모르겠네. 청년의 마법에 당해 지하로 떨어졌는데, 바로 이곳이더군."

빛 한 점도 없는 어두운 공간이었기에 페드로는 허리에 있던 주머니에서 무엇인가를 더듬거리면서 찾았는데 그것은 부싯돌이었다.

페드로는 만약의 경우를 대비해서 비상 물품 주머니를 가지고 다녔기에 당황하지 않고 일을 차근차근 해 나가고 있었다.

주머니에서 다시 작은 나무 막대기 같은 것을 꺼내 부싯돌로 불을 붙이자 지하의 공간은 환하게 밝아졌다.

"음……."

　환해진 지하실을 둘러보던 페드로는 주위의 모습에 놀라는 모습을 보였다. 그도 그럴 것이 사방에는 인간의 유골이 널려 있었다.

　페드로는 근처에 있던 유골을 살펴보고는 고개를 저으며 말했다.

　"아무래도 이들은 우리 이전에 이곳으로 온 용병들 같습니다. 저희들과 똑같은 방법에 당해 이곳에서 죽임을 당한 것 같은데, 이상하군요. 사방이 막혀 있는 공간이지만 공기가 통하고 있으니 말입니다."

　페드로의 말에 지하실에 마나를 뿌려 공기의 흐름을 찾았다. 그리고 얼마 지나지 않아 벽의 한 부분에 바람의 흐름이 있다는 것을 감지할 수 있었다.

　"여기다."

　하지만 바람이 흐르고 있는 곳을 찾아 더듬어보았지만 매끈한 벽의 감촉만이 느껴질 뿐이었다. 페드로 역시 바람이 흐르는 곳으로 와 벽을 살펴보았는데, 무엇인가를 짐작한 듯 고개를 저으며 말했다.

　"지하의 공기를 통풍시키는 곳은 맞는 듯하지만 아무래도 반마석을 사용한 것 같습니다."

　"반마석?"

　"예. 마법사들이 지니고 다니는 마나 메탈(마법 금속)의 일종인데, 이 금속은 마나력을 방탄시키는 효과가 있습니다. 그 제조법이 상당히 까다로운 데다 시간도 오래 걸리지만, 방탄의 효과가 일 년을 넘지 않기 때문에 지금에 와서는 제조하는 이들이 드문데, 이런 곳에서 발견되다니 놀랍군요. 제조 당시 몇 가지 작업만 가미한다면 이렇게 사방이 막혀 있는 공간에서도 통풍이 가능하게 할 수 있습니다."

　난 페드로의 말을 들으며 주먹을 들어 반마석의 벽을 쳤는데, 그 순

간 내려친 주먹의 위력과 비슷한 힘이 나에게 돌아와 주먹에 충격을
주었다.

"소용없습니다. 반마석은 충격을 고스란히 반사시키니까요."

"그렇군. 반마석의 경도는?"

"예?"

"아무리 반마석이라 해도 그 반사력에는 한계가 있을 것이다. 반사
량보다 더 큰 충격을 준다면 벽을 파괴할 수 있지 않을까?"

"일리는 있습니다만… 너무 위험합니다. 반마석은 제조자의 마력치
에 의해 반사력이 조절되는데, 만약 이것을 만든 자의 마나가 블러드
스톰님보다 높다면 큰 충격을 받게 될 것입니다."

그 말에 난 작업을 포기할 수밖에 없었다. 청년과의 싸움에서 그의
마나량이 내가 가지고 있는 마나량과 엇비슷하다는 것을 느꼈기에 이
것을 그가 만들었다면 벽을 부수지 못하고 반사력에 당할 확률이 더
높았다.

"반마석의 경도는 대체적으로 그렇게 높지 않습니다. 충격을 반사시
키는 반마석이 갑옷에 사용되지 않는 이유는 무게가 보통 강철의 두세
배에 달하는 데다가, 경도는 극히 낮아 사암(모래바위) 정도로 반마력만
처리한다면 보통의 장정이라도 부술 수 있으니까요. 제 배낭만 이곳에
있다면 그 안에 있는 약품으로 최소한이나마 반마력을 줄일 수 있었을
텐데……."

반마석을 파괴할 수 있는 방법이 없다고 생각한 난 근처의 벽을 더
듬어 나갔다. 완벽한 인간이란 없다고 생각하는 나였기에 이것이 인간
이 만든 것이라면 결함이 있을 것이란 생각이 들었기 때문이다.

페드로 역시 가만히 있을 수 없었는지 나를 도와 벽면을 더듬어 나

가며 결함을 찾기 시작했다.

하지만 결함은 그렇게 쉽게 보이지 않았다.

한쪽 벽면을 모두 훑어본 후에야 자리에 앉아 숨을 돌리는 나의 앞에 한 사람의 유골이 보였다.

뼈만 남은 그의 오른손에는 한 자루의 대거가 갈비뼈 사이로 드러나 있었다. 아마 이 지하에 갇힌 후 절망에 빠져 자살을 택했던 것 같았다.

만약 빠져나갈 방법이 없다면 이곳에서 굶어 죽거나 이자와 같이 자살을 택해야 할 것이다.

레이드의 말대로 모든 것은 끝난 것일까?

웃음이 나왔다. 그렇게 죽고 싶어 전쟁터를 헤매었지만 60이 넘어가는 지금까지 살아남은 나였는데, 삶을 살아갈 의욕이 생긴 지금에야 죽음이 나에게 다가왔기 때문이다.

'레비나…….'

난 미체른 시의 항구에서 기다리고 있을 레비나의 모습을 생각해 보았다.

이스트는 미체른 시의 항구에서 블러드 스톰과 페드로가 돌아오기를 기다리고 있었지만 삼 일이 지나도록 그들이 돌아올 생각을 하지 않자 답답하기 그지없었다.

헤레나 역시 두 사람이 걱정되었는지 레비나, 레이드와 함께 항구의 한편에서 울라인도 섬을 지켜보며 앉아 있었다.

"젠장!! 무슨 일이 생긴 거 아냐? 그렇지 않다면 마나를 탐지할 수 있는 블러드 스톰이 저따위 섬에서 삼 일이나 지체할 이유가 없잖아."

“입 닥쳐!”

“뭐야!!”

헤레나의 말에 이스트는 화를 내려고 했는데 그 순간 자신의 실수를 깨달을 수 있었다. 헤레나의 품에 안겨 있던 레비나가 슬픈 눈으로 바다를 바라보고 있는 얼굴이 보였기 때문이다. 자신보다 더 답답함을 느낄 사람이 레비나라는 것을 안 이스트는 한숨을 내쉬며 바다를 바라보다가 무슨 생각이 났는지 그녀를 보며 말했다.

“섬으로 가자.”

“뭐?”

“이렇게 답답하게 고민하지 말고 섬으로 가자고.”

“멍청이, 두 사람도 하지 못한 일을 네가 무슨 힘으로 하려고?”

“그건 그렇지만… 젠장!! 나 혼자라도 섬으로 가겠어!!”

자신의 능력이 안 되는 것은 알고 있지만 그냥 가만히 앉아 있는 것보다는 낫다고 생각한 이스트는 마음의 결정을 굳혔다.

그의 말을 들은 레비나는 갑자기 헤레나의 품에서 벌떡 일어서서는 이스트를 보며 말했다.

“저도 갈래요!!”

“엥?”

“저도 블러드 아저씨를 찾으러 갈래요!!”

“말도 안 돼!”

헤레나는 레비나의 말에 고개를 저으며 소리쳤다.

“거기가 어딘데 니가 가겠다는 거야?”

“하, 하지만…….”

레비나는 무엇인가를 말하려고 했지만 이내 말을 더듬더니 두 눈 가득히 눈물이 고이고 말았고 그 모습을 보며 헤레나는 레비나를 품에 안고서는 말했다.

"기다려 보자꾸나. 블러드 아저씨는 반드시 돌아올 거야……."

음식도 물도 없는 지하의 공간에 갇혀 있은 지 오 일이란 시간이 흘렀다. 처음 가지고 있었던 불을 붙이는 나무도 이제 모두 타 들어가 주위는 어둠으로 물들여진 지는 오래, 나의 옆에서 힘없이 쓰러져 있는 페드로는 이제 손가락 하나 움직일 힘도 없는 듯했다.

"주, 죽는 거군요."

페드로는 바닥에 쓰러진 채 중얼거렸다. 처음 이틀간은 반마석의 벽을 뒤지며 결함을 찾는 데 시간을 허비했지만 결함이 보이지 않았기에 모든 것을 포기하고 쓰러져 있는 것이다.

"블러드 스톰님, 저, 절 죽여주십시오."

"……."

그의 말대로 해줄 수는 없었다. 굶어 죽을지언정 동료를 내 손으로 죽일 수는 없었기 때문이다.

페드로는 근처에 있던 다른 자의 유골을 보며 허무한 웃음을 흘렸다.

어둠의 지하실에서 살아 있는 인간은 나와 페드로뿐 바닥에는 흙으로 돌아갈 우리들로 포식할 개미들이 기어다니고 있었다.

"젠장… 아직 죽지 않았다고……."

페드로는 얼마 지나지 않아 자신의 몸을 뜯을 개미들을 보며 중얼거리고 있었다.

"빌어먹을 개미새끼들… 개미새끼… 아!!"

그 순간 페드로는 무슨 생각이 들었는지 자리에서 벌떡 일어서서는 나를 쳐다보았다. 방금 전까지만 해도 죽여달라고 하던 그가 갑자기 희망에 찬 모습으로 일어서는 모습을 보며 난 그에게 무슨 생각이 났다는 것을 알 수 있었다.

"블러드 스톰님!! 이곳의 결함을 찾아냈습니다."

페드로는 반마석 감옥의 결함을 찾아냈는지 귀가 울리도록 크게 소리치고는 말했다.

"개미, 개미구멍이 있지 않습니까!!"

"개미구멍?"

"예. 반마석이란 것은 전체 면에서 충격을 반사시키는 것이 아닙니다. 즉, 외벽과 내벽이 있다면 반마의 힘은 내벽에 칠을 한 것처럼 발라져 있다는 것입니다. 외벽은 사암과 같은 성질을 그대로 가지고 있는 것이죠. 외부에서의 동조자가 외벽을 통해 구멍이라도 내준다면, 이런 반마석 감옥쯤이야 쉽게 파괴할 수 있습니다."

난 그의 말을 들으면서 그가 말하는 외부의 동조자가 누구인지 알 수 있었다.

"자네의 말은 그 외부의 동조자가 개미란 말인가?"

"예. 벽의 외부에는 반마의 성질이 없기 때문에 개미들은 구멍을 파고 안으로 들어올 수 있는 겁니다. 개미구멍을 통해 벽에 진동을 가한다면 충분히 반마석을 부술 수 있다고 생각됩니다."

죽음을 기다리는 것은 나에게 맞지 않다는 생각이 들었기에 난 페드로의 의견에 고개를 끄덕이고는 바닥을 기어다니며 개미구멍을 찾기 시작했다.

마나를 돋우면 어둠 속에서도 볼 수 있다고는 하지만 개미구멍 같은 작은 것을 찾을 정도는 아니었기에 바닥을 손으로 더듬어보며 차근차근 찾는 수밖에 없었다.

개미가 존재하는 것을 보며 어디엔가 개미구멍이 있다는 것은 알 수 있었지만 20평 남짓의 이런 지하의 어두운 방에서 그것을 찾는다는 것은 상당한 끈기와 주의를 요하는 일이었다.

"차앗!!"
"꾸엑!!"

화산섬 울라인도의 열대 숲을 지나는 일단의 사람들이 있었다. 그들은 간간이 튀어나오는 마물들을 베어가면서 천천히 앞으로 전진해 가고 있었다.

두 명의 남자 용병과 여자 용병 한 사람, 마법사 한 명과 두 명의 아이로 이루어진 일행들은 갑작스럽게 나타난 마물을 베고는 잠시 휴식을 취하고 있었는데, 그들은 다름 아닌 항구에 남아 있던 이스트의 일행들과 새로 합류한 용병들이었다.

옷 전체에 묻어 있는 역겨운 냄새가 나는 마물의 피 때문인지 얼굴을 찌푸리고 있던 헤레나가 한숨을 쉬며 말했다.

"아! 어쩌다가 이런 험지까지 들어왔는지……."

"그래도 다행이잖아. 울라인도 섬으로 가는 사람이 있었으니 말이야."

이스트의 말에 헤레나는 자신의 앞에서 검을 닦고 있는 용병전사를 바라보았다.

금발의 용병들이 주로 입는 레더 아머를 착용하고 있는 그는 상당한 미남이었다. 방금 전 마물들과 싸우는 것을 봐서도 상당한 실력이 있는 용병이었기에 조금 마음이 가는 헤레나였다.

"이봐요, 당신들은 뭐 때문에 이곳으로 온 거죠? 보아하니 시장의 의뢰도 받은 것 같지 않은데 말이에요?"

하지만 금발의 용병은 헤레나의 질문에 답하지 않고 묵묵하게 손에 들고 있던 롱 소드를 천으로 닦고 있었기에 헤레나로서는 조금 골이 나지 않을 수 없었다.

그의 근처에 있던 용병 동료인 마법사. 그는 마법의 탑에 소속되어 있는 일반 마법사들이 입는 흰색의 마법사 전용 로브를 입고 있는 40대 정도의 중년 마법사였다. 그는 칼린이란 자로 금발의 용병은 로인이라는 이름을 가지고 있었다. 로인의 무뚝뚝한 모습을 보며 한숨을 쉰 칼린은 헤레나를 보며 말했다.

"이 친구가 조금 무뚝뚝하니 양해하십시오. 저흰 알렌하비스트 왕국에서 왔습니다. 친구를 찾기 위해 대륙을 돌아다니고 있죠."

"친구요?"

"예. 20년 전에 알렌하비스트에서 실종된 녀석이지요. 그 당시 우린 4명의 같은 고향 출신의 친구들이 모두 마법학원으로 들어가 마법을 배우고 있었는데, 어느 날 외지로 놀러 갔다가 리트아니아에서 온 노예 상인들에게 잡혀 팔려갈 뻔했죠. 간신히 도망을 치기는 했지만 녀석이 노예 상인들의 시선을 돌리기 위해 뒤에 남았다가 소식이 끊겼죠. 그 후로 친구를 찾기 위해 이쪽의 용병 친구는 학원을 그만두고 용병 수업을 받으며 대륙을 돌아다녔고, 여기에 없는 한 친구는 도둑 길드로 들어갔죠. 전 마법학원에 남아 수업을 모두 마치고 나와 두 친구와 함께 친구를 찾고 있는 것이죠."

친구를 찾기 위해 십 년이 넘는 시간 동안 대륙을 떠돌아다니는 이들, 헤레나는 좀처럼 이해할 수가 없었다.

전쟁으로 친한 친구마저 베어버리는 이 세상에서 이런 사람들이 있다는 것이 믿기가 어렵기 때문이었다.

"이곳에 있는 마법사가 당신들의 친구란 말인가?"

이스트의 물음에 마법사는 고개를 저으며 말했다.

"그건 아닙니다. 리트아니아 왕국에서 알아낸 것이라곤 정체를 알 수 없는 집단에게 많은 아이들이 팔려갔다는 것뿐이니까요. 저희로선 그들 집단의 지부라고 생각되는 곳을 모두 찾아다니고 있을 뿐입니다."

"그렇다면 이곳에 있는 마법사가 그들과 한패라 생각하는 거군요."

"예."

마법사의 말이 끝나자 금발의 용병은 자리에서 일어나더니 다시 멀리 보이는 화산을 향해 걸어갔고, 일행들 역시 자리에서 일어나 그의 뒤를 따랐다.

헤레나는 뒤에서 따라오는 여자 아이를 보며 말했다.

"레비나, 내 등에 업혀라."

"괜찮아요. 혼자 걸어갈 수 있어요."

"휴, 그렇게 고집 안 부려도 돼. 이왕 왔으니 함께 블러드 아저씨를 찾자구나."

"예."

항구에서 머물고 있었던 이스트 일행은 5일이 지나도 블러드 스톰이 돌아올 생각을 하지 않자 섬으로 향하는 것을 결정하고는 배를 찾고 있었고, 우연히 올라인도 섬으로 가는 두 사람을 만나고는 함께 동행하게 된 것이다.

레비나와 레이드를 도시에 맡겨놓고 갈 생각이었지만 레비나가 고집을 부렸고, 또 맡겨놓을 곳도 없었던지라 어쩔 수 없이 두 아이와 같이 이곳에 오게 된 것이다.

이스트는 레이드를, 헤레나는 레비나를 업고 우림 속을 한참을 헤치며 들어간 일행은 가는 도중 십여 번 마물들을 벤 후에야 간신히 마법사의 오두막에 도착할 수 있었다.

"오두막이군."

"아무래도 이곳에 마법사가 살고 있을 것 같군요. 이 오두막을 주위로 마물들이 접근하지 않고 있고, 상당량의 매직 트랩과 일반 트랩들이 설치되어 있습니다."

헤레나는 마법사의 말에 레비나를 내려놓고는 천천히 트랩을 살펴보았다. 도둑으로서의 능력도 가지고 있는 헤레나에게는 정교한 트랩이기는 했지만 이 정도는 충분히 처리할 수 있는 능력이 있었다.

"적어도 여기서 오두막까지는 20개 이상의 트랩이 설치되어 있는 것 같네요."

"처리할 수 있겠습니까?"

"예, 일반 트랩은요. 하지만 마법 트랩의 경우에는 저로서도 방법이 없어요."

"그건 저에게 맡겨주십시오."

헤레나는 마법사의 말에 고개를 끄덕이고는 주머니에서 장비를 꺼내어 천천히 트랩을 해체하기 시작했다. 꽤 실력있는지 한 개의 트랩을 해체하는 시간은 5분이 걸리지 않았기에 한 시간여 정도면 충분히 길을 만들 수 있을 것같이 보였는데, 예상치도 않은 일이 그들에게 벌어졌다.

"저기요… 뭐 하시는 거죠?"

"앗!!"

마법사는 갑작스럽게 들리는 목소리에 놀라 뒤를 돌아보았는데, 거기에는 한 소년 마법사가 헤레나와 그가 하는 일을 지켜보고 있었다.

"그건 제가 만들어놓은 건데, 무슨 일이시죠?"

"여, 여기서 살고 있니?"

"예."

소년 마법사는 그렇게 말하고는 일행들의 앞으로 나서면서 말했다.

"저를 따라오세요. 트랩이 없는 길을 알고 있으니까요."

순진한 얼굴에 미소 짓고 있는 소년을 보며 일행들은 뭐라 할 말이 없었다. 만약 이 소년이 오두막 주인이라면 시장이 말한 미친 마도사가 이 아이를 말하고 있는 것이기 때문이다.

'이상하군. 기척이 없었다.'

소년이 자신들에게 접근했을 때 그것을 눈치 챈 사람은 아무도 없었다. 그것은 이 소년이 상당히 실력있는 마법사라는 뜻이다. 하지만 지금 그에게서 느껴지는 것은 약 3서클 정도의 수준으로 마법학원을 좋은 성적으로 졸업했을 이에게서 느껴지는 기운인지라 이상하게 생각되는 것이다.

하지만 의심이 가기는 했으나 조사해 보지 않는 이상 확실한 것은 알 수 없었기에 일행들은 소년의 뒤를 따라 트랩이 없는 길로 걸어갔는데, 금발의 용병이 움직이지 않고 있었다.

이스트는 멍하니 놀란 얼굴로 서 있는 그를 보며 말했다.

"뭐 하는 거야? 여기 서 있어봤자 아무것도 안 되잖아."

"제… 제로드……."

"엥? 말도 하네."

이스트는 그가 자신들과 함께 오면서 단 한 번도 입을 연 것을 본 적이 없는지라 재밌다는 미소를 지으며 말했는데, 그의 친구인 마법사가 황급히 뛰어오면서 그의 어깨를 잡고는 말했다.

"로인! 무슨 일이야?!"

"제로드… 제로드!"

"제로드?"

로인이라 불리는 금발의 용병은 제로드란 이름을 계속 부르며 손가락으로 앞서서 걸어가고 있는 소년 마법사를 가리켰다.

"바보같이!! 제로드가 사라진 것은 20년 전이야. 저 꼬마가 제로드일 리가 없잖아!!"

"제로드… 제로드."

뒤에서 지켜보고 있었던 헤레나는 이 사태에 영문을 모르고 멍하니 두 사람이 하는 것을 지켜보고 있었다.

헤레나의 곁에서 레비나의 손을 잡고 있던 레이드는 무슨 생각이 들었는지 로인의 곁으로 다가가서 그의 손을 잡고는 눈을 감았다.

"그렇군요."

무엇인가 알겠다는 듯이 레이드는 고개를 끄덕이며 헤레나에게 말했다.

"이분의 기억을 잠시 열어보았는데, 앞에 가는 애가 기억 속에 남아 있는 이분의 친구 분과 같은 얼굴을 하고 있군요."

"응? 그게 정말이야?"

"예."

헤레나는 레이드의 말에 고개를 돌려 소년 마법사를 쳐다보았다. 어느새 오두막까지 다다라 문을 열고 있는 소년은 일행들을 보며 손짓하고 있었다.

"뭐 하세요?"

"친구 한 명이 몸이 안 좋아서 말이야."

"아! 그럼 빨리 들어오세요. 오두막 안에 구급약이 있으니까요."

"알았다. 먼저 들어가 있어라."

이스트는 소년에게 말한 후 마법사에게 다가가서는 말했다.

"이 친구, 왜 그러는 거야?"

"아무래도 앞서 간 소년 마법사의 용모가 잃어버렸던 친구와 비슷해서 착각을 한 모양입니다. 사실 이 친구가 무뚝뚝해진 것은 그때의 일 때문입니다. 인신매매범에게 잡혀갔을 때, 예쁘장한 용모 때문에 험한 일을 당한 후 약간의 정신 착란 증세를 겪고 있습니다. 그런 이 친구를 필사적으로 구했던 것이 바로 실종당한 친구인 제로드였죠."

"아!"

헤레나는 칼린의 말을 듣고 탄성을 질렀다. 그제야 왜 그가 실종된 친구를 오랜 시간 동안 찾고 있는지 알 수 있었기 때문이다.

"그날 이후 이 녀석은 그때의 상황이 머리 속에 계속 남아 있는 상태입니다. 현실과 과거를 구분하지 못하고 있는 것이죠. 자신 때문에 지옥 같은 곳에 남겨진 친구를 구하기 위해 검을 익히며 지금까지 살

아온 녀석은 방금 전 친구와 닮은 소년을 보고 다시 발작하고 있는 겁
니다."

칼린은 멍해져 버린 로인을 부축하고는 마법사 소년이 지났던 길을
따라 오두막 쪽으로 걸어갔고, 일행들 역시 그를 따라 안으로 들어갔
다.

안에는 소년 마법사가 주전자를 들고는 차를 끓이고 있다가 일행들
이 오는 것을 보며 말했다.

"어서 오세요. 와! 제가 이곳에 살면서 처음으로 손님이 오시는 것
같네요."

"오랫동안 이곳에서 살았니?"

헤레나의 말에 소년은 고개를 끄덕이며 말했다.

"예, 이곳에 온 지 일 년 정도 됐어요. 이 오두막은 처음 이곳에 왔
을 때 우연히 발견한 오두막이고요."

"그렇구나."

소년의 말에 헤레나는 고개를 끄덕이고는 주위의 물건들을 훑어보
았다. 몇 가지 실험 물품이 어지럽게 놓여져 있는 것이 조금 지저분한
모습이었다.

"죄송해요. 혼자 살다 보니 청소를 자주 안 해서."

"뭐, 초대받고 온 손님은 아니니 이 정도는 괜찮단다."

소년 마법사는 헤레나의 말에 미소를 짓고 있다가 그녀의 뒤에 서
있던 레비나와 레이드를 보고는 미소를 지으며 다가왔다.

"반가워요, 어린 친구들."

"오빠도 반가워요."

웃음 지으며 자신에게 다가오는 소년을 보며 레비나는 미소를 지으

며 말했다.

"이 오빠는 아만이라고 하는데 꼬마 친구 이름은 뭐지?"

"레비나요. 그리고 옆에 있는 오빠는 레이드라고 해요."

"레비나, 레이드, 만나서 반갑다."

그렇게 말한 아만은 레비나의 손을 잡고 악수를 하고는 다시 손을 내밀어 레이드의 손을 잡았다.

"앗!!"

그 순간 레이드는 무엇인가 큰 충격을 받은 듯 뒤로 넘어졌다.

"아! 괜찮니?"

아만은 레이드가 뒤로 넘어지자 깜짝 놀라며 일으켜 세워주었는데, 레이드는 파랗게 질린 얼굴을 하며 고개를 끄덕이고는 이스트의 뒤로 가서 숨었다.

"하하하! 꽤 수줍음이 많은 녀석이네?"

하지만 레이드의 이런 모습은 수줍음 때문이 아니었다.

헤레나는 레이드가 아만의 손을 잡으면서 무엇인가 느꼈다는 것을 어렴풋이 알 수 있었다.

"레이드, 괜찮니?"

"예."

아만이 차를 끓이기 위해 다시 주방 쪽으로 가자 헤레나는 레이드와 함께 구석 자리로 가서는 조용히 물었다.

"저 아이에서 뭘 느낀 거지?"

헤레나의 물음에 레이드는 떨리는 몸을 가누지 못하면서 말했다.

"그게… 없어요."

"뭐가?"

"가까운 기억이 존재하질 않아요. 처음 손을 통해 그의 과거가 들어올 때 마치 어둠 속에 있는 것만 같았어요."

"어둠 속?"

"예."

확실한 내용은 모르지만 헤레나는 아만이란 소년이 블러드 스톰이 사라진 것과 무슨 연관이 있을 것이라는 막연한 예감이 들었다.

'페드로는 모르겠지만 블러드 스톰이라면 쉽게 당할 리가 없겠지… 그렇다면 무엇인가 방심을 했다는 뜻인데… 만약 적이 저 소년이라면… 가능한 일이겠지.'

아만이란 소년은 순진해 보였다. 이 험지에 살면서도 저런 얼굴을 할 수 있다는 것은 신기한 일이라 의심이 가기는 했지만, 아이의 맑은 눈과 모습을 보면 순식간에 그것을 잊어버리는 듯했다.

만약 레이드가 그 아이와의 접촉에서 이상한 것을 느끼지 않았다면 헤레나 역시 다른 사람과 똑같이 아이에게 빠져들었을 것이다.

한없이 보호해 주고 싶은 감정이 드는 아이였기 때문이다.

레이드를 이스트에게 보낸 헤레나는 오두막 안의 곳곳을 살펴갔다. 그 정도의 실력이라면 약간의 흔적이라도 남아 있을 것이란 생각이 들었기 때문이다.

"이스트, 잠시 저 아이의 시선 좀 끌어줄래?"

"뭐 하려고?"

"뭐 찾을 게 있어서 말이야."

헤레나의 말에 이스트는 고개를 끄덕이며 아만에게 가서는 말했다.

"목이 좀 마른데, 물 한 잔만 가져다 줄 수 있겠나?"

"예, 잠시만요."

이스트의 부탁에 아만은 미소를 지으며 컵을 가지고 주방 구석에 있는 물통으로 걸어갔고, 헤레나는 작업을 시작했다.

조용히 침실이라 생각되는 방으로 들어간 그녀는 주위를 돌아보다 문 옆의 한구석에 커다란 상자가 있는 것을 볼 수 있었다.

장정 한 명은 충분히 들어갈 수 있을 정도의 크기인 상자를 보며, 주머니에서 도둑질을 할 때 쓸 것 같은 열쇠 꾸러미를 꺼내 천천히 상자의 열쇠 구멍에 맞추어갔다.

얼마 지나지 않아 찰칵하는 소리와 함께 잠금 장치가 열리자 그녀는 조용히 상자의 뚜껑을 들어 올렸는데, 그곳에는 소년의 것이라고 보기 어려운 몇 개의 무기들이 들어 있었다.

'이건!!'

헤레나는 그 상자 안에서 익숙한 검을 발견했다. 바로 블러드 스톰이 들고 다니던 애검인 블러드 소드가 상자 안에 놓여져 있었던 것이다.

'설마.'

헤레나는 섬뜩한 마음이 들었다. 용병은 거의 매일 자신의 무기를 들고 다니기 때문에 그가 이곳에 검을 놓고 사라졌다는 것은 죽임을 당했을 확률이 높았기 때문이다.

지하의 반마석 감옥에 갇혀 있은 지 육 일 정도의 시간이 흘렀다.

한 방울 물조차 없는 이곳에서 이미 페드로는 탈진해서 쓰러진 지 오래였다. 난 페드로가 발견해 낸 이곳의 결함인 개미구멍을 찾는 것에 모든 심혈을 기울였고, 간신히 몇 시간 동안 바닥을 짚어보며 그것을 찾을 수 있었지만 그 다음의 일도 그렇기 쉬운 일은 아니었다.

가지고 있는 장비는 페드로가 가지고 있던 비상 물품, 개미구멍을 통해 마나를 진동시키기에 적합한 물건을 찾았다. 현재 가지고 있는 건 간단한 대거뿐이지만 마나의 반발력을 생각한다면 대거가 깨어지고 크게 다칠 수도 있기에 근처에 있던 뼈를 날카롭게 갈아 구멍을 확장시키고 있었다. 강철과 같은 견고함은 없었지만 마나의 힘으로 단단하게 만들 수 있었기 때문이다.

"합!!"

미세한 점 하나에 집중해서 마나를 진동시킨다는 것은 그리 쉬운 일이 아니다. 평상시의 나라도 상당한 정신력을 소비해야 가능한 일이었는데 6일에 가까운 시간을 어두운 공간에 아무것도 먹지 못하고 갇혀 있는 지금의 심신으로는 상당히 힘든 작업이었다.

마나량은 평상시의 반 이하로 줄었기에 간신히 마나를 집어넣어 진동을 가해도 매번 약간의 실수로 들고 있던 뼈를 통해 반사된 충격의 힘이 돌아와 뼈와 함께 손에 상처를 입혔기에 두 손은 이미 피가 흐를 정도로 헐어 있었다.

"시, 시레아……."

정신을 잃고 있던 페드로는 한 사람의 이름을 중얼거리고 있었다.

몸 안의 수분이 상당히 고갈되어 있는 상태였기에 환각까지 겪고 있는 것이다. 다른 곳에서 이런 상태를 겪고 있다면 손의 맥을 통하여 마나를 불어넣어 주었겠지만, 현재의 상황에선 그에게 마나를 불어넣어 준다는 것은 힘든 일이었다.

이미 다 타 들어간 심지에 다시 불을 붙이는 것과 다름없는 행위였기 때문이다.

　남아 있는 시간이 별로 없다고 생각한 난 다시 한 번 정신을 가다듬었다.

　'앞으로 한 번, 이번에 성공하지 못한다면 구멍을 확장시킨다고 해도 빠져나갈 힘이 없겠지…….'

　"하압!!"

　피가 흐르는 손을 옷에 간단히 닦아낸 후 마지막 시도를 했다. 이번에 성공하지 못한다면 더 이상의 기회는 없다.

　하지만 신은 우리를 저버리지 않았는지 회심의 기회가 찾아왔다. 땅의 흔들림, 난 그것이 무엇인지 알 수 있었다.

　화산의 폭발로 형성된 울라인도 섬의 화산이 다시 지각 활동을 시작한 것이다.

　이것은 반마석 감옥의 외부에 상당한 힘을 가하게 될 것이기에 약간의 힘을 더하게 된다면 충분히 균열을 가져올 수 있을 것이다.

　쿵!!

　마지막 시도였다. 흔들리는 진동음과 함께 날카롭게 갈아진 뼈는 개미구멍을 통해 마나 진동을 일으킨 것이다.

　"실팬가……."

　충격을 가한 후에도 아무런 변화가 없는 벽을 보며 난 모든 것이 끝났다고 생각했지만 이상했다. 몇 번의 시도에서 나타난 충격의 반사가 이번에는 상당히 미약했기 때문이다.

　그리고 손의 느낌을 증명이라도 하는 듯 어둠 속에서 작은 소리를 내며 벽에 균열이 가해지기 시작했고, 천천히 진행된 균열은 시간이 지남에 따라 가속되어 가 벽 전체를 감싸기 시작했다.

단순히 구멍의 확장만 바라던 우리였지만 화산의 지각 변동으로 인해 균열이 점점 커져 가고 있었던 것이다.

"땅이! 흔들린다!!"

"꺄악!!"

이스트는 지각 변동으로 인해 지진이 시작되자 급하게 뛰어가 레비나를 안고 오두막 밖으로 나갔다.

위험한 물건들이 많은 오두막이었기에 레비나가 다치지 않게 하기 위해서였다.

하지만 밖의 상황도 그렇게 좋은 것은 아니었다. 오두막 주위에 설치되어 있던 트랩들은 지진에 의해 움직이며 일대를 아수라장으로 만들고 있었고, 그런 상황에서 이스트와 레비나가 밖으로 나오자 마법 트랩이 가동되며 불꽃을 터뜨리기 시작했다.

"저를 따라오세요!!"

오두막이 위험하다고 생각한 아만은 사람들에게 손짓하더니 숲으로 뛰어가기 시작했고, 일행들은 아만을 따라 숲으로 뛰어들어 갔다.

하지만 이 일행 중에서 빠진 사람이 있었는데 바로 헤레나였다. 지진으로 모든 사람이 안전한 곳으로 대피한 후에도 오두막에 남은 그녀는 블러드 스톰이 죽었다는 것이 믿어지지 않았기에 집 안을 뒤지며 비밀 장치를 찾았다.

오두막 주위에 깔려 있는 트랩을 만들 실력이라면 비밀 장치 역시 존재할 가능성이 있기 때문이다.

하지만 비밀 장치는 쉽게 드러나지 않았고, 그녀는 반쯤 포기한 상태로 오두막을 나서려고 했는데, 갑자기 바닥에서 강한 진동이 느껴지기 시작했다.

쿵!!

강한 진동음에 위험함을 느낀 헤레나는 급하게 오두막을 빠져나왔고, 그녀가 문을 열고 밖으로 몸을 날리자 굉음과 함께 오두막은 무너져 내렸다.

얼마 후 섬을 뒤흔들던 지진은 조금씩 잠잠해져 갔기에, 헤레나는 간신히 몸을 일으켜 무너진 오두막을 쳐다보았다.

그녀의 오른손에는 블러드 스톰의 애검인 블러드 소드가 들려 있었다.

이것을 레비나에게 주며 뭐라고 말해야 할까라는 고민으로 멍하니 무너져 버린 오두막을 보고 있었던 헤레나는 그때 부서진 잔해가 흔들리는 것을 볼 수 있었다.

"응?"

조금씩 그 잔해가 흔들리기 시작했는데, 어느 순간 강하게 파편이 폭발하며 사방으로 튕겨져 나갔다.

"누구냐?!"

두려움을 느낀 헤레나는 누군가 그곳에 있다는 것을 확신하고는 검을 뽑아 들고 천천히 잔해가 폭발한 곳으로 걸어갔다.

일행이 모두 빠져나갔다는 것을 알고 있는지라 갑작스럽게 나타난 그가 적이 아닐까 의심이 들었기 때문이다. 하지만 파편이 튕겨 나간 곳을 쳐다본 순간 그녀는 놀라지 않을 수 없었는데, 잔해 사이로 사람의 손목이 올라와 있었기 때문이다.

일단은 사람을 살리는 것이 중요하다고 생각한 헤레나는 검을 집어넣고 잔해를 파기 시작했는데 얼마 지나지 않아 잔해 속에서 한 사람의 모습이 드러났다.

"블러드 스톰!!"

블러드 스톰이었다. 헤레나의 외침으로 간신히 정신이 든 블러드 스톰은 떨리는 목소리로 말했다.

"헤, 헤레나인가……?"

"블러드 스톰, 어떻게 된 거예요?!"

놀란 헤레나는 그를 보며 소리 쳤지만 이내 블러드 스톰은 정신을 잃고 쓰러졌고, 헤레나는 그를 파묻은 잔해를 치우기 시작했다.

한참 잔해를 치우고 있을 때 헤레나는 다시 한 번 놀라지 않을 수 없었는데, 정신을 잃은 블러드 스톰의 왼손에 페드로가 안겨 있었기 때문이다.

간신히 두 사람을 끌어낸 헤레나는 두 사람의 입술 사이로 물을 흘려주었다. 입술에 흘러내리는 물을 블러드 스톰은 간신히 넘길 수 있었지만, 페드로의 경우에는 그 상태가 심해 물조차 삼키지 못하고 있었다. 헤레나는 물을 머금고 그에게 입을 맞추어 물을 흘려보내 주었다.

"으음."

목구멍으로 물이 흘러오자 페드로는 신음 소리를 내면서 조금 차도를 보이고 있었다. 다행히 탈진 상태로 목숨을 잃을 정도는 아니었기 때문이다.

블러드 스톰은 십 분 정도의 시간이 흐르자 간신히 정신을 차리고는 자리에서 일어났다.

"으음."

"정신이 들어요?"

헤레나의 걱정 어린 물음에 그는 고개를 끄덕이며 물었다.

"여기는?"

"아만이라는 소년이 살고 있던 오두막 옆이에요."

심한 탈진 증상과 피로로 인해 상황 파악을 하지 못했던 블러드 스톰은 그녀의 말에 간신히 몸을 일으켜 무너진 오두막에 등을 기대고는 정신을 가다듬어 가고 있었다.

반마석의 감옥에 균열을 가져오는 것까지는 성공했지만 사태는 심상치 않았다. 계속되어지는 지진으로 인해 균열이 점점 더 심해지더니 한쪽 천장에서부터 무너져 내리고 있었기 때문이다.

가만히 있다가는 무너지는 돌에 묻혀 죽을 수 있겠다는 생각을 한 나는 가만히 있을 수 없었다.

"페드로!! 페드로!!"

옆에 쓰러져 있던 페드로를 흔들었지만 탈진 상태로 인해 페드로는 좀처럼 정신을 차리지 못하고 있었다. 난 간신히 힘을 내어 그를 왼손으로 안아 옆구리에 끼고는 천장을 올려다보았다.

한 번 생긴 균열은 점점 더 커지기 시작해 이제는 내가 있는 곳까지 이어져 왔다. 오른쪽 구석부터 무너져 내리기 시작한 천장은 이제 얼마 안 있으면 우리가 있는 곳까지 이어질 것 같기에 긴장하지 않을 수 없었는데 다행히 한순간의 기회가 찾아왔다.

무너져 내리는 천장에서 오두막의 모습이 드러나고 있었기 때문이다.

더 이상 지체할 수 없다고 생각한 난 무너져 내리는 천장을 향해 뛰어올랐다. 무너져 내리는 돌이 몸을 찍어 눌렀지만 이 기회를 살리지 못한다면 생매장을 당한다는 것을 알고 있는 난 아픔을 참으며 뛰었고 드러난 천장을 향해 몸을 날렸다.

그리고 그 순간 엄청난 굉음과 함께 지하의 방은 완전히 매몰되어 버렸고 오두막 역시 그 여파에 무너지기 시작했다.

"하압!!"

머리 위로 쏟아지는 오두막의 거대한 파편을 보며 얼마 남지 않은 마나를 사용해 주먹을 내질러 머리 위로 덮쳐지는 파편을 부수었다.

하지만 이 지진은 아직도 계속되고 있었기에 얼마 지나지 않아 파편 들은 우리들의 머리로 내리꽂히기 시작했다.

난 옆구리에 안겨 있는 페드로의 몸을 감싸며 몸을 움츠렸고 파편은 완전히 무너져 내렸다.

어느 정도의 시간이 지났을까? 간신히 정신을 차린 나는 무너진 오 두막에 갇혀 있다는 것을 알 수 있었다.

몸을 제대로 움직일 수조차 없는 공간이었기에 답답하기 그지없었 지만 내가 있는 곳이 지하의 방은 아니었기에 어느 정도의 희망은 생 겼다. 오두막의 크기가 그렇게 크지 않았기에 약간의 파편만 처리한다 면 밖으로 빠져나갈 수 있다 생각했기 때문이다.

'마지막이다… 성공하지 못하면 죽게 되겠군.'

난 이런 생각을 하며 마지막 남은 마나를 오른쪽 주먹에 모으기 시 작했다. 이 정도의 마나라면 설사 빠져나간다 해도 움직일 힘이 없어 섬의 마물들에게 먹혀 버릴 위험도 있었지만, 그런 것을 생각하기에는 현재의 상황이 너무 급했다.

"하압!!"

마지막 마나가 담긴 주먹을 올려 쳤고, 파편들은 굉음과 함께 사방으로 튕겨져 날아갔다. 하지만 나의 위에 있던 파편들에 지탱되고 있던 다른 것들이 무너져 내리며 나의 몸을 묻어가기 시작했다.

'끝인가.'

난 페드로를 안고 있는 힘을 다해 몸을 일으켰지만 파편은 여지없이 몸을 묻었다.

서서히 정신이 사라지고 있었다.

'레비나… 미안하다…….'

항구에 남겨놓은 레비나를 생각하며 난 마지막 의식을 놓으려고 했다. 하지만 그때 아직도 나의 여행은 끝나지 않았는지 위에서 누군가가 파편을 치우고 있는 소리가 들렸다.

얼마 지나지 않아 난 나의 얼굴이 파편의 무덤에서 드러났다는 것을 느낄 수 있었다.

"블러드 스톰!!"

익숙한 여인의 목소리. 난 간신히 눈을 떠 목소리의 주인을 볼 수 있었다. 놀란 얼굴을 하며 나를 바라보고 있는 여인, 난 그녀를 알 수 있었다.

"헤, 헤레나인가……?"

그리고 모든 것은 암흑으로 돌아섰다.

입술 사이로 흘러 들어오는 촉촉한 물기, 난 무의식 중에 그것을 받아들였다. 물기가 온몸을 휘감아돌자 나의 몸은 조금씩 생기를 찾는 듯했고, 얼마 지나지 않아 눈을 뜰 수가 있었다.

흐릿하게 보이는 하늘은 붉게 저녁노을에 물들어가고 있었다, 난 반 마석의 감옥에서 탈출했다는 것을 그제야 알 수 있었다.

난 조금 생겨나는 힘을 다해 몸을 일으켜 갔다.

"정신이 들어요?"

헤레나의 목소리가 들렸다. 난 고개를 끄덕이고 벽에 몸을 기대려 움직이며 그녀에게 물었다.

"여기는?"

"아만이라는 소년이 살고 있던 오두막이에요."

아만! 그 순간 난 하늘이 무너지는 듯한 느낌을 받았다. 오두막에 살고 있던 아만이란 소년에 의해 반마석의 감옥에 갇혔었기 때문이다.

난 깜짝 놀라 몸을 일으키려 했지만 몸 상태는 말이 아니었다. 육 일이란 시간을 아무것도 먹고 마시지 못하고 있었던 나에겐 움직일 힘조차 제대로 없었기 때문이다.

"제, 젠장!! 헤레나, 이곳으로 온 사람은 너 말고 또 누가 있지?"

"예? 아! 항구에서 만난 두 사람과 이스트, 그리고 레비나와 레이드예요."

"뭐!! 레비나와 레이드까지 왔단 말인가?"

"예. 하지만 괜찮아요. 두 아이는 아만이란 소년과 이스트들과 함께 안전한 곳으로 대피했어요!!"

하늘이 무너지는 듯한 느낌이 들었다.

"헤레나!! 나를 일으켜 세워라!! 빨리 그곳으로 가야 한다!!"

"무슨 소리예요!! 탈진 상태가 심해 움직이면 안 된단 말이에요!!"

"젠장!! 그럴 시간이 없단 말이야!! 사람들이 위험하단 말이야!!"

"예?"

"아만!! 아만이란 그 애가 바로 시장이 말한 미친 마도사란 말이야!!"

헤레나는 나의 외침을 듣고는 크게 놀란 듯 말했다.

"그런……!!"

"무슨 이유인지는 모르지만 그 아이는 밤이 되면 몸이 바뀌게 되는 것 같다. 그와 함께 시장이 말한 미친 마도사의 성격을 가지게 된단 말이야!! 아직 저녁이라 시간이 남아 있다. 빨리 나의 몸을 일으켜 세워 줘!!"

시간이 없었다. 밤이 되기 전에 사람들을 피신시키지 않는다면 어느 누구도 그 마도사의 손에서 벗어나지 못할 것이다.

아만의 안내로 지진이 일어나고 있는 대지를 뛰기 시작한 이스트들은 한참 후에 지진이 가라앉는다는 것을 느낄 수 있었다.

"지진이 멈춰간다."

"다행이군요."

이스트의 말에 칼린은 안도의 한숨을 내쉬며 뛰던 것을 멈추고 섰다. 아만 역시 지진이 멈추자 뛰던 것을 멈추고는 일행들에게 걸어오며 말했다.

"아무래도 오두막이 무너진 것 같네요."

"아까 소리를 들어보니 그런 것 같더구나. 그래, 어디로 가고 있는 거니?"

"예전에 실험을 했던 동굴이요. 꽤 견고한 곳이라 지진 따위에는 무너지지 않을 거예요."

"그래? 그럼 그곳으로 가자꾸나."

"예."

이스트의 말에 아만은 고개를 끄덕이고는 앞으로 걸음을 옮겼다.

십 분 정도 후에 일행이 도착한 곳은 거대한 동굴이었다. 암석 사이로 만들어진 동굴은 아만의 말대로 지진 따위에는 무너지지 않을 정도였다.

근처에 있던 나뭇가지를 꺾어 천을 감싸 횃불을 만든 아만은 천천히 동굴 안으로 들어갔다.

일행들이 도착한 동굴은 종유석 동굴이었다.

횃불만이 빛을 만들어내는 어둠 속에서 똑똑 물방울 떨어지는 소리가 들려오고 있었기에 이스트는 이런 곳에 머물 수 있을까 하는 생각이 들었지만 동굴 안으로 100여 미터 정도 들어가자 환한 빛이 보이기 시작했다.

"저건?"

"마법 라이트예요. 오두막을 만들었던 사람이 만들어놓은 것이라 생각되는데, 지금은 아무도 살지 않아 제가 사용하고 있었어요."

아만의 말에 이스트는 고개를 끄덕이며 마법 라이트가 켜진 곳으로 들어갔다.

종유 동굴 안에 만들어진 방이었지만 축축한 습기는 보이지 않고 통풍 또한 꽤 잘되어 있었기에 칼린은 탄성을 지르며 주위를 둘러보았다.

대낮인 것처럼 환한 동굴의 곳곳에는 돌로 만들어진 탁자와 의자, 침대들이 여러 개 놓여 있었기에 십여 명 이상의 사람들이 머무르던 곳이라는 것을 알 수 있었다.

칼린은 상당히 잘 꾸며져 있는 이곳을 돌아보고 있었는데 어느 순간 바닥에 그려져 있는 것을 보며 놀란 얼굴을 하며 소리쳤다.

"마법진?"

마법사인 칼린은 바닥에 그려져 있는 마법진이 상당한 고위에 속하는 것이라는 것을 알 수 있었기에 놀라지 않을 수 없었다.

이런 외진 섬에 이 정도의 마법진이 있다는 것은 의외였기 때문이다.

칼린은 바닥에 앉아 책과 양피지를 꺼내서는 마법진에 써 있는 공식과 주문을 찾아 검토해 가기 시작했다.

"뭐 하는 거야?"

"마법진을 조사해 보고 있습니다. 이 정도면 6서클 이상의 마법진이라 그냥 넘어갈 수가 없군요."

"마법사들이란."

이런 상황에서도 마법에 대한 열기를 잃지 않는 칼린을 보며 이스트는 궁시렁거리고는 아만에게 가서 말했다.

"이곳에 먹을 것이 있으면 좀 가져다 주겠니?"

"잠시만 기다리세요. 마른 육포가 있거든요."

"부탁한다."

아만은 육포를 찾으러 어디론가로 사라졌다.

이스트는 근처에 있는 바위 의자에 앉아 레비나를 무릎에 앉히고는 휴식을 취하고 있었는데, 멀쩡히 서 있던 레이드가 갑자기 얼굴이 시퍼래지면서 몸을 떨고 있는 것을 보게 되었다.

"레이드, 왜 그러냐?"

"레이드 오빠, 어디 아파요?"

이스트와 레비나는 무엇인가 두려움에 떨고 있는 레이드를 보며 놀라 달려갔는데, 레이드는 무엇인가를 멍하니 쳐다보면서 두려움에 떨고 있었다.

"왜 그러냐?!"

"레이드 오빠! 정신 차려요!"

"울고 있어요!"

"뭐?"

뜬금없는 레이드의 말에 이스트는 무슨 소린지 몰라 되물었다.

"수많은 아이들이 울고 있어요. 마법사들이 아이들의 몸에서 생기를… 아이들이 울고 있어요… 저… 마법진……."

"마법진?"

이스트는 레이드의 말에 칼린이 공식을 찾고 있는 마법진을 쳐다보았다. 갑작스러운 사태에 칼린은 마법진의 해독을 멈추고는 일행을 쳐다보고 있었다.

"무슨 일이야?"

"아악!!"

그 순간 레이드는 큰 비명을 지르며 쓰러져 땅에 뒹굴기 시작했다.

"젠장!!"

이스트는 영문도 모른 채 쓰러진 레이드를 진정시키기 위해 안아 양 어깨를 잡고 있었는데, 어느 순간 레이드 눈의 색깔이 붉은색으로 변하면서 피눈물이 흘러내리기 시작했다.

"뭐야?!"

칼린 역시 이 사태에 놀라 뛰어와 레이드의 모습을 살펴보았다.

"모든 자연의 힘의 원천인 마나여! 자연의 구성으로 이 인간의 신체를 복구하라. 힐링!!"

칼린은 레이드를 보며 주문을 외우더니 힐링 마법을 레이드에게 보냈다. 푸른색의 빛이 레이드를 감싸고 있었지만, 상태는 호전될 기미를 보이지 않았다.

"카, 칼린… 나의 친구… 이곳은 너무 추워……."

"무슨 소리야!!"

칼린은 피눈물을 흘리며 중얼거리는 레이드가 자신을 부르는 것을 보며 영문을 모르고 있었는데, 그 순간 뒤에서 한 사람이 뛰어나와서는 레이드의 어깨를 잡고는 소리쳤다.

"제로드!!"

"제로드?"

칼린은 로인이 레이드를 잡고 제로드의 이름을 외치자 이해하지 못하고 멍한 얼굴을 하고 있었다.

"로인… 너무 추워……."

"제로드!! 내가 따뜻하게 해줄게!!"

로인은 두 눈에서 눈물을 흘리며 레이드를 자신의 품에 안았다. 하지만 추위를 호소하는 레이드의 목소리는 멈추지 않았다.

사시나무 떨듯이 떨고 있는 레이드는 자신을 품고 있는 로인의 얼굴을 두 손으로 잡으며 피눈물을 흘리며 말했다.

"나의 여린 친구… 로인… 이제야 날 찾아왔구나……."

"응. 제로드… 한참을 찾았잖아."

"너무… 외로워… 무섭고… 추워……. 나 고향으로 돌아가고 싶어… 너무 아파……. 마법사들은… 마법사들은……."

레이드의 목소리가 줄어들자 로인은 깜짝 놀라며 소리쳤다.

"제로드! 제로드!!"

"나… 보고 싶었어……. 너희들을 보내고… 혼자 남아서… 외로웠어……."

"제로드!! 미안해… 나만 아니었으면… 흑흑흑……."

로인은 레이드를 가슴 깊숙이 안고는 울기 시작했다. 그렇게 보고 싶었던 친구를 찾았는데 괴로워하는 제로드의 그의 가슴은 찢어지는 듯했다.

"도, 도대체 이게 무슨……."

로인과 레이드의 모습을 보며 칼린은 멍한 얼굴이 되어 있었다. 아무리 그가 자연의 마나를 추구하는 마법사라고는 해도 이런 사태를 이해할 수 있는 것은 아니기 때문이었다.

"레이드의 몸에 네가 말하는 제로드란 친구의 영이 씌인 것 같군."

이런 이야기를 들은 적이 있던 이스트는 칼린을 보며 말했다.

"영이 씌이다니? 무슨 말이야!!"

"레이드는 잊혀진 신의 아이다."

"잊혀진 신의 아이라면 별과 달의 신을 말하는 건가?"

"그래."

"그렇다면… 정말 제로드의 영이……."

오성신의 교리에 의해 그 존재에 대해선 부인당하고 있지만 별과 달의 신의 학설은 마법사들 사이에서 비밀리에 연구되고 있는 것 중 하나다.

미래와 과거, 그리고 죽은 자의 세계는 마법사에게도 신비한 소잿거리기도 하기 때문이다.

실제로 보는 것은 처음이지만 만약 그 학설이 사실이라면 제로드의 영이 자신들과 같이 있다는 것을 부인할 수는 없는 일이었기에 칼린은 조금씩 믿어가고 있었다.

“로인… 날 버리지 마… 날 두고 가지 마.”

“이젠 널 두고 아무 데도 가지 않을 거야.”

로인은 레이드의 몸에 씌인 제로드의 존재를 아무 의심 없이 믿고 있었다.

“무슨 일이지요?”

그때 소년의 목소리가 동굴 안에 울려 퍼졌다. 아만의 목소리였다. 아만은 이스트의 부탁으로 저장되어 있던 육포를 찾고 있었는데 갑자기 동굴 안이 소란스러워지자 급하게 되돌아온 것이다.

그 순간 로인의 품에 안겨 있는 레이드의 몸은 사시나무 떨리듯이 떨리더니 그칠 것 같았던 피눈물이 다시 봇물 터지듯이 흐르기 시작했다.

아만은 그런 레이드의 모습을 보고 크게 놀라는 얼굴을 하며 다가왔는데, 아만이 다가옴에 따라 레이드 몸의 떨림은 경련을 일으키듯 더욱더 심해지고 있었다.

“다가오지 마라!!”

로인은 뒤에서 걸어오는 아만에게 자신의 검을 뽑아 겨누고는 소리쳤다.

“예? 하지만 레이드가……..”

“다가오지 말라고 했다!”

냉혹한 로인의 목소리에 아만은 그 자리에서 한 발자국도 움직일 수가 없었다.

“넌 누구지?”

“예?”

“넌 누구냐고 물었다. 왜 제로드의 몸을 네가 가지고 있는 게냐?”

"무슨 소리야, 로인?"

로인의 물음에 아만보다 더 놀란 것은 칼린이었다.

"저 녀석의 몸은 제로드의 것이다."

"도대체 무슨 소리야!!"

"저 녀석이 제로드의 몸을 훔쳐 자신의 것으로 만들어 버렸단 말이야!!"

로인은 더 이상 참지 못한 듯 자리에 벌떡 일어서서는 아만을 향해 검을 내려쳤다.

"악!!"

챙!!

로인의 검에 두 동강이 날 기세였지만 한 사람의 검이 아만을 베는 그의 검을 막고 있었다.

"비켜라."

"네 녀석의 말을 이해하지 못하겠다. 아만의 몸이 제로드의 것이라니?"

이스트였다. 말도 안 되는 사태를 지켜보고 있었는데 갑자기 로인이 아만에게 검을 휘두르자 놀라 그의 검을 막은 것이다.

아만이란 소년이 의심스럽기는 했지만 어떤 것도 밝혀지지 않은 채 어린 소년을 베려는 걸 그냥 보고 있을 수는 없었기 때문이다.

"베, 베론… 생각해야 해."

"레이드?"

"베론… 생각해야 해! 친구들이 울고 있잖아……."

제로드의 영이 씌인 레이드는 피눈물을 흘리며 아만을 향해 손을 뻗어 알 수 없는 말을 중얼거리고 있었다.

“무, 무슨 소리야?”

“치, 친구들이 울고 있어… 제, 제발 그들을 놔줘…….”

“뭐, 뭐야, 넌.”

아만은 레이드가 피눈물을 흘리며 하는 말을 듣고는 떨기 시작했다.

“잊어선 안 돼… 생각해 줘……. 친구들의 슬픔과 고통과 외로움을 생각해 줘… 그래야 그들을 따뜻한 곳으로 보낼 수 있단 말이야.”

이해할 수 없는 말이었다. 제로드 그는 왜 아만에게 이런 말을 하고 있는 것일까? 아무도 알 수 없는 말이었지만 당사자인 아만의 얼굴은 점점 시퍼레지고 있었다.

“이, 입 닥쳐!! 나, 난 기억하고 싶지 않아…….”

“기억해야 해… 베론…….”

“입 닥치라고 했잖아!! 큭… 아악!!!”

제로드의 말이 계속되자 아만은 떨리는 목소리로 뒷걸음질치고 물러서다 더 이상 참지 못하고 소리쳤다. 하지만 그 순간 아만은 엄청난 고통을 겪는 듯 비명을 지르며 땅에 뒹굴기 시작했다.

“그, 그만, 끄… 끄아아악!!!”

“기억해야 해… 베론… 기억해야 해.”

“아, 아악!!!”

아만은 제로드의 말을 들으며 점점 더 괴로워하고 있었다. 평상시라면 아만의 고통스러운 모습을 보며 달려왔을 일행들이었지만 지금의 상황에 멍해져 있는 그들은 아무도 아만에게 다가갈 생각을 하지 못하고 있었다.

“이, 이스트 아저씨!! 아만 오빠가 많이 아픈가 봐요!!”

“아!!”

뒤에서 떨고 있던 레비나는 고통스러워하는 아만을 보며 이스트에게 말했고, 그제야 이스트는 고통 속에 뒹굴고 있는 아만에게 다가가 그의 팔을 잡으며 소리쳤다.

"아만!! 아만!!!"

"끄아아악!!"

아만의 고통스러운 신음이 점점 더 고조되어 가 이스트는 그의 손을 잡고 진정시키려 노력하고 있었는데 그 순간 이해하지 못할 일이 벌어졌다.

이스트에게 아만의 몸이 점점 커지고 있다는 것이 느껴졌기 때문이다.

"뭐야?"

놀란 이스트는 황급히 뒤로 물러섰는데, 아만의 고통스러운 괴성이 점점 커지며 신체가 우두둑 소리와 함께 변화를 겪고 있었다.

어린 아만의 몸은 괴성과 함께 점점 더 커져 가고 있는 것이다.

그리고 십 분 후 아만의 신음이 사라졌을 때 그의 몸은 이십 대 중반의 청년 모습으로 바뀌어져 있었다.

이스트를 비롯한 다른 사람들은 이 황당한 사태에 놀라 아무 말도 못하고 있었다.

"뭐, 뭐야?"

"확장된 마나에 의한 신체의 변화… 이것이 환골탈태인가……."

칼린은 인간의 몸에 강력한 마나가 생기게 되었을 때 신체는 스스로 진화를 한다는 학설인 환골탈태란 것을 알 수 있었다.

하지만 그것은 수십 년 마법을 익힌 마도사들에게도 일어나기 힘든 일이었기에 어린 아만이 환골탈태를 겪자 놀라지 않을 수 없었던 것이다.

　아무런 미동 없이 누워 있는 아만, 그의 눈에서 한 방울씩 눈물이 흘러내리기 시작했다.

　"베론… 기억해……."

　"입 닥치라고 했다!!"

　제로드가 다시 똑같은 말을 되풀이하려고 하자 누워 있던 아만의 입에서 일갈이 터져 나왔다.

　"크크크……."

　음침한 웃음을 흘리며 아만은 자리에서 일어나 동굴 안에 있는 사람들을 훑어보며 말했다.

　"요즘 들어 외지인들이 많이 찾아오는군……."

　"너, 넌 누구지?"

　이스트가 떨리는 목소리로 묻자 아만은 미소를 지으며 말했다.

　"보지 않았는가? 아만의 모습이 변화되어 내가 된 것을. 뭐 지금의 난 아만이라기보다 베론이란 이름이 어울리겠지."

　"베론?!"

　제로드가 계속 되뇌이던 이름, 그 이름이 아만의 입에서 나왔다.

　"도대체 넌 누구지?"

　"흐흐흐, 난 저기 레이드의 몸에 씌어 있는 제로드와 함께 이 고통의 섬으로 잡혀온 아이 중 한 명이었지."

　"무슨 소리야?"

　계속되는 물음에 아만은 동굴 안에 그려져 있는 마법진을 가리키며 말했다.

　"마법사여, 저 마법진을 해독했는가?"

그의 말에 칼린은 고개를 저으며 말했다.

“애석하지만 나의 지식으로는 해독이 불가능했다.”

“하하하하! 오랜만에 더러운 마법사 족속이 찾아왔다 했더니 쓸모없는 녀석이었군.”

칼린은 그의 무시에 노기가 솟기는 했지만 화를 참고는 물었다.

“저 마법진이 무엇인가?”

“키메라…….”

“키메라?”

키메라는 마법사들이 만드는 인조 생명체로 보통은 마물들 몸의 장점 부분만을 골라내어 만드는 전투 생명체로 인식되어 있다.

칼린은 키메라가 무엇인지는 알고 있지만 저런 마법진으로 만들어지는 키메라는 들어본 적이 없었다.

“너 같은 더러운 마법 종자들이 수많은 아이들을 잡아다 이 섬에서 키메라를 만들었다.”

“말도 안 되는 소리!! 어린아이들만으로 키메라를 만든다는 소리는 들어본 적이 없다!!”

“크크크… 그럴 테지……. 이 저주스러운 키메라의 제조를 생각할 수 있는 자는 모두 내 손에 죽었으니 말이야.”

“뭐?”

“마침 적당한 실험체가 두 녀석 있었군. 저 녀석들로 실험을 보여줄까?”

그 순간 이스트는 자신의 뒤에 있는 레비나를 보는 그의 눈동자를 보며 소름이 돋는 것을 느꼈다.

아만, 아니, 베론이란 청년은 레이드와 레비나를 실험체로 실험을 하려고 하기 때문이었다.

"미친 소리!! 레비나를 너 같은 녀석에게 넘겨줄 것 같은가?"

이스트는 레비나를 몸 뒤로 완전히 숨기고는 검을 들어 그를 겨누었다. 베론은 그런 이스트의 모습을 보며 큰 소리로 웃기 시작했다.

"크하하하하, 너 정도의 실력으로 나를 막을 수 있다 생각하는가? 홀드!!"

그 순간 이스트는 온몸에 압박을 느끼며 그 자리에 쓰러졌다.

"크악!!"

어느 순간엔가 형성되어진 푸른색의 마법 밧줄은 이스트의 몸을 꽁꽁 묶고 있었던 것이다.

"하앗!!"

로인은 그 모습을 보며 검을 들어서는 빠른 속도로 베론을 향해 쇄도해 들어갔는데, 베론의 왼손이 그에게 다가가자 로인 역시 이스트와 같이 마법의 밧줄에 묶여 땅으로 나자빠지고 말았다.

"어리석은 것들… 죽음을 재촉하지 마라."

두 명의 검사가 쓰러지자 베론은 양손을 두 아이에게 가져갔는데 그 순간 레비나와 레이드의 몸이 공중에 뜨면서 서서히 베론에게 끌려왔다.

"아앙!! 이스트 아저씨!!"

"레비나!!"

놀란 레비나가 울음을 터뜨리며 소리치자 이스트는 레비나의 이름을 부르며 자리에서 일어나려 힘을 썼지만 베론의 마법 밧줄은 쉽게 풀리지 않았다.

"마법사여, 절대언령 킬을 알고 있는가?"

"절대언령 킬!!"

"흐흐흐, 이것을 당한 아이들은 견딜 수 없는 고통과 함께 정신이 파괴된다. 이 마법진, 이것은 그 고통의 전신을 흡수하는 마법진이다."

"설마?"

"한없는 고통, 증오. 그것은 어둠의 힘을 생성시킨다. 저주스러운 마법사가 행하고 있던 키메라의 제조, 그것은 순수한 아이들의 몸에서 그런 인간의 극한에 이르는 고통을 끌어내어 선택된 신체에 불어넣는 방법이다."

"헉!!"

그제야 칼린은 제로드가 하는 말을 이해할 수 있었다. 제로드 그는 선택된 신체를 가지고 있었던 것이다. 수많은 아이들의 극한에 이르는 고통 속에서 만들어진 어둠의 힘은 제로드의 영혼을 신체에서 몰아내고 차지하고 있는 것이다.

"그리고 그 모든 악의 기운을 흡수한 신체에… 가장 사악한 자의 영혼이 들어간다… 그것이 바로 나 베론인 것이지."

"소, 소환 마법은 왜?"

"크크크, 이 마법진에 희생된 아이들의 원혼은 섬을 파멸시키고 있었다. 그것을 처리하기 위해 마물들을 소환하여 그 속에 아이들의 원혼을 불어넣어 해방시켜 준 것이지."

"말도 안 되는!!"

"왜?"

그의 말에 뭐라 반박하고 싶은 칼린이었지만 아무 말도 할 수 없었다. 저주스러운 키메라의 제조… 그것은 그의 뇌를 마비시키고 있었던 것이다.

"보아라!! 내가… 그리고 제로드가… 그리고 수많은 아이들이 겪었던 고통을!!"

"멈춰!! 넌 다시 아이들에게 그 끔찍한 고통을 안겨줄 생각이냐?!"

"크크크… 보아라… 그 고통의 모습을……. 난 그것을 더러운 마법사란 족속들에게 보여주고 싶을 뿐이다. 킬!!"

"까아악!!"

"끄아악!!"

절대언령 킬의 주문이 베론의 입에서 퍼지자 레비나와 레이드의 입에서 고통스러운 목소리가 터져 나왔다.

"제발 그만 해!! 제발!!"

"보아라… 저주스러운 자여!! 너희 족속들이 우리에게 행하던 것을!!"

"아, 아악!!"

레비나와 레이드의 고통스러운 비명이 동굴 안을 더욱 크게 메꾸자 칼린은 더 이상 참지 못하고 두 귀를 막으며 무릎을 꿇었다.

제발 이 지옥 같은 상황이 사라지기를 빌면서 말이다.

슈우욱!! 푹!!

"끄아악!!"

어느 순간 갑자기 공기를 째는 소리와 함께 파육음이 동굴에 퍼지더니 고통스러운 베론의 비명 소리가 울려 퍼졌다.

"아!!"

베론의 비명에 고개를 든 칼린의 눈에는 옆구리를 검에 관통당하여 고통스럽게 신음을 지르는 그의 모습이 나타났다.

“핫!!”

놀란 칼린은 자리에서 벌떡 일어나 검이 날아온 방향을 쳐다보았는데, 그곳에는 자신들과 같이 온 헤레나라는 여인이 한 남자를 부축하며 서 있었다.

“뭐 하는가!! 레비나와 레이드를 마법진에서 끌어내란 말이야!!”

“헉!!”

부축을 받고 있는 남자의 외침에 퍼뜩 정신이 든 칼린은 마법진에 쓰러져 있는 레비나와 레이드를 쳐다보았다.

다행히 베론이 검에 관통당해 쓰러져 있는지라 절대언령의 효력은 사라졌지만 고통스럽게 꿈틀거리고 있는 두 아이의 몸에선 검은색의 기운이 빠져나가고 있었다.

급하게 마법진으로 뛰어든 칼린은 두 아이의 몸을 안아서 마법진을 뛰쳐나왔는데 그 순간 진 안에서 뭉쳐 가고 있던 어둠의 기운이 강력한 빛과 함께 폭발하면서 흩어졌다.

“하아, 하아.”

가쁜 숨을 내쉰 칼린은 급히 두 아이의 맥을 짚었다. 다행히 그 시간이 오래되질 않아 목숨에는 지장이 없었지만 절대언령 킬은 어른들도 견디기 어려운 고통스런 죽음의 주문이었기에 몸이 크게 상해 있었다.

“힐링!!”

칼린은 머뭇거릴 시간이 없다고 생각하고는 많은 마나가 빠져나오는 것을 감수하고 두 아이에게 시동어만으로 된 힐링 마법을 부여했다.

“크, 크… 이제 끝인가…….”

헤레나와 같이 온 남자, 바로 블러드 스톰의 애검인 마검 블러드 소드에 옆구리를 관통당한 베론은 땅에 쓰러져 눈물을 흘리며 중얼거리고 있었다.

블러드 스톰은 헤레나의 부축을 받으며 그에게 다가가서는 말했다.

"무엇이 너를 그렇게 만들었는가?"

"킬킬킬… 나도 몰라… 나도……. 모든 것이 꿈이었음 좋겠다고… 사방에서 죽어가는 친구들의 비명이 들릴 때마다 두려움이 나의 몸을 사로잡았다고……. 모든 것을 잊고 싶었어… 그냥… 그냥… 잊으면 된다고 생각했는데. 그래서… 난 금단의 비법을 써서 과거를 망각하려고 했는데……. 밤이 되면 다시… 다시 그 기억이 돌아와… 어제를 잊으려 했는데, 자꾸 어제의 기억이 되살아나… 누군가… 누군가… 나를……."

마지막 말을 더 이상 잇지 못한 베론은 두 눈을 감고 숨을 거두었다. 그의 눈에서 흐른 눈물은 바닥을 흥건히 적시고 있었다.

"블러드 스톰……."

베론의 죽음과 함께 이스트와 로인을 묶고 있던 마법 밧줄은 사라져 버렸다. 이스트는 헤레나의 부축을 받고 있는 블러드 스톰에게 가서는 뭐라 말을 하려고 했지만 레비나에게 이런 끔찍한 고통을 주었다는 생각이 들자 말을 멈추고 말았다.

한참을 베론의 모습을 보고 있던 블러드 스톰은 칼린의 힐링 마법을 받고 고른 숨소리를 내며 자고 있는 레비나에게 다가가서는 자신의 가슴에 안았다.

'미안하구나, 레비나… 이 아저씨가 너무 늦게 왔지.'

품에 안겨 있는 레비나의 눈에선 눈물의 흔적이 있었다.

블러드 스톰은 손을 들어 레비나의 눈물 자국을 닦아주며 가슴에 안았다.

다시는 이런 고통을 레비나에게 주지 않을 것이다.

모든 일은 끝이 났다. 이스트의 말을 들으면 레이드에게 제로드란 아이의 영혼이 씌었다고 했지만 다음날 레이드는 아무 일 없다는 듯이 일어났다.

레비나는 어제 무슨 일이 있었는지도 모르고 있었다. 상상치도 못할 끔찍한 기억이 레비나의 기억을 지워 버린 것이다.

난 어제의 일을 물어보는 레비나를 가슴에 안아줄 뿐이었다. 페드로는 간신히 탈진 상태에서 벗어났지만 아직 몸을 마음대로 움직이지는 못하고 있었다.

하지만 얼마 지나지 않아 제 컨디션을 찾을 수 있으리라 생각된다.

베론. 친구의 몸을 가지게 된 사악한 욕심의 희생자… 그는 어쩌면 누군가의 손에 죽기를 간절히 바라고 있었을지 모른다. 어린아이의 여린 마음을 갖고 있던 베론은 스스로 죽음을 선택할 용기조차 없었기 때문이다.

〈3권에서 계속〉

김몽 판타지 장편 소설

| 둔갑팬더 |

물 넘어온 천년 둔갑 팬더와의 끝장나는 동거!

능청스런 엽기가 춤을 춘다!
가슴 밑바닥에서 용솟음치는 웃음의 폭풍!
도드라진 개성과 유머러스한 풍자의 세계! 권태로운 이들에게 던지는 청량 폭소탄!
삼천 년의 역사 속에 살아 숨쉬는 둔갑 팬더.
험난한 세상을 깡과 악으로 살아가는 추봉근.
그들의 평범하지 않은 일상을 통해
웃음과 해학, 시끌벅적지근한 모험이 기다리고 있다!

송정하 판타지 장편 소설

|카르마의 구슬 |
Beads of Karma

색(色) 다른 존귀함을 지닌 기적의 여신을 만난다!

범죄와 악마의 유혹이 넘실대는
뉴욕 뒷골목 할렘가에서 자라난 그녀.
물어 뜯기길 경계하며 거칠게 살아가는 삶 속에서도
긍지 높은 자존심과 육체적인 강함, 아름다운 심성을 지닌 그녀.

약간의 평화는 곧 새로이 불어닥칠 폭풍의 전조였으니…
그녀가 만들어내는 세계 변혁과 기적 창조의 신화를 주목하라!

도서출판 청어람 www.chungeoram.net   우 420-011 부천시 원미구 심곡1동 350-1 남성빌딩 3F ● TEL : 032-656-4452/54 ● FAX : 032-656-4453 ● Email : eoram99@chol.com

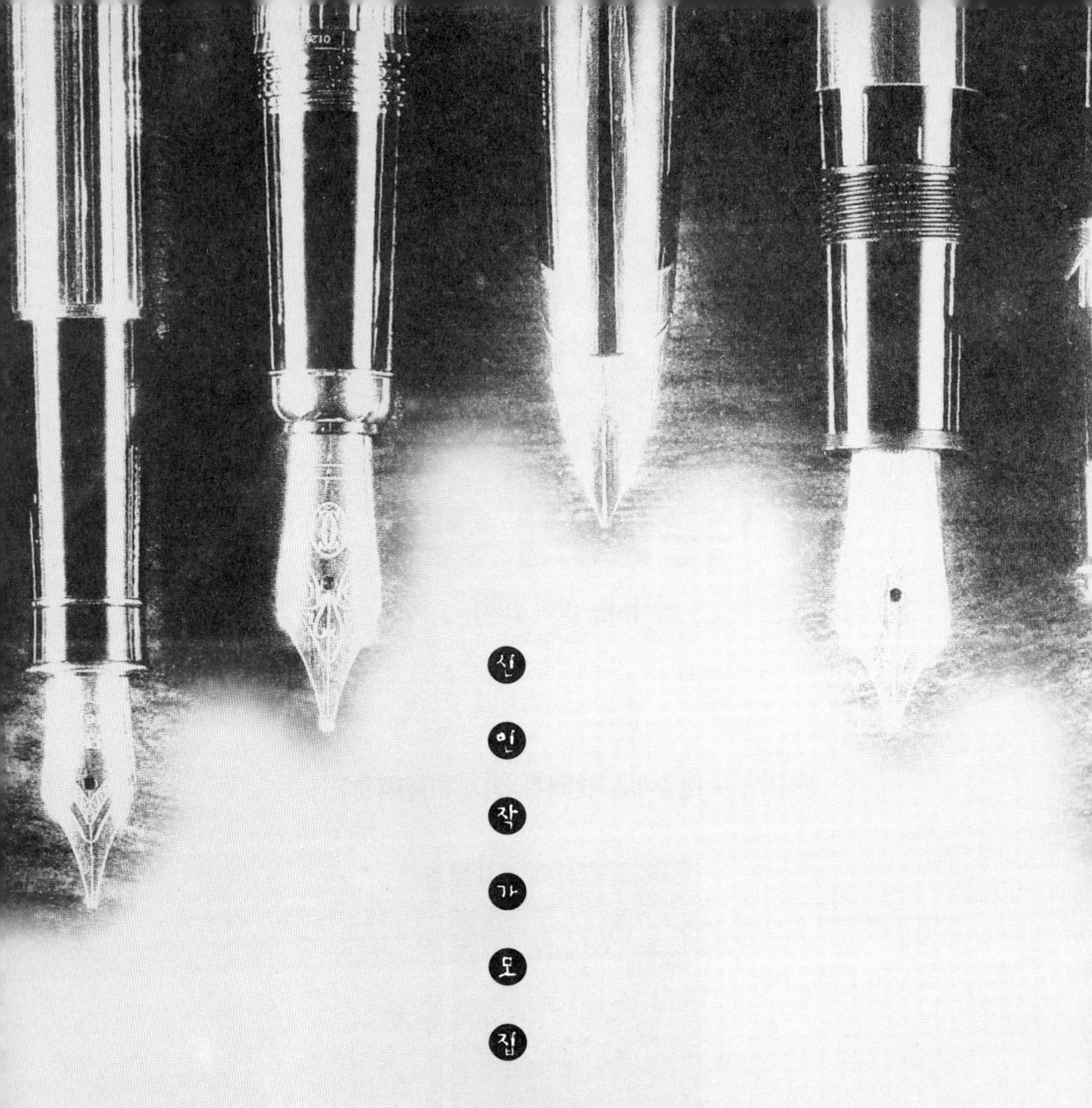